BIANCA.

AF273758

SARAH MORGAN

SIEMPRE EL AMOR

HARLEQUIN™

Cualquier forma de reproducción, distribución, comunicación pública o transformación de esta obra solo puede ser realizada con la autorización de sus titulares, salvo excepción prevista por la ley.
Diríjase a CEDRO si necesita reproducir algún fragmento de esta obra.
www.conlicencia.com - Tels.: 91 702 19 70 / 93 272 04 47

Editado por Harlequin Ibérica.
Una división de HarperCollins Ibérica, S.A.
Avenida de Burgos, 8B - Planta 18
28036 Madrid

© 2024 Harlequin Ibérica, una división de HarperCollins Ibérica, S.A.
N.º 487 - 22.11.24

© 2011 Sarah Morgan
Siempre el amor
Título original: Once a Ferrara Wife...

© 2012 Sarah Morgan
Una noche con el enemigo
Título original: The Forbidden Ferrara
Publicadas originalmente por Harlequin Enterprises, Ltd.
Estos títulos fueron publicados originalmente en español en 2012

Todos los derechos están reservados incluidos los de reproducción, total o parcial. Esta edición ha sido publicada con autorización de Harlequin Books S.A.
Esta es una obra de ficción. Nombres, caracteres, lugares, y situaciones son producto de la imaginación del autor o son utilizados ficticiamente, y cualquier parecido con personas, vivas o muertas, establecimientos de negocios (comerciales), hechos o situaciones son pura coincidencia.
® Harlequin, Bianca y logotipo Harlequin son marcas registradas por Harlequin Enterprises Limited.
® y ™ son marcas registradas por Harlequin Enterprises Limited y sus filiales, utilizadas con licencia. Las marcas que lleven ® están registradas en la Oficina Española de Patentes y Marcas y en otros países.
Imagen de cubierta utilizada con permiso de Harlequin Enterprises Limited. Todos los derechos están reservados.

I.S.B.N.: 978-84-1074-010-5
Depósito legal: M-19238-2024
Impreso en España por: BLACK PRINT
Fecha impresión para Argentina: 21.5.25
Distribuidor exclusivo para España: LOGISTA
Distribuidor para México: Distribuidora Intermex, S.A. de C.V.
Distribuidores para Argentina: Interior, DGP, S.A. Alvarado 2118.
Cap. Fed./Buenos Aires y Gran Buenos Aires, VACCARO HNOS.

MIXTO
Papel procedente de
fuentes responsables
FSC® C159065
www.fsc.org

«SEÑORAS *y señores, bienvenidos a Sicilia. Por favor, mantengan el cinturón de seguridad abrochado hasta que el avión se detenga por completo».*

Laurel mantuvo la vista fija en el libro. No estaba lista para mirar por la ventanilla. Aún no. Demasiados recuerdos esperaban, recuerdos que llevaba dos años intentando borrar.

El niño pequeño que había en el asiento de detrás de ella gritó y pateó el respaldo de su asiento con fuerza, pero Laurel solo era consciente de la bola de ansiedad que le atenazaba el estómago. Normalmente leer la tranquilizaba, pero sus ojos reconocían letras que su cerebro se negaba a procesar. Aunque una parte de ella deseaba haber elegido otro libro, otra parte sabía que habría dado igual.

—Ya puede soltar el asiento. Hemos aterrizado —la mujer que tenía al lado le tocó la mano—. Mi hermana también tiene miedo a volar.

—¿Miedo a volar? —repitió Laurel, volviendo la cabeza lentamente.

—No hay por qué avergonzarse. Una vez mi hermana tuvo un ataque de pánico en ruta a Chicago, tuvieron que sedarla. Usted lleva aferrando el asiento desde que salimos de Heathrow. Le dije a mi Bill: «Esa chica ni siquiera sabe que estamos sentados a su lado. Y no ha pasado una sola página del libro». Pero ya hemos aterrizado. Se acabó.

Laurel, absorbiendo el dato de que no había leído ni una página en todo el vuelo, miró a la mujer. Se encontró con unos cálidos ojos marrones y una expresión preocupada y maternal.

«¿Maternal?». A Laurel la sorprendió haber reconocido la expresión, dado que no la había visto nunca, y menos dirigida a ella. No recordaba haber sido abandonada en un frío parque, envuelta en bolsas de la compra, por una madre que no la quería, pero el recuerdo de los años que siguieron estaban grabados en su cerebro a fuego.

Sin saber por qué, sintió la tentación de confesarle a la desconocida que su miedo no tenía que ver con volar, sino con aterrizar en Sicilia.

–Ya estamos en tierra. Puede dejar de preocuparse –dijo la mujer. Se inclinó por encima de Laurel para mirar por la ventanilla–. Mire ese cielo azul. Nunca he estado en Sicilia. ¿Y usted?

–Yo sí –como la amabilidad de la mujer merecía una recompensa, sonrió–. Vine por negocios hace unos años –pensó que ese había sido su primer error.

–¿Y esta vez? –la mujer miró los ajustados pantalones vaqueros de Laurel.

–Vengo a la boda de mi mejor amiga –los labios de Laurel respondieron automáticamente, aunque su mente estaba en otro sitio.

–¿Una boda siciliana auténtica? Oh, eso es muy romántico. Vi la escena de *El padrino*, bailes y familia y amistades, fabuloso. Y los italianos son maravillosos con los niños –la mujer miró con desaprobación a la pasajera de la fila de detrás, que había leído todo el vuelo, ignorando a su hijo–. La familia lo es todo para ellos.

–Ha sido muy amable. Si me disculpa, tengo que salir –Laurel guardó el libro y se desabrochó el cinturón de seguridad, anhelando huir de ese tema.

–Ah, no, no puede dejar el asiento aún. ¿No ha oído el anuncio? Hay alguien importante en el avión. Por lo visto tiene que bajar antes que el resto de nosotros –se asomó por la ventanilla y soltó un gritito excitado–. Mire, acaban de llegar tres coches con cristales opacos. Y esos hombres parecen guardaespaldas. Oh, tiene que mirar, parece una escena de una película. Juraría que llevan pistola. Y el hombre más guapo del mundo está en la pista. ¡Mide más de un metro noventa y es espectacular!

Laurel sintió una opresión en el pecho y deseó haber sacado el inhalador para el asma, que estaba en el compartimento del equipaje de mano. Para evitar un indeseado comité de bienvenida, no le había dicho a nadie en qué vuelo llegaría. Pero una fuerza invisible la llevó a mirar por la ventanilla.

Él estaba en la pista, con los ojos ocultos tras unas gafas de sol estilo aviador, mirando el avión. El que tuviera acceso a la pista de aterrizaje decía mucho sobre su poder. Ningún otro civil habría tenido ese privilegio, pero ese hombre no era cualquiera. Era un Ferrara. Miembro de una de las familias más antiguas y poderosas de Sicilia.

«Típico», pensó Laurel. «Cuando lo necesitas, no aparece. Y cuando no es el caso...».

–¿Quién cree que es? –la amable compañera de vuelo estiró el cuello para ver mejor–. Aquí no tienen familia real, ¿verdad? Tiene que ser alguien importante si le dejan entrar en la pista de aterrizaje. ¿Qué clase de hombre necesita tanta seguridad? ¿A quién habrá venido a recibir?

–A mí –Laurel se levantó con el entusiasmo de un condenado camino a la horca–. Se llama Cristiano Domenico Ferrara y es mi esposo –pensó que ese había sido su segundo error. Pero pronto ella sería su exes-posa. Una boda y un divorcio en el mismo viaje.

Eso sí que era matar dos pájaros de un tiro, aunque nunca había entendido qué tenía de bueno matar dos pájaros.

—Espero que tengan unas buenas vacaciones en Sicilia. No dejen de probar la *granita*. Es lo mejor –ignorando la mirada de preocupación de la mujer, Laurel sacó el bolso de viaje del compartimento superior y caminó por el pasillo dando gracias por haberse puesto zapatos de tacón. Los tacones altos proporcionaban seguridad en situaciones difíciles y, sin duda, esa lo era. Los pasajeros cuchicheaban y la miraban, pero Laurel no se daba cuenta; estaba demasiado preocupada preguntándose cómo sobreviviría a los siguientes días. Tenía la sensación de que iba a necesitar más que unos tacones de vértigo para salir adelante con bien.

«Testarudo, arrogante, controlador», ¿por qué había ido allí? ¿Para castigarse o para castigarla?

—*Signora* Ferrara, no sabíamos que contábamos con el placer de su presencia a bordo... –dijo el piloto, que la esperaba junto a la escalerilla de metal. Su frente estaba perlada de sudor–. Tendría que haberse presentado.

—No quería presentarme.

—Espero que haya disfrutado del vuelo –el piloto miraba la pista con nerviosismo.

El vuelo no podría haber sido más doloroso, porque volvía a Sicilia. Había sido una estúpida al pensar que podía llegar sin que nadie lo supiera. O Cristiano tenía los aeropuertos vigilados, o tenía acceso a las listas de pasajeros.

Cuando habían estado juntos, su influencia la había dejado boquiabierta. En su trabajo estaba acostumbrada a lidiar con celebridades y millonarios, pero el mundo de los Ferrara era extraordinario en todos los sentidos.

Durante un breve lapso de tiempo había compartido con él esa vida dorada y deslumbrante de los inmensamente ricos y privilegiados. Había sido como caer en un colchón de plumas tras pasar la vida durmiendo sobre hormigón.

Al verlo a los pies de la escalerilla, Laurel casi tropezó. No lo veía desde aquel día horrible cuyo recuerdo aún le daba náuseas.

Cuando Daniela había insistido en que cumpliera la promesa de ser su dama de honor, Laurel tendría que haberse negado porque suponía demasiado impacto para todos. Había creído que su amistad no tenía límite, pero se había equivocado. Por desgracia, era demasiado tarde.

Laurel sacó las gafas de sol del bolso y se las puso. Si él iba a jugara a eso, ella también jugaría. Alzó la barbilla y salió del avión.

El súbito golpe de calor tras la fría niebla de Londres la impactó. El sol caía sobre ella como plomo. Se aferró a la barandilla y empezó el descenso hacia el infierno que era la pista donde esperaba el diablo en persona. Alto, intimidante e inmóvil, flanqueado por guardaespaldas de traje oscuro, atentos a sus órdenes.

Era una llegada muy distinta a la primera, en la que todo había sido excitación e interés. Se había enamorado de la isla y de su gente.

Y de un hombre en concreto. De ese hombre.

No podía ver sus ojos, pero no necesitaba verlo para saber lo que estaba pensando. Percibía la tensión, sabía que él estaba siendo absorbido hacia el pasado, igual que ella.

—Cristiano —en el último momento recordó dar a su

voz un tono de indiferencia–. Podías haber seguido cerrando algún trato de negocios en vez de venir a reci-
birme. No es que esperara un comité con banderitas de
bienvenida.

–¿Cómo no iba a venir a recibir a mi querida y dulce
esposa al aeropuerto? –la boca dura y sensual se curvó
levemente hacia arriba.

Tras dos años, la impactó volver a verlo cara a cara.
Pero más impresionante fue el hambre fiera que le atenazó el estómago, el intenso deseo que creía había
muerto junto con su matrimonio.

Eso la desesperó, porque era como una traición de
sus creencias. No quería sentirse así.

Cristiano Ferrara era un bastardo frío, duro e insensible, que ya no merecía un lugar en su vida.

Se corrigió automáticamente: no, no era frío. Todo
habría sido más fácil si lo fuera. Para alguien tan emocionalmente cauta como Laurel, Cristiano, con su expresivo y volátil temperamento siciliano, había supuesto una
peligrosa fascinación. La habían seducido su carisma, su
virilidad y que le impidiera esconderse de él. Le había
exigido una honestidad que ella nunca antes había tenido
con nadie.

En ese momento, agradeció la protección adicional
que le otorgaban las gafas de sol. No le gustaba revelar
sus pensamientos, siempre se había protegido. Confiar
en él había requerido todo su coraje y por ello su traición había resultado más devastadora aún.

Aunque no le vio hacer ningún gesto, uno de los coches se acercó a ella.

–Sube al coche, Laurel –el tono de voz gélido la en-
volvió, paralizándola. No podía moverse. Miró el interior
del lujoso vehículo, evidencia del éxito de los Ferrara.

Se suponía que tenía que subir sin hacer preguntas.

Seguir sus órdenes porque eso era lo que hacían todos. En su mundo, un mundo que la mayoría de la gente no podía ni imaginar, era omnipotente. Él decidía qué ocurría y cuándo.

Ella pensó que su tercer error había sido regresar. La ira que había controlado durante dos años empezaba a corroerla como un ácido.

No quería subir a ese coche con él. No quería compartir un espacio cerrado con ese hombre.

—Estoy mareada después del viaje. Antes de ir al hotel, voy a pasear por Palermo un rato —había reservado un hotel pequeño, invisible al radar de un Ferrara. Un sitio donde recuperarse del impacto emocional de asistir a la boda.

—Sube al coche, o te subiré yo —siseó él—. Avergüénzame en público otra vez y te arrepentirás.

Otra vez. Porque ella había hecho exactamente eso. Había tomado su orgullo masculino y lo había roto en pedazos, y él nunca la había perdonado.

Perfecto, porque ella no lo había perdonado a él por abandonarla cuando más lo necesitaba.

No podía perdonar ni olvidar, pero daba igual porque no quería reavivar su relación. No quería arreglar lo que habían roto. Ese fin de semana no tenía que ver con ellos, sino con la hermana de él.

Su mejor amiga.

Laurel se centró en esa idea, agachó la cabeza y subió al coche, agradeciendo los cristales opacos que la ocultarían del escrutinio de los pasajeros que observaban desde el avión.

Cristiano se reunió con ella y los pestillos de seguridad chasquearon, recordándole que la adinerada familia Ferrara siempre era un objetivo y necesitaba protección.

Él se inclinó hacia delante y le habló al chófer en el

italiano, cantarín y sedoso, que ella adoraba. Dados sus negocios internacionales, usaba más el italiano que el dialecto siciliano local, más gutural, aunque no le costaba nada cambiar de uno a otro.

—¿Cómo sabías que venía en ese vuelo? —preguntó Laurel, envidiando la libertad de los pasajeros que empezaron a desembarcar.

—¿Lo preguntas en serio?

Si había algo que la familia Ferrara desconocía, era porque no le interesaba. La amplitud y alcance de su poder era abrumadora, sobre todo para alguien como ella, llegada de la nada.

—No esperaba que me recibieras. Iba a ponerle un mensaje a Dani, o llamar a un taxi, o algo.

—¿Por qué? —su musculosa pierna estaba muy cerca de la de ella, invadiendo su espacio personal—. ¿Querías averiguar si pagaría el rescate si te secuestraban? —exudaba poder y, de repente, ella comprendió por qué se había dejado llevar. Apenas podía pensar en su presencia. Incluso en ese momento, su sexualidad la dejaba sin aire.

—Pronto tendremos la sentencia de divorcio —intentó ampliar la distancia entre ellos—. Seguramente les habrías pagado para librarte de mí. Tu insolente y desobediente exesposa.

—Hasta que la tinta se seque en esos documentos, eres una Ferrara. Actúa como una —la tensión entre ellos adquirió un punto máximo.

Laurel recostó la cabeza. Laurel Ferrara. Un recordatorio legal de que había tomado una mala decisión. El apellido sonaba mejor que la realidad.

La grande y poderosa familia Ferrara estaba unida por vínculos de sangre y siglos de historia. El apellido era sinónimo de éxito, deber y tradición. Incluso Daniela, a pesar de su rebeldía y su educación en una universidad inglesa, iba a casarse con un siciliano de buena familia. Su futuro estaba planificado. Pasado un año tendría un bebé. Y después otro. Eso hacían los Ferrara. Traer a otros Ferrara al mundo para continuar la dinastía.

Laurel sintió ardor en la garganta y volvió a dar gracias por las gafas de sol que ocultaban sus ojos. Había muchas cosas sobre las que no se permitía pensar. Lugares que su mente tenía prohibidos.

Hacia más de dos años que no lo veía y se había obligado a no mirar sus fotos ni buscar imágenes en Internet, consciente de que la única forma de sobrevivir era borrarlo de su cerebro.

Pero era imposible. Cristiano era tan guapo que, fuera donde fuera, las mujeres se lo quedaban mirando. Eso la había irritado aun sabiendo que él no hacía nada para atraer esa atención.

El deseo ganó la partida a la fuerza de voluntad y lo miró de reojo.

Incluso con vaqueros negros y una camisa polo, estaba tan espectacular que su cuerpo vibró, reaccionando a esa masculinidad salvaje que era parte inherente de él. Esa virilidad era su orgullo, y ella le había propinado un golpe letal.

—¿Por qué no ha venido Dani contigo?

—Mi hermana cree en los finales felices.

Ella se preguntó qué se suponía que quería decir eso. ¿Acaso Daniela creía que dejándolos solos caerían uno en brazos del otro, salvando un abismo mayor que el del Cañón del Colorado?

—Siempre creyó en los cuentos de hadas — Laurel rememoró los amagos casamenteros de Dani en la universidad. Un recuerdo del pasado se hizo presente en la tristeza de su mente. Una habitación infantil, con cama con dosel y bonitas lámparas. Estanterías de libros que dibujaban la vida como una aventura feliz. Un dormitorio de fantasía. Enojada consigo misma por pensar en eso, movió la cabeza para desalojar la imagen–. Dani es una romántica incurable. Supongo que por eso va a casarse a pesar de... –calló, pero él terminó la frase.

–¿De ser testigo del desastre de nuestro matrimonio? Teniendo en cuenta tu relajo con los votos matrimoniales, me asombra que hayas accedido a ser dama de honor. Una decisión bastante hipócrita, ¿no crees?

Él le echaba la culpa, absolviéndose de toda responsabilidad, pero Laurel no se molestó en discutir. Si la odiaba, mejor. Su hostilidad servía para envenenar los peligrosos sentimientos que escondía en lo más profundo del corazón.

En cuanto a ser dama de honor de Dani... Laurel había pensado en un millón de razones para negarse, pero no había podido decirle ninguna a su amiga. Ese había sido su cuarto error. No entendía cómo había cometido tantos.

–Soy una amiga leal.

–¿Leal? –lenta y deliberadamente, se quitó las gafas de sol y la miró. Los ojos oscuros enmarcados por espesas pestañas mostraron su lucha interna–. ¿Te atreves a hablar de lealtad? Puede que sea un problema lingüístico porque no compartimos la definición de la palabra –a diferencia de ella, no escondió sus emociones.

Eso hizo que Laurel se retrajera. Ya tenía bastante con manejar sus propios sentimientos. Se apretó contra el asiento e intentó calmar su respiración. Podría haberle lanzado sus acusaciones, pero eso los habría llevado de vuelta al pasado y ella quería avanzar. Sintió que tenía los dedos helados y le temblaban las piernas.

–Si vas a entregarte a una de tus volcánicas explosiones estilo siciliano, al menos espera hasta que estemos en una habitación. Solo es una boda, podemos pasar el trago sin matarnos.

–¿Solo una boda? Así que las bodas no tienen mayor importancia, ¿es eso, Laurel?

–Vamos a dejarlo, Cristiano –dijo. Él era incapaz de entender que podía haberse equivocado, incapaz de pedir disculpas. Sabía que la ausencia de la palabra «perdón» en su vocabulario era cuestión de ego, no de pobreza lingüística.

–¿Por qué? ¿Por qué te da miedo sentir? Admítelo. Te aterroriza lo que sientes cuando estás conmigo. Siempre ha sido así.

–Oh, por favor...

–Te quema, ¿verdad? –su voz sonó suave y peligrosa–. Te asusta tanto que tienes que rechazarlo. Por eso te fuiste.

–¿Crees que me fui porque me daba miedo cuánto te quería? –llameaba de ira–. Eres tan arrogante que necesitas una isla entera para alojar tu ego. ¿Seguro que Sicilia es lo bastante grande? ¡Tal vez también deberías comprar Cerdeña!

–Estoy en ello –replicó, lacónico y sin atisbo de ironía–. Si no te importa, ¿por qué no has vuelto?

–No había nada por lo que volver –Laurel miró al frente pensando que, sin embargo, había muchas razones para mantenerse alejada.

–Tienes buen aspecto. ¿Liberas el estrés haciendo ejercicio?

–Me gano la vida con el ejercicio, es mi trabajo. He venido por tu hermana, no por nos... –la palabra se le atragantó– por ti o por mí.

–Ni siquiera puedes decirlo, ¿verdad? Nosotros, tesoro. Esa es la palabra. Pero el concepto de formar parte de un «nosotros» siempre fue tu mayor reto –Cristiano se recostó, relajado y seguro de sí mismo–. Prefiero que no utilices la palabra «leal» con respecto a ti misma. Esa me irrita de verdad. Seguro que lo entiendes.

Laurel se sentía como un torero ante un toro bravo, pero sin más protección que su propia ira. Y esa ira la quemaba, porque él hablaba como si no hubiera tenido nada que ver con la ruptura.

«Es incapaz de verlo», pensó. Era incapaz de ver lo que había hecho mal. Y eso hacía que todo fuera mil veces peor. Una disculpa podría haber ayudado, pero antes de pedir perdón, Cristiano tendría que admitir que tenía parte de culpa.

–¿Cómo está Dani? –preguntó, prefiriendo cambiar de tema.

–Deseando forma parte de un «nosotros» oficial. A diferencia de ti, no teme la intimidad.

Ella recordó haber pensado que su relación era demasiado perfecta. El tiempo le había dado la razón. Había sido una perfección tan frágil como el algodón de azúcar.

–Si vas a seguir metiéndote conmigo, tal vez debería tomar el primer vuelo de vuelta a casa.

–Nada de eso, sería demasiado fácil. Al fin y al cabo, eres nuestra huésped de honor.

El tono amargo de su voz le dolió más que sus palabras, era como frotar un limón en una herida abierta. A veces, cuando el dolor era insoportable, Laurel se preguntaba si habría sido mejor no conocerlo nunca. Siempre había sabido que la vida era dura, y conocer a Cristiano Ferrara había sido como convertirse en protagonista de su propio cuento de hadas. Lo que no había sabido era cuánto más dura sería la vida tras renunciar a él.

–Es obvio que venir no ha sido buena idea.

–Si no se tratara de la boda de Dani, no se te habría permitido poner un pie en la isla.

Ella no dijo lo obvio: la boda de Dani era lo único que podría haberla llevado allí. El divorcio podía solucionarse con distancia de por medio.

Llevaban quince minutos conduciendo por Palermo, un caos de calles repletas de iglesias góticas y barrocas y palacios antiguos. En la zona centro se encontraba el Palazzo Ferrara, residencia urbana de Cristiano, que a veces se utilizaba para bodas y conciertos, cuyos mosaicos y frescos atraían a estudiosos y turistas de todo el mundo. Era una de sus muchas casas y apenas la utilizaba.

Laurel, en cambio, se había enamorado de ella. Tuvo que esforzarse para no pensar en la diminuta capilla privada en la que se habían casado.

Sabía que él, a pesar de su linaje aristocrático y su conocimiento enciclopédico del arte y la arquitectura siciliana, prefería un entorno moderno con los últimos avances tecnológicos. Cristiano sin Internet sería como Miguel Ángel sin un pincel.

Miró por la ventanilla y vio que se habían incorporado a la carretera que llevaba al Ferrara Spa Resort, uno de los mejores hoteles del mundo, el sueño de cualquier viajero. Un escondite para la esfera más alta de la sociedad internacional que buscaba privacidad. Allí estaba garantizada, tanto por la legendaria seguridad Ferrara como por la geografía costera. Los hermanos Ferrara habían construido el exclusivo complejo vacacional en una península de playa privada y exuberantes jardines. Era un paraíso mediterráneo en el que cada villa era la pura expresión del lujo y la intimidad.

Había sido allí, en un exclusiva villa situada en un promontorio rocoso, al final de la playa privada, donde habían pasado las primeras noches de su luna de miel. La villa que Cristiano había construido para sí mismo. El paraíso de un soltero.

–He reservado una habitación en otro hotel –Laurel se había puesto rígida. No podían haberle reservado una habitación allí.

–Sé perfectamente dónde ibas a alojarte. Mi oficina canceló la reserva. Te quedarás donde yo diga y agradecerás la hospitalidad siciliana, que nos impide rechazar a un invitado.

–Mi plan era alojarme en otro sitio y asistir solo a la boda –a Laurel se le encogió el estómago.

–Daniela quiere que participes en todo. Hoy es la fiesta local. Traje y corbata. Bebida y baile. Como dama de honor, se espera tu presencia.

¿Bebida y baile? Laurel sintió un escalofrío.

–No pensaba participar en las celebraciones prenupciales. He traído mi ordenador portátil. Ahora mismo tengo mucho trabajo pendiente.

–Me da igual. Estarás allí y sonreirás. Nuestra separación es amistosa y civilizada, ¿recuerdas?

Lo que ella sentía y lo que veía en los ojos de él distaban muchísimo de algo civilizado. Su relación nunca lo había sido. Habían compartido una pasión ardiente, salvaje y sin control. Por desgracia, esas llamas habían consumido su capacidad de pensar.

Laurel inspiró profundamente, la apabullaba la idea de ver a los Ferrara. La odiaban, por supuesto. En parte, lo entendía. Desde su punto de vista, era la chica inglesa que había renunciado a su matrimonio, algo imperdonable en su círculo. En Sicilia los matrimonios sobrevivían. Si había alguna aventura, se hacía la vista gorda.

Ella no sabía qué decía el manual sobre lo que les había ocurrido a ellos. Cuáles eran las normas para sobrellevar la pérdida de un bebé y el apabullante egoísmo de un esposo.

Lo único que la había ayudado en todo el desastroso

episodio había sido que Dani, la generosa y extrovertida Dani, se había negado a juzgarla. Y, para agradecer ese apoyo, allí estaba, enfrentándose a un infierno por su mejor amiga.

–Haré lo que se espere de mí –dijo ella, pensando que era una actuación. Si tocaba sonreír, sonreiría; si bailar, bailaría. De niña había aprendido a ocultar sus emociones: lo exterior no tenía por qué reflejar lo interior.

Se sintió capaz de enfrentarse a la situación hasta que cruzaron las verjas del complejo y comprendió que el chófer tomaba la carretera privada que iba a Villa Afrodita. La joya de la corona. El escondite y respiro de Cristiano tras las exigencias de su imperio empresarial.

Cuando habían construido el complejo, habían instalado allí la sede de la corporación. Laurel siempre había admirado la oficina de Cristiano, que sacaba el máximo partido del entorno costero. Cristiano era ingeniero de estructuras y su talento era visible en el innovador diseño de su oficina.

Previsiblemente, las paredes eran de cristal. Lo inesperado era que el suelo, que se extendía por encima del agua, también lo era; el colorido de los peces mediterráneos que nadaban bajo los pies del visitante, eran una distracción segura.

Era típico de Cristiano combinar lo estético con lo funcional, y lo hacía en todos sus hoteles.

–No veo por qué una oficina tiene que ser una caja aburrida en el centro de una ciudad llena de contaminación –había dicho cuando ella vio su despacho por primera vez–. Me gusta el mar. Así, aunque tenga que estar trabajando, lo disfruto.

Esa amplitud de miras, junto con su sofisticación y

aprecio del lujo había hecho que su empresa fuera todo un éxito.

–¿Por qué vamos por esta carretera? No voy a alojarme aquí –preguntó ella, descompuesta. Villa Afrodita le recordaba su luna de miel, tan feliz y cargada de esperanzas de futuro.

–¿Qué importa dónde duermas? –su voz sonó dura y despiadada–. Si lo que compartimos fue «solo una boda», aquí tuvimos «solo una luna de miel», así que el lugar no tiene valor sentimental para ti. Es solo una cama.

Laurel intentó regular el ritmo de su respiración. Llevaba un inhalador para el asma en el bolso, pero no iba a utilizarlo delante de él excepto en caso de vida o muerte.

La había atrapado. Si admitía lo que le hacía sentir el lugar, revelaría sentimientos que no quería revelar. No admitirlo suponía alojarse allí.

–Es tu mejor propiedad –sabía que a veces se la había prestado a músicos y actores famosos de luna de miel–. ¿Por qué desperdiciarla en mí?

–Es la única cama libre del complejo. Duerme en ella y agradécelo –su voz sonó tan fría y objetiva que por un momento ella creyó que la villa no significaba nada para él. Para un hombre que tenía cinco casas y pasaba la vida de viaje de negocios, no era más que otra lujosa vivienda.

O tal vez la llevaba allí para castigarla.

–Bueno, por lo menos tiene buena conexión de Internet –dijo ella, mirando al frente. Intentó no recordar que mirarlo a los ojos había sido su pasatiempo favorito, por la increíble conexión que sentía. Con él había descubierto la intimidad, que conllevaba apertura y, a su vez, vulnerabilidad, como había descubierto a su pesar.

Él le había exigido su confianza, y había terminado

rindiéndose. Y después él le había fallado de tal manera que no creía que sus heridas llegaran a cicatrizar nunca.

–Se te trata como a una huésped de honor. Los dos sabemos que es más de lo que mereces. Vamos –sin darle tiempo a discutir, abrió la puerta y bajó del coche con el ímpetu que lo caracterizaba.

Laurel comprendió que él solo pensaba en que ella lo había dejado. Se centraba en su orgullo, no en la relación. Se consideraba la parte agraviada.

No tuvo más opción que seguirlo por el camino que llevaba a la villa. Sabía que dentro el aire acondicionado sería un alivio tras el sol siciliano. A no ser que fuera la pasión lo que la quemaba.

Cristiano abrió la puerta mientras el chófer retrocedía y ponía rumbo al hotel principal.

–¿Por qué no te ha esperado? –preguntó Laurel. Entró intentando no recordar su noche de bodas, cuando había cruzado el umbral en brazos de él.

–¿Por qué crees? –dejó la maleta en el suelo–. Porque yo también me alojo aquí.

–Por favor, dime que eso es una broma... –su voz sonó rara, automática–. Solo hay un dormitorio –un dormitorio enorme con vistas a la piscina y a la playa. El dormitorio en el que habían pasado largas y ardientes noches juntos.

–Culpa a Dani. Es su boda y ella distribuye las habitaciones –Cristiano sonrió con amargura.

–¡No voy a compartir una cama contigo! –casi gritó ella. Él se volvió con expresión feroz.

–¿Crees que necesitas decirme eso? ¿Crees que te aceptaría en mi cama después de lo que hiciste?

Con el corazón martilleándole en el pecho, ella dio un paso atrás, aunque sabía que él nunca le haría daño. Al menos, no físico.

—No puedo quedarme aquí contigo —las emociones afloraban desde dentro, incontenibles—. Es demasiado...

—Demasiado ¿qué?

A ella se le aceleró el corazón. Él era experto en leerle la mente y era imperativo que no lo hiciera en ese momento. Agradeció su práctica a la hora de esconder lo que sentía.

—Es incómodo —dijo con frialdad—. Para ambos.

—Creo que «incómodo» es el menor de nuestros problemas —él apretó los labios—. No te preocupes, dormiré en el sofá. Me resultará fácil no tocarte, tranquila. Ya tuviste tu oportunidad —con una indiferencia insultante, se alejó de ella.

Sin embargo, había rastros suyos por todas partes: una chaqueta sobre el respaldo de un sillón, un vaso de limonada a medias, su ordenador portátil en reposo, porque trabajaba tanto que nunca lo apagaba. Todo eso era parte de él, demasiado familiar, y ella sintió que la ahogaba.

Habría querido dar marcha atrás al reloj, pero no habría sabido hasta qué momento. Su amor había estado condenado desde el principio.

Entre los dos habían conseguido que Romeo y Julieta parecieran una pareja divina.

Capítulo 2

CRISTIANO vació el vaso de whisky de un trago, intentando mellar la mordedura de sus emociones mientras esperaba a Laurel en la terraza de la villa.

Se había prometido distanciamiento y fría calma, pero esa resolución había durado hasta que ella bajó del avión. Igual que su plan de no hacer referencia a su situación. Las emociones conflictivas se habían desatado como una tormenta interior, que había empeorado al ver la ausencia de respuesta de Laurel, que había convertido en un arte la ocultación de sus sentimientos.

Cristiano, deseando tener tiempo para ir a correr un rato y quemar la adrenalina que le abrasaba las venas, llevó los dedos al cuello de la camisa blanca de vestir y lo aflojó un poco. Rellenó el vaso con mano temblorosa.

Ella seguía culpándolo, era obvio, pero también seguía sin querer hablar del tema. Él lo había intentado después del suceso, pero ella parecía conmocionada. Su reacción a la pérdida del bebé había sido mucho peor de lo que él había esperado.

Él había atemperado su propia tristeza con realismo. Esas cosas ocurrían. Su madre había perdido dos bebés, su tía, uno. Era el primer embarazo de Laurel y él había estado filosófico.

Ella, inconsolable. Y testaruda.

Aparte del mensaje que había dejado en su buzón de

voz, diciéndole «que no se molestara en abreviar su reunión porque había perdido el bebé», se había negado a hablar de lo ocurrido.

El sudor perló su nuca y deseó por enésima vez no haber apagado el teléfono antes de entrar a esa reunión. Si hubiera contestado a la llamada, ¿estarían en una situación distinta?

Al pensar en la celebración que tenía ante sí, deseó vaciar la botella de whisky. Anestesiarse para paliar su dolor. Tal vez odiaba las bodas porque su matrimonio había sido un desastre total.

Una parte de él deseaba que su hermana se hubiera fugado sin más. Pero se casaba con un siciliano y sería una boda siciliana tradicional. Se esperaba que él, como hermano mayor y cabeza de familia, jugara un papel importante en las celebraciones. El honor de la familia y la imagen de la dinastía Ferrara estaban en juego.

—Estoy preparada —dijo una voz a su espalda.

Él tomó aire antes de darse la vuelta. Aun así, la conexión fue inmediata y poderosa. Era como estar atrapado en una tormenta eléctrica. El aire chisporroteaba y siseaba a su alrededor desde que ella había cruzado el umbral.

«¿Preparada?». Estuvo a punto de echarse a reír. Ninguno de ellos estaría nunca preparado para lo que estaba por llegar. Su separación había atraído casi tanta atención como su boda. Esa noche no habría cámaras, pero los invitados sentían una macabra fascinación por saber cómo iba a tratar a la mujer que lo había abandonado de manera tan escandalosa.

Al mirarla, la atracción le atenazó el estómago. Su cuerpo, esbelto y en forma, estaba envuelto en un vestido de fina seda azul. El vestido no habría tenido perdón con la mayoría de las mujeres, pero Laurel no necesitaba perdón. Su cuerpo era su imagen de marca, y se vestía para lucirlo y publicitar su empresa. No le habría sorprendido ver la dirección de su página web impresa en el bajo: Fitness Ferrara. Él había sido quien, viendo su potencial, la había animado a expandirse y pasar del entorno personal al corporativo.

No era bella en el sentido clásico, pero su coraje y su empuje habían sido mejor afrodisiaco que una melena rubia y un pecho generoso. Solo él sabía que la apariencia sobria y el carácter de tigresa escondían una inseguridad monumental.

Viendo su aspecto exterior nadie habría adivinado el caos que era por dentro; él nunca había conocido a nadie más traumatizado que Laurel. Había tardado meses en conseguir que se abriera un poco y, cuando lo hizo, la cruda realidad de su infancia lo había impactado. La sucesión de casas de acogida y abandonos le había ayudado a empezar a entender por qué era tan distinta de otras mujeres.

Se preguntó si había sido arrogancia lo que le había hecho creer que podía derribar sus defensas. Le había exigido confianza a quien no tenía razones para confiar y el resultado final había sido terrible.

Toda culpabilidad que pudiera haber sentido por su comportamiento entonces, la había borrado la ira de que ella no le hubiera dado la oportunidad de arreglarlo. Había puesto fin al matrimonio con la firmeza de un verdugo, rechazando tanto una conversación racional como los diamantes que le había comprado a modo de disculpa.

Estudió su rostro buscando algún rastro de arrepentimiento, pero no lo vio. Ella se había adiestrado para no revelar nada y no confiar en nadie. Sacarle información había sido todo un reto.

–La habitación con vistas al jardín ha pasado de gimnasio a sala de cine –comentó ella, neutral.

Sin duda lo había notado porque ese era su trabajo, y Laurel se entregaba a su trabajo al cien por cien. Por eso la habían querido en su empresa. Desde que la prensa había proclamado su éxito con una actriz con exceso de peso, Laurel Hampton se había convertido en la entrenadora personal que todos deseaban. Que hubiera accedido a asesorar al hotel había sido una suerte para ambos. Sus apellidos eran una combinación ganadora.

Hampton se había convertido en Ferrara. Y entonces la combinación había estallado.

—No necesito un gimnasio cuando estoy aquí.

Cristiano frunció el ceño al ver la fina cadena de oro que rodeaba su cuello. Que llevase puesto algo que no reconocía elevó su tensión al máximo. Él no le había dado la cadena, ¿quién había sido?

Por primera vez, imaginó unas manos masculinas poniéndosela en el esbelto cuello. Otro hombre tocándola, preguntándole sus secretos...

El ruido del vaso estrellándose contra el suelo lo devolvió a la realidad.

—Iré a por un cepillo —Laurel retrocedió, mirándolo como si fuera un tigre salvaje.

—Déjalo.

—Pero...

—He dicho que lo dejes. El servicio lo recogerá. Tenemos que irnos. Soy el anfitrión.

—Todos los invitados se harán preguntas.

—No se atreverán. Al menos, públicamente.

—Perdona —rio con amargura—. Había olvidado que puedes controlar el pensamiento de la gente.

Cristiano no sabía cómo iba a sobrevivir a las horas siguientes. El collar de oro destelló al sol, incitándolo. Impulsivamente, agarró la mano izquierda de ella y la alzó. Ella emitió un sonido ronco y tironeó, pero él apretó más, asombrado por el dolor que le causó ver el dedo desnudo.

—¿Dónde está tu alianza?

—No la uso. Ya no estamos casados.

—Estamos casados hasta que estemos divorciados, y en Sicilia eso requiere tres años... —apretó los dientes y sujetó su mano con fuerza.

—Es un poco tarde para ser posesivo. El matrimonio es más que una alianza, Cristiano, y más que un trozo de papel.

—¿Tú me dices a mí lo que es el matrimonio? ¿Tú, que trataste el nuestro como algo desechable? —indignación y furia se unieron en un cóctel letal—. ¿Por qué no llevas la alianza? ¿Hay otra persona?

—Este fin de semana no tiene que ver con nosotros, es por tu hermana.

Él había querido una negativa. Había querido verla reír y decir: «Claro que no hay otra persona, ¿cómo podría haberla?».

Había querido que admitiera que habían compartido algo único y especial. Sin embargo, ella lo desechaba como un error del pasado.

Llevado por una emoción que no entendía, agarró sus hombros y la atrajo hacia sí, sin control. El que ella pareciera indiferente intensificaba su necesidad de obtener una respuesta.

Laurel perdió el equilibrio un instante, cayendo hacia él. Bastó ese leve contacto para que el calor de sus cuerpos se mezclara. Ella jadeó y él sintió una intensa oleada de deseo. Eso confirmaba lo que él ya sabía: la química seguía siendo tan potente como siempre. Él supo que iba a besarla y que, si empezaba, no podría parar. Por lo visto, ni siquiera su traición había cambiado eso.

–No hay nadie más –dijo ella–. Una relación pésima en la vida es suficiente.

Sus palabras actuaron como un cubo de agua fría sobre el rescoldo de las llamas. Cristiano la soltó con tanta rapidez como la había agarrado. Durante toda su vida las mujeres se habían arrojado a sus pies, y había asumido como derecho poder conseguir a la mujer que quisiera. Entonces había conocido a Laurel y recibido el bofetón de su propia arrogancia.

–Esperan nuestra presencia en la cena –Cristiano se apartó de ella, necesitaba espacio.

–Voy a llamar a Dani y a explicarle que estoy cansada. Lo entenderá.

Era cierto que estaba pálida y sus ojos parecían enormes, pero él sabía que su reticencia no tenía nada que ver con la fatiga. Cristiano se preguntó cuánto tendría que pincharla hasta que ella dejara de vigilar cada una de sus palabras. Lo ridículo era que aún no habían hablado de lo ocurrido.

–¿Por qué iba a inquietarte tu conciencia ahora, si no lo hizo hace dos años? ¿O es cobardía porque te da vergüenza ver a mi familia? Has venido por lealtad a mi hermana, así que veamos esa lealtad en acción –no pudo decir más. Ella se dio la vuelta y, como si hubiera aceptado su destino, avanzó rápidamente por el estrecho camino que, entre jardines, conducía a la parte principal del hotel.

Llevaba el cabello recogido en un severo moño que exponía su esbelto cuello. Él bajó la mirada hacia la curva de su trasero, perfectamente esculpido gracias a flexiones y más flexiones.

De humor turbulento, Cristiano la siguió, resistiéndose a la tentación de apretarla contra un árbol y exigir que le dijera qué había pasado por su mente alocada cuando decidió destrozar lo que habían creado juntos. Deseaba sacar a la luz el tema que ella evitaba. Pero sobre todo deseaba arrancarle la delicada cadena de oro del cuello y sustituirla por una de las joyas que él le había regalado, que anunciaban al mundo que era suya.

Incómodo por la bajeza de sus pensamientos, tardó un momento en darse cuenta de que Laurel se había quedado quieta en el acceso a la terraza.

—Laurel —Santo estaba allí. Santiago, su hermano menor, exaltado y sobreprotector, que se sentía responsable por haber contratado a Laurel como entrenadora personal cuando decidió correr la maratón de Nueva York. Sin su presentación, Cristiano no la habría conocido nunca.

Santo la miraba con fijeza y desagrado.

Laurel se enfrentó a la mirada amenazadora sin parpadear. Cristiano no pudo evitar un destello de admiración. Allí estaba, rodeada de gente que sentía animadversión hacia ella y se encaraba sin dar marcha atrás. Laurel era una luchadora.

Y eso era parte del problema. Estaba tan acostumbrada a defenderse que era virtualmente imposible conseguir que bajara la guardia. Consciente de que, si quería que la velada transcurriera sin explosiones, era él quien debía poner calma, Cristiano se adelantó.

—¿Está Daniela aquí?

—Está esperando para entrar —la mirada gélida de Santo seguía fija en Laurel, que se la devolvía, retadora. A Cristiano lo exasperó su testarudez.

—Estás descuidando a los invitados, Santo —Decidiendo que una muestra de solidaridad calmaría las cosas, se obligó a agarrar la mano de Laurel y lo sorprendió que estuviera fría como el hielo y le temblaran los dedos. Sorprendido, miró su rostro; ella tironeó para liberar la mano, pero él no lo permitió. Tal vez, si hubiera hecho eso dos años antes, no se habría ido. Su desastrosa infancia la había marcado con inseguridades más profundas que el océano. Por fuera era una mujer de negocios brillante y competente. Por dentro era un pantano de emociones movedizas. Él había creído que su cordura y equilibrio serían suficiente para los dos.

Se había equivocado.

–No hace falta que me protejas –le dijo Laurel, fiera, mientras Santo saludaba a unos invitados.

–Protegía a mi familia, no a ti –Cristiano la soltó–. Es la noche de Dani, sobran las escenas.

–No pensaba hacer ninguna escena. Sois vosotros los que no controláis vuestras emociones. Yo me controlo perfectamente.

Cristiano pensó que ese era el problema, siempre lo había sido, pero no lo dijo.

–¿Laurie? –la voz de Daniela sonó a sus espaldas, seguida por un destello verde intenso y el crujido de la seda cuando se lanzó sobre Laurel y la rodeó con los brazos–. ¡Estás aquí! Tengo mucho que contarte. Necesito que vengas cinco minutos para enseñarte algo –sin darle tiempo a contestar, agarró su mano y la llevó hacia la villa.

Cristiano observó su marcha, preguntándose cómo su hermana había atravesado la coraza protectora mientras él se quedaba fuera. Santo se reunió con él, con expresión tormentosa.

–¿Por qué accediste a eso?

–Era lo que Dani quería.

–Pero es lo peor para ti. Dime que no has pensado, siquiera un momento, en dejarla volver.

Cristiano contempló a Laurel del brazo de su hermana. Se movía con la gracia de una bailarina y la fuerza de una atleta. El sutil bamboleo de sus caderas era muy sensual. Y en la cama...

—No lo he pensado —apretó los dientes.

—¿No? —Santo miró a una bonita rubia—. Muchos hombres no te culparían si lo hicieras. No se puede negar que Laurel está de escándalo.

—Si no quieres entregar a nuestra hermana luciendo un ojo morado —gruñó Cristiano—, no digas que mi esposa está de escándalo.

—No es tu esposa. Está a punto de ser tu exesposa. Cuanto antes, mejor.

—Creí que Laurel te gustaba.

—Eso era antes de que te dejara —Santo seguía mirando a la rubia—. ¿Mi consejo? Ella no merece la pena. Deja que se la quede otro hombre.

De repente, Cristiano vio rojo. Estrelló el puño en la mandíbula de su hermano y lo aplastó contra la pared.

Santo tardó un instante en recuperarse de la sorpresa, después lanzó el peso contra su hermano y cambió de posición. Cristiano se encontró contra la pared. La piedra se le clavaba en la espalda y unas manos de hierro lo atrapaban.

—¡Basta! Parad, los dos —clamó Carlo, un amigo de Cristiano de toda la vida, que además era el abogado que se encargaba de los trámites de divorcio. Los separó y se interpuso entre ellos—. Calma. No os había visto pelearos desde los dieciséis años. ¿Qué pasa aquí?

—Le he sugerido que deje que otro hombre se quede con Laurel —dijo Santo, mirando fijamente a su hermano y tocándose la mandíbula.

Cristiano dio un paso hacia delante, pero Carlo plantó una mano en el centro de su pecho. Santo, sorprendentemente tranquilo, se ajustó la pajarita.

—Sírvete champán, Carlo. Estamos bien.

–¿Seguro? –el abogado miró hacia la terraza. Por suerte, nadie parecía haber notado lo ocurrido–. Hace un momento estabas fuera de control.

–No estaba fuera de control... –Santo se lamió el labio partido– quería la respuesta a una pregunta y ahora la tengo –Santo miró a Cristiano mientras Carlo se alejaba–. Si eso es amor, me alegro de haberlo evitado tanto tiempo porque, desde donde yo lo veo, parece un infierno.

–No es amor –refutó Cristiano.

–¿No? –Santo enarcó una ceja y se limpió la sangre de la boca con el dorso de la mano–. Entonces, deberías preguntarte por qué me has atizado por primera vez en casi dos décadas.

–Has sugerido... –fue incapaz de repetirlo.

–Era para comprobar cuánto has progresado en estos últimos dos años. La respuesta es que no mucho –agarró dos copas de champán de una bandeja y le dio una a su hermano–. Bebe. Te va a hacer falta. Ya pensaba que tenías un problema, pero es mucho mayor de lo que imaginaba.

–Cristiano acaba de darle un puñetazo a Santo. Un horror, la verdad, porque ahora saldrá con la barbilla morada en mis fotos de boda –alzando el vestido para no arrugarlo, Dani se arrodilló en el asiento empotrado bajo la ventana para ver mejor el patio–. Y ahora Santo lo tiene apretado contra la pared. No les he visto pelear desde que eran adolescentes. Apuesto por Cristiano, pero podría ser muy reñido.

–¿Está herido? –imaginándose a Cristiano inmóvil e inconsciente, Laurel corrió a la ventana–. Oh, Dios, alguien debería apartar a Santo de...

–Cristiano está bien. Sigue siendo el más fuerte –Dani la miró–. Pensé que no sentías nada por él.

–Que no lo ame no significa que quiera verlo herido –Laurel se lamió los labios–. ¿Por qué crees que están peleando?

–Por ti, por supuesto. ¿Por qué si no? –Dani miró la cintura de Laurel con envidia–. Tienes buen aspecto para estar en plena crisis de relación. Haría cualquier cosa por tener tus abdominales.

–Cualquier cosa menos ejercicio –dijo Laurel.

–Me conoces muy bien –Dani sonrió y levantó la copa de vino–. ¿Es que esto no cuenta?

–No quiero que peleen por mi culpa –Laurel volvió a mirar por la ventana. La idea de Cristiano herido hacía que se sintiera físicamente enferma. Se sentó en asiento de la ventana, junto a Dani–. Baja y detenlos.

–De eso nada. Podría mancharme el vestido de sangre. ¿Te gusta? Es de ese diseñador italiano del que tanto hablan –Daniela estiró la tela–. Es tradicional llevar verde la noche antes de la boda. Pero ya lo sabes, tú llevaste un fantástico vestido verde la noche antes de casarte con Cristiano.

Laurel sentía el pecho tenso. La sensación había ido empeorando desde el horrible viaje en coche del aeropuerto a la villa. Reconociendo las señales de un inminente ataque de asma, abrió su bolso para comprobar que llevaba el inhalador. Para ella el detonante siempre había sido el estrés, y su nivel de estrés no dejaba de crecer desde su llegada a Sicilia.

–No quiero hablar de mi boda. ¿Cómo puedes pensar en vestidos con tus hermanos peleándose?

–Crecí viendo a mis hermanos pelearse, no me impresiona; pero admito que es más divertido ahora que son más musculosos. No hay que preocuparse hasta que se quitan la camisa –Dani miró de nuevo–. Deberías sentirte halagada. Está bien que los hombres peleen por ti. Es romántico.

–No está bien y no es nada romántico que dos hombres no sepan controlar su genio –Laurel deseó poder quedarse donde estaba. Ocultarse el resto de la velada–. No quiero que peleen.

–Físicamente están a la par, pero un hombre que defiende a la mujer que ama seguramente tiene más fuerza, y por eso Cristiano lleva ventaja. Me encantan tus zapatos, ¿los compraste en Londres?

Laurel se levantó y fue hacia el otro extremo de la habitación, para no mirar al patio.

–Cristiano no me ama. Apenas nos soportamos.

–Ya. Por eso tú estás paseando de arriba abajo y él está apaleando a Santo. Por indiferencia –dijo Dani exasperada–. ¿Sabes cuántas mujeres han perseguido a Cristiano desde su adolescencia?

–¿Qué importancia tiene eso? –a Laurel la horrorizó comprobar cuánto le importaba.

–Te eligió a ti. Importa mucho. Sé que no es un hombre fácil, pero te ama.

–Me eligió porque lo rechacé. A tu hermano no le gusta la palabra «no». Yo suponía un reto.

–Te eligió porque se enamoró de ti. Eso es todo un hito para él.

Laurel sabía que su familia y colegas veían a Cristiano como un dios. Su palabra era ley.

–Tendríamos que estar hablando de ti. ¿Estás emocionada por lo de mañana?

–¡Claro que sí! Estoy tan emocionada con mi boda como lo estabas tú con la tuya.

–Eso fue muy distinto. Tú llevas planificando esta boda más de un año.

–Y tú te casaste a toda prisa en la capilla familiar porque no soportabais esperar. Opino que eso es más romántico.

–Fue impulsivo, no romántico –Laurel se frotó los brazos. La conversación le resultaba espinosa e incómoda–. Si lo hubiéramos planificado un año, no estaríamos metidos en este lío.

–Mi hermano siempre ha sido decisivo. No dedica años a pensar las cosas.

–Quieres decir que va apabullando. Duda que alguien que no sea él pueda tener una opinión digna de ser oída.

–No, quiero decir que sabe lo que quiere –Dani la miró–. Pero es obvio que las cosas acabaron mal entre vosotros. ¿Quieres hablar de ello?

–Para nada.

–Antes de conocerte, nunca habló de casarse –Dani se debatía entre la lealtad hacia su amiga y hacia su hermano–. Para un hombre como Cristiano era la declaración de amor definitiva.

«La declaración de amor definitiva».

Laurel pensó que era una pena que hubiera pensado que su responsabilidad acababa en eso. Le había puesto un anillo en el dedo, el gesto definitivo, y cumplido con su parte del trato. Ella solo tenía que amoldarse y tratarle con la misma deferencia que el resto del mundo.

Él la había herido y, en vez de perdonarlo como se esperaba de ella, ella había reaccionado hiriéndolo a él.

–No tendría que haber venido, y tú no tendrías que habernos puesto en esta situación –mientras estuviera en Sicilia ellos dos seguirían haciéndose daño; quería irse cuanto antes–. ¿Por qué insististe en que fuera tu dama de honor?

–Porque eres mi mejor amiga desde la universidad. Tu habitación era más grande que la mía y yo necesitaba usar parte de tu espacio.

«Amigas para siempre».

–Eliges unos momentos muy raros para ponerte sentimental –dijo Laurel, rígida. Incluso con Dani le costaba expresar sus sentimientos.

–Tú no entregas tu corazón fácilmente, pero cuando lo haces es para siempre. Sé cuánto amabas a Cristiano –Dani se acercó con expresión interrogante–. Siempre que nos hemos visto estos dos últimos años, has evitado el tema, pero quiero saber qué fue mal. Dame los detalles.

–Me fui –consiguió decir Laurel.

–Sí, pero ¿por qué? –Dani agarró sus manos–. Cristiano me dijo que tuviste un aborto. No te enfades, lo obligué a contarme lo que había ocurrido. Ojalá me hubieras llamado.

–No podrías haber hecho nada.

–Habría escuchado. Debías de estar devastada.

Devastada ni siquiera empezaba a describir lo que Laurel había sentido ese día.

–A pesar del horror, no puedo creer que te fueras solo por eso. ¿Te dijo algo él? ¿Hizo algo?

Él no había hecho absolutamente nada.

Ni siquiera había interrumpido su reunión.

Era típico que la dulce Dani adivinara que su hermano no estaba libre de culpa, pero Laurel no buscaba ni quería era una reconciliación.

No pretendía castigarlo, sino protegerse a sí misma. Y seguiría protegiéndose, como siempre.

–Sé cómo son los hombres –Dani se negaba a rendirse–. Insensibles y egocéntricos. Siempre dicen lo que no conviene y, si nos molesta, nos acusan de exagerar o tener una sobrecarga hormonal. A veces estrangularía a Raimondo.

–Vas a casarte con él mañana.

–Porque lo quiero y estoy adiestrándolo para que sea

menos insoportable. Cristiano es mi hermano, pero eso no me ciega a sus defectos. Tal vez seamos culpables por depender tanto de él –Dani soltó las manos de Laurel–. Cuando murió papá fue terrible. Mamá estaba fatal, yo tenía once años y Santo aún estaba en el colegio. Cristiano volvió de Estados unidos y se hizo cargo de todo. Nos apoyamos en él... –hizo una mueca– y hemos seguido haciéndolo. Todo el mundo lo admira, pero sé lo testarudo y arrogante que puede ser. Dime qué fue lo que te hizo, Laurie.

–Te agradezco lo que intentas hacer, Dani, pero no cambiará nada. Hemos terminado. No podemos volver atrás. Y yo no querría hacerlo.

–Erais perfectos juntos. Tan perfectos que daba un poco de grima verlo, la verdad. Pero nos devolvió la fe en el amor. Incluso el cínico Santo se quedó atónito por el cambio de Cristiano.

–Apenas nos conocíamos cuando nos casamos –Laurel se sentía como un pez en un anzuelo–. No sirve de nada que intentes convertirlo en un cuento de hadas, Dani. No hay cuento de hadas. Lo siento, pero no todos los episodios de sexo apasionado tienen un final feliz o duran para siempre.

–Cristiano y tú deberíais estar juntos –los ojos de Daniela se llenaron del lágrimas de frustración–. Mi hermano está muy dolorido, sufre, Laurel, y sé que tú también... –las lágrimas se desbordaron y se limpió las mejillas con la mano– voy a arruinarme el maquillaje. A este ritmo no habrá fotos de boda. Laurel, por Dios, ocurriera lo que ocurriera, perdonaos y seguid adelante.

–Estoy siguiendo adelante. Ya he seguido.

–Quiero decir con él, no sin él.

–No debiste interferir –Laurel estaba cansada–. Alojarnos en la misma villa ha sido cruel...

–Cuando estabais juntos no podíais dejar de tocaros. –Dani se sonó la nariz–. Pensé que, si estabais atrapados en el mismo lugar, podríais arreglar las cosas.

–Pues no podemos –Laurel estaba segura de que su presencia allí era un error–. Me iré mañana a primera hora. No tendría que haber venido.

–¡Eres mi dama de honor! Quiero que estés aquí para mi boda.

–Mi presencia aquí destrozará a la familia –Laurel la miró con frustración. A ella la estaba destrozando; estar tan cerca de Cristiano era más doloroso de lo que había creído posible.

–¡No te vayas!

–Ya no tenemos dieciocho años. Muchas cosas han cambiado –Laurel se preguntó cuándo su amiga se había vuelto tan egoísta que solo pensaba en sus propias necesidades. Estar allí la estaba matando–. Tienes a tus primitas de ayudantes –pensó en las cuatro niñas de pelo oscuro que correteaban por todos sitios creando el caos y encantando a todo el mundo con sus risas.

–Te quiero a ti, y quiero que Cristiano y tú volváis a estar juntos.

Aunque pudiera parecer superficial, Laurel envidió a Dani su forma de ver el mundo: aún creía que a la gente buena le pasaban cosas buenas.

–Abajo se celebra una fiesta en tu honor. Deberíamos bajar –se apartó de su amiga.

Laurel recordó las veces que habían reído juntas en la residencia universitaria y añoró la simplicidad de aquellos días.

Alguna gente pensaba que era mejor haber amado y perdido que no haber amado nunca.

Laurel pensaba que esa gente estaba loca.

EXHAUSTA por el bombardeo emocional, Laurel se preguntó si sobreviviría a una velada entera cerca de Cristiano. Hacía tanto tiempo que no lo veía que se sentía como una adicta con síndrome de abstinencia.

Lo oyó reír y giró la cabeza para mirarlo. Nunca había reído tanto como cuando estaba con él. La vida le había parecido liviana y esperanzadora. En ese momento reía con otra mujer. Y era muy bella.

Su forma de comunicarse sugería una intimidad que iba más allá de la mera amistad.

En ese momento, una de las primitas corrió hacia él y tocó su pierna. Con una sonrisa, Cristiano la alzó en brazos, otorgándole atención plena. A juzgar por la expresión de la niña, le dijo algo divertido.

Ver su interacción con la niña desató todo lo que Laurel guardaba en su interior. Se dio la vuelta, preguntándose si alguien lo notaría si se marchaba.

Estuviera donde estuviera, era consciente de él. Lo percibía hasta de espaldas. La sensación invadía su mente y le impedía concentrarse. Anhelaba mirarlo. Por una vez, agradecía que la multitud y las normas sociales le impidieran correr a su lado y deshacer cuanto había hecho.

—Deberías comer algo —Cristiano apareció a su lado e hizo un gesto a una camarera que circulaba con una bandeja de canapés.

–No tengo hambre.

–A no ser que pretendas llamar la atención, te sugiero que comas –Cristiano tomó un trozo de pollo de la bandeja–. Está marinado en zumo de limón y hierbas. Tu bocado favorito.

Ella se preguntó si estaba conjurando a propósito el recuerdo de la noche que habían asaltado la cocina como niños y bajado a la playa.

Ese decadente picnic a la luz de la luna era uno de sus recuerdos más felices.

Laurel tenía la sensación de estar a punto de ahogarse de pena. Aceptó el pollo porque le pareció más fácil que discutir. Consiguió masticar y tragar, aunque él la observaba con esos ojos oscuros y aterciopelados que veían demasiado.

Dejó de mirar la curva cínica de su boca, inquieta por el impulso que sentía. Estaban tan cerca que no le costaría nada besar sus labios. Se fundiría con él, que enredaría los dedos en su cabello y devoraría su boca con una destreza enloquecedora. Nadie besaba como Cristiano. Tenía un conocimiento innato de lo que necesitaba una mujer, y su repertorio iba de ardiente y descontrolado a lento y sensual.

El aroma del mar se mezclaba con el dulce perfume de las flores mediterráneas, y a su alrededor se oía el tintineo de las copas y el zumbido de las conversaciones. Aunque la terraza estaba llena de gente, el mundo se limitaba a ellos dos.

Los ojos de él oscurecieron bajo las espesas pestañas y el ambiente entre ellos cambió. Aunque de lejos parecieran dos personas intercambiando palabras corteses, tanto Laurel como él habían notado el sutil pero peligroso cambio.

Ella tenía la sensación de ser una barca que la corriente arrastraba hacia una letal catarata. Frenética, intentó retroceder, salvarse de la caída.

–He oído que Santo y tú por fin habéis encontrado un buen terreno en Cerdeña –el bien elegido recordatorio de su dedicación a los negocios tuvo el efecto que esperaba.

–Estamos negociando la compra –estrechó los ojos–. Urbanizar en Cerdeña no es fácil.

Pero ella sabía que encontraría la manera. Era lo suyo. Adoraba los retos, aunque solo fuera para demostrar que podía ganar a quienes se le oponían.

Y por eso estaba tan enfadado con ella. No solo por su marcha, sino porque no le había dado la oportunidad de luchar y vencer.

–Enhorabuena. Sé cuánto deseabas establecer la empresa allí.

–El trato aún no está finalizado.

Ella no dudaba que lo estaría pronto.

El aire vibraba entre ellos, pero ante tantos invitados tenían que actuar de forma civilizada. La curiosidad de la gente era obvia, pero Cristiano era demasiado poderoso para que se atrevieran a observar o especular abiertamente.

De pronto, ella se preguntó si su separación había sido difícil para él, un hombre que había vivido una vida dorada, siempre ascendiendo a lo más alto. Hasta que ella lo abandonó, no había habido impedimentos a sus planes de futuro.

–Aquí estás, Cristiano –el aroma de las flores se rindió al perfume más fuerte de una bella chica, con ojos de gacela y boca ancha y sensual. Esbozó una sonrisa coqueta y, sin mirar a Laurel, puso una mano en el brazo de él.

Laurel sintió una inquietante e intensa punzada de

celos. Miró esa mano, odiando ser testigo de un acto tan posesivo. Las largas uñas rojas parecían manchas de sangre. No habría sentido más dolor si la chica se las hubiera clavado en el corazón.

Los celos se transformaron en ira. Nunca lo dejaban en paz, fueran donde fuera, las mujeres se peleaban por acercarse, coquetear, atraer su atención. A él no le parecía raro, siempre había sido así desde que era adulto.

Aún recordaba la expresión de su rostro cuando la invitó a salir con él y lo rechazó. Casi tan atónita como cuando se fue, dejando su matrimonio atrás.

Incapaz de soportar las uñas rojas y la mirada coqueta, Laurel se dio la vuelta para irse. Pero Cristiano, más rápido, estiró el brazo y cerró los dedos sobre su muñeca, impidiendo su huida.

—Adele, no sé si conoces a Laurel.

—Oh —la sonrisa se enfrió, revelando el puesto que ocupaba Laurel en sus intereses—. Hola.

—Mi esposa —dijo Cristiano con voz firme.

Laurel se quedó quieta, sintiendo el golpeteo de la sangre en sus sienes y la mano de hierro en su muñeca. No entendía que él hiciera énfasis en una relación que había acabado. Era poco y tarde.

—Oh —la chica estrechó los ojos y quitó la mano de su brazo—. Seguro que tenéis mucho que hablar —ofreció a Laurel una sonrisita que decía: «Puedo esperar a que desaparezcas de escena», y fue hacia Santo, que reía al otro lado de la terraza.

—¿Ves? Sí puedo ser sensible —su voz sonó dura. Era una clara referencia al día que ella había perdido los estribos, molesta por el interminable desfile de mujeres que no consideraban que una esposa fuera impedimento para el coqueteo. Lo había acusado de insensible, y él a ella de exagerada.

Laurel pensó que hacerse eco de sus sentimientos sobre el tema cuando estaban a punto de divorciarse era bastante insensible. Demostraba que podría haberse esforzado antes si hubiera querido.

—Ya no me importa quién flirtea contigo —deseó que fuera verdad, pero su mente la torturaba preguntándose con qué mujeres estaba saliendo Cristiano. Habían pasado dos años. Un hombre como él no duraba mucho solo cuando se corría la voz de que su esposa lo había abandonado.

—¿Esperas que crea eso?

El sol estaba a punto de ocultarse, pronto se encenderían las luces engarzadas en los árboles. Era un escenario demasiado bello y romántico para los últimos suspiros de agonía de un matrimonio.

—Me da igual que lo creas o no —se preguntó si él era consciente de que seguía agarrando su muñeca. Al otro lado de la terraza, la morena exageraba cada movimiento para atraer la atención del hombre que la interesaba—. No me importa si tienes un harén.

—¿Te sentirías mejor si lo tuviera? ¿Eso tranquilizaría tu conciencia?

—Yo no tengo problemas de conciencia.

Laurel supo, por el destello defensivo de sus ojos, que había captado la implicación de que era él quien debía tenerlos. Nadie podía acusar de lentitud a Cristiano Ferrara, era muy inteligente. Y eso hacía aún más doloroso que se negara a pedir disculpas.

Él inspiró profundamente y ella se preguntó si por fin admitiría su parte de culpa en la ruptura.

—Juntos, en la capilla que ha pertenecido a mi familia durante generaciones, hice votos. «En lo bueno y en lo malo. En la salud y en la enfermedad» —su cólera no era menos peligrosa por el hecho de ser contenida—. Tú pro-

metiste lo mismo. Llevabas un bonito vestido blanco y
el velo de mi abuela. ¿Lo recuerdas? ¿Empiezan a sonar
campanitas en esa caótica cabeza tuya?

–¿Estás acusándome de romper mis votos? «En la
salud y en la enfermedad», Cristiano –le devolvió, deseando tener fuerzas para abofetearlo–. No recuerdo haber oído: «Siempre que ni una ni otra interfieran con los
negocios de tu marido».

Furiosa consigo misma por abrir una herida que había querido mantener cerrada, y más furiosa con él por
ser ciego a sus carencias, se liberó de su brazo y casi corrió hacia la escalera que bajaba a la playa privada. Se
sentía como Cenicienta a medianoche, pero ella no quería que el príncipe la alcanzara.

–¿Adónde crees que vas? –Santo se situó delante de
ella, bloqueándole el camino.

–De vuelta a la villa. Aunque no es asunto tuyo –Laurel maldijo a los Ferrara para sí.

–Estás haciendo daño a mi hermano. Eso lo convierte en asunto mío.

–Es lo bastante grande para cuidarse solito.

Laurel sabía que eso no detendría a Santo, y sintió
envidia de que se preocupara de su hermano.

Nadie se preocupaba de ella. No era algo que espe-
rase ni quisiera.

–Tenerte aquí le lía la cabeza. Solo quiero decirte
una cosa, Laurel... –dijo, algo borracho y muy enfadado–. Si vuelves a hacer daño a mi hermano, te aplas-
taré como a un insecto. *Capisci*?

–*Non capisce niente* –replicó Laurel–. No entiendes
nada. No te metas en mis asuntos, Santo.

«Hacer daño a mi hermano...». Por lo visto, el daño
que su hermano le había hecho a ella no contaba para
nada.

Laurel lo apartó de un empujón, consciente de que eso la convertiría en objeto de miradas curiosas. Sin duda, todos querían saber qué le había dicho Santo a la desobediente exesposa de su hermano para que saliera corriendo.

Casi voló escalones abajo. Había oscurecido y las lámparas solares que iluminaban el camino que bajaba a la playa parecían un millón de ojos que contemplaran su escapada. Notando una opresión en el pecho, disminuyó el ritmo. Lo último que necesitaba era un ataque de asma.

Poco a poco, la música y la cháchara quedaron atrás. Allí dominaba el sonido de las olas golpeando la orilla. Laurel se quitó los zapatos. La soledad era un bálsamo para sus heridas.

Todos estaban furiosos con ella. Era tan bienvenida como un virus mortal en una fiesta infantil. La enfurecía que asumieran que toda la culpa era suya.

Estaba allí por Dani, pero por fin veía claro que cuando su amiga aceptara que Laurel y Cristiano habían terminado, también acabaría su amistad.

Deprimida por la idea, Laurel se sentó en la arena y se abrazó las rodillas, dejando a un lado el bolso y los zapatos. El mar se extendía ante ella, negro como la tinta. Había sido una estúpida al pensar que su amistad con Dani podría continuar después de lo que había hecho.

Intentó controlarse, consciente de que la opresión en el pecho aumentaba. No sabía cuánto tiempo llevaba allí sentada, con los ojos llenos de lágrimas, cuando notó que dejaba de estar sola.

—Vuelve a la fiesta, Cristiano. No tenemos nada más de qué hablar —ordenó, enfadada porque no hubiera tenido la sensibilidad de dejarla en paz.

—Quiero hablar del bebé.

–Yo no.

–Lo sé, y por eso estamos en esta situación. Porque te negaste a hablar de ello.

Su injusticia la dejó sin aire. Incluso tratando el más delicado de los temas, el lenguaje corporal de Cristiano tenía la sutileza que habría tenido un invasor que llegara a esquilmar Sicilia.

Las piernas firmes y separadas, y una mano en el bolsillo. Los hombros tensos, listos para la batalla, y los ojos color carbón entrecerrados, como si evaluara a su contrincante. Laurel reconoció al Cristiano experto en solventar problemas.

Un metro noventa de macho siciliano furioso, dispuesto a luchar hasta obtener la victoria. Y aunque una parte ella odiaba ese aspecto él, otra parte admiraba su fuerza y determinación.

Apretó los dientes, diciéndose que no la atraía su virilidad. «Acaba con eso, Laurel». Tenía que apagar esos diminutos destellos de deseo antes de que se extendieran y sofocaran su sentido común.

–¿Quieres hablar del bebé? Bien, hablemos. Estaba embarazada de diez semanas. Tuve dolores abdominales. Tú estabas en viaje de negocios. Te llamé, pero decidiste seguir con tus negocios. Tomaste tu decisión. La situación empeoró. Volví a llamarte pero habías apagado el teléfono. Dejaste tus prioridades muy claras. No hay más que decir sobre el tema –el idílico entorno no diluía la tensión que latía entre ellos.

–Tergiversas los hechos. Llamé al médico y me aseguró que con unos días de reposo estarías bien. Nadie esperaba que perdieras al bebé.

Ella sí había esperado perder al bebé. Desde el primer calambre, su instinto femenino le había dicho que algo iba muy mal.

–Entonces, eso te libra de responsabilidad.

–*Accidenti*, ¿por qué te niegas a hablarlo?

–Porque esto no es una conversación. Es otro monólogo en el que me dices lo que debo sentir. Quieres que diga que todo fue culpa mía, que me porté de forma poco razonable, pero no lo diré porque no es cierto. Fuiste tú el del comportamiento poco razonable –su respiración sonó agitada–. Y no fuiste poco razonable. Fuiste cruel, Cristiano. Cruel.

–¡Basta! –bramó él–. Haces que suene como si hubiera sido muy fácil, pero mi rol en la empresa conlleva una gran responsabilidad. Mis decisiones afectan a miles. Y a veces son decisiones difíciles.

–Y a veces son erróneas, sin más. Admítelo.

Él exhaló y maldijo al mismo tiempo, con el rostro contorsionado por la exasperación.

–Desde luego, en retrospectiva, admito que es posible que tomara la decisión incorrecta ese día.

Nunca se había acercado tanto a una disculpa, pero eso no palió el dolor que ella sentía. Atenazada por una avalancha de emociones, olvidó la promesa que se había hecho de no revisitar el pasado.

–No debería hacerte falta retrospectiva para saber que fue un gran error. Sabías cuánto me costó llamarte y pedirte que vinieras. ¿Cuándo te había pedido ayuda o apoyo? Nunca. Solo esa vez, cuando estaba sola y aterrorizada. Pero estabas demasiado ocupado jugando al magnate para tener esa pizca de sensibilidad. ¿Sabes lo peor de todo? –le tembló la voz–. Antes de conocerte nunca había necesitado a nadie. Era fuerte. Confiaba solo en mí y solucionaba mi vida. Pero tú me abriste como a una almeja, quitándome la protección. Exigiste que me abriera. Me obligaste a necesitarte y yo, estúpida de mí, te di ese poder. Y me fallaste.

—Dirijo una corporación mundial —Cristiano tironeó de la pajarita y desabrochó el botón superior de la camisa—. Soy un hombre con enormes responsabilidades y en esta ocasión...

—Eres un hombre que pone a su esposa en segundo lugar, tras sus negocios, Cristiano. Lo que más me deprime es que sigues sin admitir que tu decisión fue pésima. Te crees tan incapaz de equivocarte que he tenido que arrancarte ese «es posible que tomara la decisión incorrecta». Pues tengo una noticia para ti: es indudable que tomaste la decisión incorrecta —echó la cabeza hacia atrás y tomó aire para decir las palabras que aniquilarían su relación—. Te odio por eso casi tanto como te odio por hacer que te necesitara. Eres un matón arrogante e insensible, y no te quiero en mi vida.

—¿Un matón? —tensó los hombros—. ¿Ahora soy un matón?

—Empujas y empujas hasta que las cosas van por donde quieres que vayan. Da igual el asunto que sea, tienes que ganar —dijo ella—. Te interesaba tanto ese negocio caribeño que te convenciste de que yo estaría bien. Justificaste tu actitud recordándote cuánta gente dependía de ti y que tu responsabilidad era quedarte hasta el final de la reunión. Pero lo cierto es que te quedaste porque crees que nadie hace las cosas tan bien como tú, y porque te encanta el triunfo. Te tendría más respeto si tuvieras la honestidad de admitirlo. Pero te dices que la culpa es mía porque la alternativa sería reconocer tu error, y tú no te equivocas, ¿verdad? —posiblemente fuera la parrafada más larga y reveladora que él había oído de sus labios. Vio en sus ojos cuánto lo impactaba.

—Ya he admitido que tomé la decisión errónea. Pero has vuelto a desviar la conversación, evitando hablar del bebé que perdiste.

«Que perdimos», pensó ella. «Lo perdimos ambos». Como era habitual, él respondía atacando y quitando importancia a sus propios fallos.

–Estás muy orgulloso de ser capaz de hablar de tus emociones, pero son las tuyas, Cristiano. No te interesan las de ninguna otra persona a no ser que encajen con las tuyas. Quieres conocer mis sentimientos para poder decirme que me equivoco; para cambiar mi mente y decirme qué debo pensar. Tienes la sensibilidad de un tanque, y odio tu actitud cavernícola y dominante.

–Recuerdo una época en la que te gustaba mi actitud cavernícola y dominante –le devolvió él. Sus ojos negros tenían un brillo letal.

–Eso fue hace mucho tiempo –dijo ella, sintiendo una súbita oleada de calor sensual.

–¿De verdad? –la levantó del suelo sin darle tiempo ni a decir su nombre.

Ella tuvo que apoyar la palma de la mano en su pecho para equilibrarse. Sintió los duros músculos a través de la fina camisa de seda. Como si estuviera en trance, se inclinó hacia él. Estaba sofocada, pero no sabía si era por el calor siciliano o por la pasión que le quemaba la piel.

Desde la distancia había sido fácil racionalizar la química, pero la realidad era muy distinta. Tras dos años de negación, en vez de apartarse de él curvó los dedos y agarró su camisa. Impotente, vio cómo la cabeza de él descendía hacia la suya. Estaba tan lista para su beso, tan deseosa, que fue un golpe brutal que la soltara de repente.

Él le estiró los dedos para que soltara la camisa, como si fueran un insecto indeseado.

–Tienes razón... –dijo con desdén– no tiene sentido hablar. Nada, nada, justifica que abandonaras nuestro matrimonio. Te crees muy dura e independiente, pero eres una cobarde que prefiere correr a quedarse y luchar.

Y ella corrió. Con los pies descalzos y el corazón desnudo. Corrió por la arena hacia la villa.

«Cobarde, cobarde, cobarde...».

Cada vez que sus pies golpeaban la arena oía la palabra en su cabeza e incrementaba el ritmo para escapar de ella. Aunque volvía a sentir presión en el pecho, corría sin pausa y sin mirar atrás. Cuando llegó a la villa le ardían los pulmones y apenas podía respirar. Doblada, paró junto a la puerta y supo de inmediato que tenía problemas graves.

Necesitaba el inhalador ya. En ese momento, si quería evitar el ataque de asma que se avecinaba.

Unos minutos antes su mayor miedo había sido lo que sentía por él, pero había sido superado por otro peor y más peligroso: la necesidad de aire.

Le ardían los pulmones y respirar resultaba cada vez más difícil. Con manos temblorosas buscó su bolso, y comprendió que ya no colgaba de su hombro. Lo había dejado en la arena.

Laurel tuvo un instante de pánico y se maldijo por ser tan estúpida. Tendría que haber utilizado el inhalador antes, en vez de discutir con él.

Su pecho empeoraba por momentos. Le faltaba el oxígeno. Saber que no tenía con el inhalador acrecentaba el estrés. Estar sola en medio de un ataque era lo que más la aterrorizaba en el mundo.

Laurel entró en la villa, se sentó en el suelo y apoyó la espalda en la pared. «Respira. Respira. Despacio. Relájate». Tenía que volver a por el inhalador, pero no era capaz de andar tanto.

Diciéndose que todo iría bien si se calmaba, se obligó

a mirar la lámpara que había en el rincón y a olvidar su encuentro con Cristiano. Oyó el sonido sibilante que anunciaba el principio de un ataque. «No. Ahora no». La puerta se abrió de golpe.

—Siempre sales corriendo, pero tú y yo vamos a... —calló al verla acurrucada en el suelo, intentando respirar—. ¿Laurel? —se acuclilló contra ella y le alzó el rostro—. ¿Asma?

Ella asintió, muda.

—Eres tonta por echar a correr. ¿Dónde está tu inhalador? —preguntó. Su éxito en los negocios le debía mucho a esa capacidad de centrarse y establecer prioridades.

—En el bolso... lo dejé...

—¿Este bolso? —el diminuto bolso plateado colgaba de sus dedos. Al verlo, ella dejó caer los hombros. Los pitos estaban empeorando.

Extendió las manos temblorosas, pero él ya había abierto el bolso y sacaba el inhalador.

—¿Es este?

Ella asintió y él apretó los labios.

—No tendrías que haber corrido. ¿Desde cuándo ha empeorado tanto tu asma?

Había sido desde que sus niveles de estrés se habían disparado. Desde aquella horrible noche en el hospital.

Laurel quería llorar, pero no tenía aire suficiente para hacerlo. Él le puso el inhalador en los labios y ella inspiró, más tranquila al saber que él estaba allí, fuerte y seguro. Aunque pronto le pediría que se fuera, en ese momento era un bálsamo para su ansiedad.

—Llamaré a un médico —dijo él.

Laurel negó con la cabeza, inspiró una vez más y apartó sus manos y el inhalador. Si aún era capaz de percibir que él tenía una boca de lo más sexy, y era el caso, era obvio que no estaba al borde de la muerte–. Vuelve a la fiesta.

–Claro, lo que más me apetece en este momento es bailar toda la noche –el sarcasmo estaba teñido de preocupación y rabia–. Soy un hombre que aprende de sus errores, tesoro. La última vez que me fui cuando me necesitabas, aunque en mi defensa diré que no sabía lo...

–No puedes hacerlo, ¿verdad? –Laurel inspiró con dificultad–. No puedes... pedir perdón.

–Por una vez, me alegro de que no tengas aliento para discutir. En cuanto a pedir perdón, me voy acercando cada vez más.

–No te molestes. Es demasiado tarde, ya te odio –Laurel cerró los ojos, pero no antes de ver un atisbo de pecho bronceado y salpicado de vello.

Sabía perfectamente cómo era el resto de su cuerpo bajo la ropa. Veía cada curva de sus músculos, el abdomen plano y los muslos firmes. Era el único cliente cuyo físico no había podido mejorar.

–No me odias, tesoro –afirmó él.

Su seguridad debería haberla airado, odiaba que él considerara la adulación y el respeto de la gente como un derecho. Entraba en una habitación sabiendo que iba a conquistar, y eso la exasperaba.

–Vete, o la gente murmurará –dijo ella. Le faltaba el aire, pero esa vez no era por el asma.

–No voy a molestarme en contestar a eso. ¿Necesitas el inhalador otra vez?

Ella abrió los ojos y, viendo que él aún tenía el inhalador en la mano, negó con la cabeza.

–Si no vuelves, Dani se dará cuenta.

–Cuando Dani vea que faltamos los dos, supondrá que estamos juntos. Lo celebrará abriendo botellas de champán.

–Eso es lo que me preocupa. Vuelve allí.

–¿En serio crees que voy a volver? Aprendí mi lección hace dos años.

La ironía del asunto habría hecho sonreír a Laurel, si hubiera tenido energía suficiente.

–Hace dos años te quería, ahora no –sus bronquios volvían a dilatarse, gracias a la medicación–. No soy hipócrita. Yo elegí dejar este matrimonio, no puedo esperar que me des la mano cuando estoy asustada. Y no digo que lo esté.

–Claro que no. Que Dios te libre de admitir un ápice de vulnerabilidad. Dime... –su voz sonó serena, como si no hubieran discutido en absoluto– ¿alguna vez has buscado el apoyo de alguien?

–Busqué el tuyo –«y no lo obtuve».

–Eso me lo he buscado –dijo él, oyendo las palabras no pronunciadas. Se sentó junto a ella. Rozó su brazo con la manga de la chaqueta y Laurel sintió la conexión en lo más profundo de su alma. No había esperado que se quedara.

–No recuerdo haberte invitado a sentarte.

–Eres la mujer más irritante que he conocido en mi vida. Lo sabes, ¿verdad?

–¿Yo soy irritante? –ella no sabía si reír o llorar–. Cuando más te necesitaba, estabas desaparecido, y ahora que no te necesito es imposible librarme de ti. Eso es irritante. Vuelve con tus mujeres, Cristiano.

–¿Con cuál de ellas? Según tú, tengo un harén.

–Seguro que cualquiera te ofrecerá la adoración que necesitas –Laurel notó la sólida calidez de su brazo, junto al suyo. «Sentía un extraño cosquilleo y tenía los nervios a flor de piel. Reconociendo los síntomas, sintió un pinchazo de alarma. Necesitaba que él se fuera. Ella no tenía aliento para moverse, ni otro sitio adonde ir.

—No desperdicies oxígeno diciendo bobadas.

—Consideras a las mujeres una especie inferior.

—¿Eso es lo mejor que se te ocurre para discutir? –echó la cabeza hacia atrás y se rio–. Eso me confirma que te encuentras fatal.

—Solo quiero que te vayas.

—Sí, lo sé –su voz sonó grave–. Pero no me iré.

—Me estresa que estés aquí.

—¿Por qué?

El rítmico canto de las cigarras y el roce del mar en la arena rellenaron el momento de silencio.

—Por un millón de razones.

—Dime una.

—Porque nuestro matrimonio ha terminado. Y porque tú siempre quieres que todo sea a tu manera. Ya ves, he dicho dos –intentó levantarse, pero él la sujetó–. Suéltame. Tengo las piernas adormecidas. Necesito moverme.

—Claro. Siempre que la conversación se vuelve incomoda, quieres moverte, a ser posible en dirección opuesta y a toda velocidad –se puso en pie–. Dejaré que vayas hasta la cama –sin darle opción a protestar, la levantó en brazos.

—Eh, puedo andar. No necesito que demuestres tu hombría, sabes que no me impresiona –su respiración se agitó, pero no por el asma, sino por estar tan cerca de él. Se abrazó a su cuello, diciéndose que era por seguridad.

La llevó a la habitación y la dejó en la cama. El ventanal estaba abierto y corría una leve brisa. Él se quitó la chaqueta, la dejó en el sofá y apiló las almohadas tras la cabeza de ella.

—¿Estás mejor? ¿Cuándo empeoró tu asma tanto? En el tiempo que estuvimos juntos solo te vi tener un ataque, cuando mi piloto tuvo que hacer un aterrizaje de emergencia y alguien te lo dijo.

–Estábamos en mitad de un proyecto enorme. No quería que murieses y me dejaras a mí todo el trabajo –no quería pensar en el horror de aquel día. Su lucha era olvidar lo que habían compartido.

–Claro –los labios de él se curvaron con ironía–. Estabas preocupada por el trabajo. No era porque tu mundo se tambalearía sin mí.

–No te veía lo suficiente para eso, como mucho mi mundo habría temblado un poco.

–Si tenía tan poco impacto en tu vida, ¿por qué has traído dos inhaladores a la boda?

–¿Había dos en el bolso? –ella simuló sorpresa y él bajó los párpados con exasperación.

–Ojalá aprendieras a ser honesta sobre tus emociones.

–Ojalá aprendieras a no dar rienda suelta a las tuyas. Supongo que tengo que hacer concesiones porque eres siciliano.

–¿Concesiones?

A ella la alivió saber que aún podía irritarlo. Dos minutos más y él estaría maldiciendo en italiano y saliendo de allí. Contaba con ello.

–Ser siciliano es una desventaja en la vida –murmuró, compasiva–. No podéis evitar ser emocionales, lo lleváis grabado en el ADN.

–No todo el mundo teme a las emociones –se desabrochó los puños de la camisa–. Pero tú sí. Te aterrorizan. Dos inhaladores de terror.

Ella se preguntó por qué no estaba poniéndose la chaqueta para volver a la fiesta. Al ver que no contestaba, él alzó una ceja.

–¿No dices nada, Laurel? ¿Ninguna frase incendiaria

para conseguir que me vaya? Es lo que quieres, ¿no?
¿Crees que no lo sé? –dejó los gemelos en el pequeño
escritorio orientado hacia el mar y se remangó la camisa. Ella recordó esos brazos sujetándola y desvió la
mirada, rechazando la oleada de deseo que sentía.

–Puedes irte o quedarte, me da igual. No te necesito.

–Necesidad y deseo son cosas distintas –miró el inhalador que ella aún tenía en la mano–. Así que los ata-
ques sobrevienen por estrés. Interesante. No estabas estresada cuando vivíamos juntos.

–Como he dicho, eso es porque nunca te veía –le
dijo con dulzura–. En las últimas veinticuatro horas te
he visto más que en todo nuestro matrimonio. Probablemente esté estresada por eso.

–Yo también estoy estresado. Volverías loco a cualquier hombre –farfulló él. Su voz grave le provocó un
escalofrío de deseo a Laurel.

–Solo tienes que sobrevivir a mi compañía hasta el
domingo. Mi vuelo sale a primera hora.

–Mañana por la mañana tenemos una reunión con
los abogados.

–No necesito hablar con ellos. Acuerda lo que quieras, no discutiré.

–Si estás tan enfadada conmigo, esta es tu oportunidad para arruinarme –se sentó en la cama.

–Nunca me importó el dinero, lo sabes.

–No sé nada porque nunca compartes nada. Tener una
relación contigo es como jugar a las adivinanzas –sonaba
cansado y eso inquietó a Laurel más que la ira o el sarcasmo. Nunca lo había visto cansado, Cristiano era pura
energía.

–Si hubieras estado presente más a menudo, no te
habría hecho falta adivinar –Laurel sabía que aquel terrible día, el día que él no estuvo, sus emociones habían

sido visibles para los únicos testigos: los médicos del hospital privado–. Volaré a casa mañana. Lo último que necesitas es a tu exesposa en la boda de tu hermana.

–Esposa –corrigió con suavidad y firmeza–. No eres mi exesposa.

–Pronto lo seré –era demasiado peligroso estar tan cerca de él. No se atrevía a mirarlo. Ni a moverse por si sus cuerpos se rozaban.

–Respiras mejor. Dormiré en el sofá del salón, con la puerta abierta. Llámame si necesitas algo.

–No hace falta que hagas eso –tenía un nudo en la garganta–. Ve a contestar los miles de correos electrónicos que sin duda te esperan.

–¿Ahora me das permiso para ser insensible?

Laurel encogió los hombros, como si le diera igual. En realidad, no quería que se portara bien, eso liaría su mente y complicaría las cosas.

–Si te empeñas en hacer de perro guardián, al menos deja que sea yo quien duerma en el sofá.

–¿Por qué? Ya sabes que puedo dormir en cualquier sitio –era cierto, y Laurel lo sabía.

–No apagues –le dijo, sujetándole el brazo al ver que iba a apagar la lámpara de noche.

A su pesar, odiaba la oscuridad. Cuando estaba sola siempre dormía con una luz encendida. Él arrugó la frente y la miró, perceptivo.

–Me quedaré unos minutos, hasta asegurarme de que no necesitas un médico –se quitó los zapatos y se acomodó en la cama, a su lado.

Laurel deseó preguntarle por qué se quedaba; ya era demasiado tarde para su matrimonio.

Siguieron sentados en silencio, sin tocarse. Cuando su respiración se regularizó del todo y dejó de sentir pánico, su conciencia de él se agudizó. Notaba la cercanía de su

largo y fuerte muslo, y oía su respiración profunda y regular. La peligrosa química que los unía y que tendría
que haber muerto con sus sueños, revivió con fuerza.

Ella giró la cabeza para mirarlo, y él la miró a ella.
Ambos tendrían que haber desviado la mirada, pero no
lo hicieron.

Él levantó la mano y acarició su mandíbula. Agachó
la cabeza lentamente, como si no estuviera seguro de si
iba a ir más allá. Rozó su boca con los labios. Aunque
era una locura, ella no pudo apartarse, ardía de antici-
pación. Tras unos segundos de titubeo, él perdió el control y capturó su boca con un beso duro y devorador que
provocó una explosión en su cerebro. Intentó contenerse, no involucrarse en el beso, pero la absorbió hasta
que se fundieron en un solo ser y ella ya no pudo pensar. Se entregaron como animales enloquecidos por las
privaciones. La excitación sexual era embriagadora, tan
compulsiva como cualquier droga e igual de peligrosa.

–No –gruñó él largo rato después, apartando la boca.
Su bello rostro denotaba su pesar–. No.

La emoción de su voz reflejó los sentimientos de
ella. El beso la había afectado y no era ningún consuelo
saber que a él también. Laurel no quería eso. No intentaba promover una reconciliación.

Su futuro no lo incluía. Sin embargo, una pequeña
parte de ella estaba encantada porque él se hubiera ren-
dido a la tentación, pues sabía hasta qué punto era capaz
de controlar sus impulsos. Había querido que el encuentro resultara difícil para él, pero lo que acababan de hacer lo hacía mil veces más difícil para ella.

Pensamientos contradictorios pugnaban en su cabeza, mareándola. No quería que él la deseara. No quería desearlo. Eso sólo empeoraría una situación difícil
de por sí.

Cristiano se levantó de la cama de un salto.

–Dormiré en el sofá. Si necesitas un médico, llámame –sin dedicarle siquiera una mirada, salió de la habitación, dejándola con el cuerpo ardiente y el corazón en pedazos.

Capítulo 4

CRISTIANO, ¿estás escuchándome?

Cristiano comprendió que no había oído ni una sola palabra de lo que había dicho su abogado.

Había dejado la villa al amanecer, con el afán de aliviar su tensión corriendo antes de que el sol se volviera abrasador. Después, había nadado. Luego se había ocupado de su correo electrónico.

No había conseguido dejar de pensar en Laurel.

Quería verla como la perra despiadada que había despreciado sus votos matrimoniales, pero seguía viéndola pálida y vulnerable, luchando por respirar. Acostumbrado a resolver emergencias a diario, lo había asustado el pánico que lo había atenazado al verla. Había estado a punto de exigir la presencia de todos los médicos de la isla.

«De todos menos del idiota que le había asegurado que era normal que una mujer tuviera dolores abdominales y que no perdería al bebé».

Sintió ira, pero sobre todo culpabilidad. Reconocía el daño causado por dar prioridad a un tema de trabajo, en vez de al bienestar de ella. Haber subestimado la gravedad de la situación no lo excusaba. Ni tampoco el que el consejo de un profesional hubiera sido erróneo.

Su mente estaba llena de preguntas. Quería saber cuándo había empeorado tanto su asma. Sabía que sufría de asma desde la infancia, y también que el detonante era el estrés. A juzgar por la noche anterior, sufría un estrés monumental.

Cristiano, recordando el papel que había jugado a la hora de provocar el ataque, se frotó el rostro. Había perdido el control. Aunque su relación había terminado hacía dos años, desde que la había visto en el aeropuerto no había dejado de pensar: «Es mi esposa. Mía».

Antes de conocer a Laurel se había considerado un hombre moderno, en la medida en que podía serlo un hombre siciliano. En las últimas veinticuatro horas, había tenido que replantearse ese análisis; pensaba como uno de sus ancestros cavernícolas. Estaba celoso, más que celoso. Los celos lo reconcomían como un veneno.

No quería que ella siguiera adelante. No quería que se creara una nueva vida en la que él no fuera el personaje principal.

—Te he enviado un documento por correo electrónico —su abogado carraspeó y empujó una carpeta hacia él—. Que te negaras a firmar una separación de bienes o un acuerdo prenupcial, en teoría que te deja muy expuesto.

—No me importa el dinero.

—Tienes suerte. Por lo visto a ella tampoco —Carlo sacó otros documentos del maletín—. Su abogada dice que, si podemos acelerar el proceso de divorcio, está dispuesta a no pedir nada.

—¿Qué le has dicho? —el que estuviera dispuesta a renunciar a todo para librarse de él atizó su instinto básico de macho. No podía odiarlo tanto.

—Le dije que en Sicilia una pareja tiene que estar separada tres años y que la reunión de hoy era una formalidad. Una oportunidad de hablar en persona, dado que hace dos años que no os veis.

Hablar. ¿Cuándo habían hablado? Cristiano se frotó la frente, pero eso no alivió su dolor de cabeza. Le había lanzado recriminaciones y ella había reaccionado de la forma habitual, levantando más barreras y muros entre ellos.

No dejaba de oír la apasionada acusación de que le había exigido abrirse y confiar en él, para abandonarla cuando lo necesitaba. Cierto, le había fallado. Pero eso no excusaba que hubiera puesto punto final al matrimonio. No a su modo de ver.

Cristiano se preguntaba por qué, habiendo millones de mujeres que no dejaban de hablar de sí mismas y de sus emociones, había elegido a la única mujer que no lo hacía. Sabía que el aborto la había devastado, pero ella se negaba a hablar del tema.

Tal vez el error inicial había sido de él, pero ella no había mostrado interés en perdonarlo o aceptar sus gestos conciliadores. Flores, diamantes... Había estado demasiado ocupada haciendo las maletas para prestar atención. Él se había portado mal pero ¿era imperdonable?

—Laurel ha enviado un mensaje: no puede venir porque está ayudando a Dani —era obvio que Carlo intentaba mostrar tacto—, pero le haré llegar los documentos para que los firme hoy.

A Cristiano no se le escapó la ironía de interrumpir una boda por un divorcio.

Le había pedido a su piloto que estuviera listo para volar a Cerdeña después de las celebraciones. Pero antes tenía que pasar por el trago de la boda de su hermana. Y Laurel también.

—Haz lo que haya que hacer —le dijo al abogado—. Tengo que ir actuar de maestro de ceremonias del circo que han montado.

—Cuando vi las flores y los ponis blancos, me pareció que había entrado en un cuento de hadas —Carlo sonrió—. Es típico de Dani.

–Mi hermana está obsesionada con los finales felices –dijo él. Pensó que Laurel, en cambio, no creía en ellos. Aún recodaba cómo, durante la boda, no había dejado de tocarlo para comprobar que era real. Su mano, su rostro. «Dime que esto está ocurriendo. Que no voy a despertarme de repente».

Nunca había visto a nadie tan feliz, y había sentido euforia al saber que se había ganado su confianza. Una euforia que había seguido por una caída en picado cuando todo se estropeó.

Para Laurel el final no había sido feliz. Había sido como estrellarse contra una pared.

–Te queda perfecto –Dani se echó hacia atrás y estudió a Laurel–. Estás guapísima.

–Ambas sabemos que no soy guapa, pero gracias. Tú sí estás bellísima, que es lo apropiado, siendo la novia –Laurel sonrió, ocultando su dolor–. Todo el mundo te estará mirando.

Laurel habría preferido no lucir una pálida túnica de seda ni llevar un ramito de luminosas margaritas amarillas. No encajaban con su estado de ánimo y le recordaban demasiado a su propia boda. Un evento que se esforzaba por olvidar.

Cristiano y ella se habían casado en la capilla privada de la familia Ferrara, dejándose arrastrar por un impulsivo torbellino de felicidad.

Dani había optado por una boda en la playa, e invitado a la mitad de la población de Sicilia.

A Laurel la aliviaba que fuera una boda tan absolutamente distinta de la suya. No habría momentos de nostalgia ni recuerdos incómodos. Solo tenía que pasar el trago y volver a casa.

Por suerte, Cristiano había salido de la villa antes de que ella se despertara, librándolos a ambos de otro incómodo encuentro. Pero temía el momento en el que volviera a verlo.

Ese beso... El hombre sabía besar, pero eso no cambiaba las cosas. Un beso no era amor.

—¿Estás lista? —ajustó el velo de Dani.

—Oh, sí. ¿Y tú?

—Claro. Vamos allá —Laurel sonrió. «Acabemos con esto, y me iré a casa». Volaba al día siguiente.

Solo tenía que sobrevivir a la boda, la cena y otra noche en la villa. Se concentraría en su amiga. No miraría a Cristiano. Fue hacia la puerta.

—Espérame —Dani agarró su brazo—. Quiero ver la cara de Cristiano cuando te vea con ese vestido.

—No te rindes nunca, ¿verdad?

—No cuando es algo por lo que merece la pena luchar. Sabes que aún lo quieres.

—Muévete, o llegarás tarde a tu propia boda —Laurel no seguía queriéndolo. En absoluto.

—No cambies de tema.

—¡Es tu boda! El tema eres tú. Vamos.

Laurel, cruzando la terraza cubierta de flores con Dani, agradeció el estilo ostentoso de su amiga. Su propia boda había sido discreta e íntima. Un intercambio de votos entre dos amantes y los amigos y familiares más cercanos. En la de Dani, había más de doscientos invitados.

No supo cómo había reaccionado Cristiano a su vestido porque, ocupada con el vestido de su amiga, no lo miró cuando llegó a la terraza.

—Estás de vuelta —le dijo la madre de él, cuando estuvieron cara a cara. Ni siquiera el sol siciliano podía paliar la falta de calidez de la frase. Laurel conocía bien el motivo de su desaprobación.

A Francesca Ferrara, cuyo linaje documentado se remontaba a antes del siglo XV, Laurel tenía que parecerle una nuera del infierno. Una descastada que no había cumplido el requisito esencial de una buena esposa siciliana: ser ciega al mal comportamiento de su esposo.

—He venido solo a la boda. Luego me iré.

El cuarteto de cuerda dio inicio a la ceremonia, librándola de una conversación incómoda. Aliviada, se concentró en su papel de dama de honor. Se le hizo un nudo en la garganta cuando, antes de decir los votos, Dani tomó la mano de Raimondo.

Laurel había hecho lo mismo en su boda. Se sentía tan increíblemente feliz que había tenido que comprobar que el momento era real, que le estaba ocurriendo a ella. Cristiano se había reído, había alzado su velo y, tomando su rostro entre las manos, la había tranquilizado con un beso.

Tenía la extraña capacidad de leer su mente y derrumbar sus reservas y su cautela. Era el primer hombre al que había permitido entrar en su corazón. El único hombre.

La caída había sido mucho peor por eso mismo.

Sintió un leve mareo, pero no supo si se debía al calor del sol o a su profunda tristeza. En ese momento se dio cuenta de que Santo la miraba y notó que tenía las mejillas húmedas.

Preguntándose cuándo habían empezado a derramarse las lágrimas sin su permiso, captó el instante en el que la mirada hostil de Santo se transformó en una expresión de intriga.

Laurel deseó que Cristiano no hubiera visto su pérdida de control. No se atrevía a mirarlo, así que se conformó con la esperanza. Si decía algo, tendría que simular que se le había metido algo en el ojo. Arena o un insecto.

Furiosa consigo misma, miró al frente. No era llo-
rona, nunca lo había sido. Pero tenía ganas de llorar
desde que había llegado a Sicilia.

Tal vez la culpa fuera del estúpido vestido.

Había dedicado horas a planificar su equipaje, ase-
gurándose de que toda su ropa fuera práctica. Y allí estaba, luciendo el vestido más romántico del mundo y
siendo testigo de una manifestación pública de amor,
una palabra que anhelaba desterrar de su cerebro.

El nudo que sentía en la garganta se hizo mayor cuando
su amiga intercambió alianzas con el hombre al que adoraba. Laurel habría querido taparse las orejas para no escuchar. Por el rabillo del ojo veía a Cristiano, poderoso e
impactante con un traje oscuro bien cortado.

Se preguntó si él también estaba pasando un infierno. Si sufría tanto como ella.

Laurel apretó las flores, intentando controlar sus
sentimientos. Deseó que Dani y Raimondo se apresu-
raran, para poder irse. Necesitaba hacer algo vulgar y
corriente para serenarse. Volvería a la villa a revisar
su correo electrónico. O se quitaría el vestido y saldría a
correr. Lo que fuera.

Intentó centrar la atención en los exuberantes jardines que les rodeaban. Los jazmines perfumaban el aire
y una buganvilla de color rosa llenaba la terraza de color. Era un lugar precioso, ideal para una boda.

Sin poder contenerse, miró a Cristiano. A través de
la terraza, sus ojos se encontraron.

Él la miraba como si estuviera intentando leer su
mente, con los ojos negros abrasando los suyos, mientras Dani y Raimondo decían sus votos.

«Así éramos nosotros». Los labios de él no se movieron, pero ella oyó sus palabras mentalmente. «Teníamos esto y tú lo destruiste».

Con el corazón desbocado, Laurel volvió a mirar a Dani. Aunque fuera ella la que se había ido, era él quien lo había destruido todo.

Cuando la pareja se inclinó para besarse, Laurel descubrió que tenía la piel de gallina. Sentía escalofríos y estaba pálida como una sábana. El resto de la ceremonia se convirtió en algo borroso, una especie de tortura. Vio a Dani abrazar a su esposo y oyó suspiros y felicitaciones de los invitados, sintiendo cada vez más frío.

De alguna manera consiguió sonreír, aguantar las fotos y decir lo correcto... «Enhorabuena, encantada, sí, está bellísima, muy felices...». Cristiano, por su parte, se aseguraba de que todo fuera perfecto para su hermana, controlando su propio dolor a base de fuerza de voluntad.

Laurel pensó, con tristeza, que él era capaz de sentir, pero a veces se equivocaba del modo más terrible. Por ineptitud, no por crueldad.

Viendo que todos estaban pendientes del novio y la novia, Laurel giró la cabeza. Cristiano hablaba con unos invitados y se permitió mirarlo largamente, sabiendo que sería la última vez.

Admiró las espesas pestañas, la mandíbula fuerte y la tentadora curva de su boca. La añoranza le desgarraba el pecho, lo que no tenía sentido.

Ella no quería dar marcha atrás.

En el fondo sabía que incluso, si él la hubiera puesto por encima del trabajo aquél horrible día, el resultado habría sido igual. Tal vez habrían llegado por otro camino, pero estarían donde estaban.

No funcionaban bien juntos. Una relación necesitaba más que química para ser duradera.

De repente, él volvió la cabeza y captó su mirada. Frunció el ceño, como si hubiera visto algo en su rostro que lo intrigaba.

Laurel se quedó sin aire. Observó cómo él intentaba leerla utilizando su aguda mente para analizar los datos que tenía a su disposición.

Una de las primitas de Dani, nerviosa por la multitud, se agarró a su pierna, buscando seguridad. Cristiano respondió de inmediato, alzando a la niña en brazos. La niña enterró la cabeza en su hombro y él acarició los rizos rubios con mano firme, mientras susurraba palabras tranquilizadoras.

Fue como una bofetada ver esa exhibición de protección masculina. Ese era Cristiano en su salsa, rodeado de gente que dependía de él.

Era una ironía que la única vez que ella se había permitido hacerlo, él no hubiera respondido.

Laurel se apartó discretamente del grupo y fue hasta el otro extremo de la terraza. Si daba un rodeo, podía volver a la villa sin que la vieran. Era su oportunidad para salir de la vida de Cristiano sin complicaciones. Haría la maleta y pondría rumbo al aeropuerto. No esperaría más. Volaría a donde fuera para no pasar la noche en Sicilia.

–¿Qué ocurre, Laurel? –preguntó Santo, interponiéndose en su camino.

–Necesito estar sola –no lo quería como testigo de su desconsuelo. Era humillante.

Unos dedos fuertes agarraron su barbilla y le alzaron el rostro. Frunció el ceño al ver sus ojos.

–Estás llorando. ¿Por qué ibas a llorar tú?

–He estado mirando al sol.

–¿Por qué te marchas?

–Porque fue una locura venir –le contestó–. Un divorcio y una boda no combinan bien.

–Estaba observándote. Cuando Dani dijo sus votos, parecía que alguien te estuviera arrancando la piel tiras.

–La muerte de un matrimonio siempre es triste.

–No estaba mirando a una mujer que lamentara la muerte de su matrimonio.

–Me viste dolida. Fue difícil para mí verlos intercambiar esos votos, cierto. Eso no cambia el hecho de que Cristiano y yo hayamos acabado.

–¿Por qué? Es obvio que sigues enamorada de él.

–¡No estoy enamorada de él! –su pie casi resbaló en el escalón–. Es... eres... No lo estoy –no quería estarlo, se negaba a estarlo. Eso sería como haber estado a punto de ahogarse en el mar y luego decirle a alguien que se amaba el agua.

–Nunca he visto a una mujer esforzarse tanto por no mirar a un hombre como tú a Cristiano durante la ceremonia. ¿Temías que, si lo mirabas, él vería lo que sentías? Siempre tuvisteis eso... –abrió las manos con un gesto expresivo– esa capacidad de leeros la mente. Sabíais lo que estaba pensando el otro. Él solía bromear conmigo por eso, me decía que un día encontraría a una mujer con la que conectaría como él contigo.

Laurel se sentía como si estuviera a punto de desmayarse. Quería que Santo la dejara en paz.

–Ocúpate de tu vida sentimental, Santo, yo me ocuparé de la mía –intentó pasar, pero él la agarró.

–Lo que hiciste casi destrozó a mi hermano. Le vi arrastrarse día tras día. Perderte fue como perder el oxígeno. Sin ti no podía respirar.

–Santo... –Laurel tampoco podía respirar. Empezaban a arderle los pulmones.

–Lo más gracioso es que no creía en el amor hasta que os vi a los dos juntos.

Laurel se agachó, pasó por debajo de su brazo y echó a correr.

Suponía que podría disponer de pocos minutos. Minutos para hacer la maleta y marcharse de la villa antes de que él fuera a buscarla.

Minutos para acabar con la historia para siempre.

El cielo había pasado del color rojo a un negro aterciopelado, tachonado de estrellas. Si había un momento para creer en el romance y en los finales felices, era ese. Pero Laurel no era creyente.

Se había terminado y tenía que salir de allí.

Capítulo 5

DESDE el otro extremo de la terraza, Cristiano contempló el intercambio entre su esposa y su hermano. La niña que tenía en brazos dijo algo y él contestó automáticamente. Después la dejó en el suelo y le dijo que fuera a jugar. Su mente estaba inmersa en Laurel.

Durante la boda la había ignorado. No quería que su infierno privado hiciera acto de presencia en el día de su hermana. Pero, cuando Santo le había dado un golpecito para que la mirara, había captado la expresión de su rostro y sabido que ella estaba pensado lo mismo que él. Lo había dejado atónito ver el brillo húmedo de sus mejillas. En el tiempo que habían estado juntos, no la había visto derramar una sola lágrima. Era la mujer más dura y fuerte que conocía.

–Ve tras ella –susurró con urgencia Santo, sereno y sonriente en apariencia–. Ve ahora, porque se marchará en minutos.

–Es complicada.

–Todas las mujeres son complicadas. No es que las entienda, pero sé una cosa... –Santo agarró una copa de champán de una bandeja– si existe el amor, esa mujer te ama. Vete. Yo te sustituiré aquí.

Cristiano se quedó inmóvil, recordando su rostro en la sesión de fotografía: anhelo y una intensa tristeza, como si la situación estuviera absorbiéndola y ahogándola. Eso no tenía sentido.

¿Por qué iba a estar triste si quería el divorcio? Si no tenía sentimientos por él, ¿por qué la estresaba tanto la situación?

De repente, una luz de comprensión destelló en su cerebro. Se apretó la frente con los dedos.

Por mucho que lo negara era obvio que lo quería. También era obvio que amarlo la asustaba mortalmente. Huía porque temía rendirse a esos sentimientos. No quería perdonarlo porque le daba miedo. Temía volver a confiar en él.

A su espalda oyó risas y los primeros acordes de la música, pronto empezaría el baile.

Poco después, movido por la ira consigo mismo, y con ella, Cristiano entró en la villa con la sutileza de un policía en una redada. Cerró de un portazo y Laurel salió corriendo del dormitorio.

–¿Qué ha pasado? –le preguntó, asustada.

Cristiano vio la maleta a los pies de la cama y supo que llegaba justo a tiempo. Santo había tenido razón. Unos minutos después se habría ido.

Empeñado en desvelar la verdad, caminó hasta ella, la arrinconó contra la pared y apoyó un brazo a cada lado, atrapándola.

«Ahora intenta escapar. Inténtalo, belleza mía».

La intensidad de la ira que crecía en su interior era desbordante. Los ojos de ella se ensancharon.

–¿Qué diablos te ocurre? –exigió él.

Ella intentó escabullirse pero él lo impidió. Se sentía como un animalito en una trampa, retorciéndose y jadeando para liberarse, pero consiguiendo solo que él la apretara más.

–No vas a ir a ningún sitio –metió la mano entre su

pelo oscuro, que se soltó y cayó sobre su muñeca, suave y sedoso–. No saldrás de esta habitación hasta que admitas cómo te sientes.

–¿Ahora mismo? Cansada de estar contigo.

–Mientes. Deseas esto tanto como yo... –apoyó la boca en la de ella, transmitiendo toda su ira, desesperación y emoción con ese acto físico. La besó como si nunca lo hubiera hecho antes y no fuera a hacerlo nunca más, como si fuera el aire que le daba la vida, la sangre que alimentaba su corazón. El sabor dulce y cálido de su boca se le subió a la cabeza. Era como una droga peligrosa que lo invadía, transformando la ira en otro potente sentimiento.

Era vagamente consciente de que ella había dejado de forcejear y se agarraba a su camisa, entreabriendo la boca bajo la de él. Fue como una llamarada que le hizo perder el control del todo. La alzó en brazos, sin pensarlo, y la llevó a la enorme cama desde la que se veía la piscina privada y la suave curva de la playa al fondo. Un entorno idílico que ni vieron, cegados por la pasión.

El pantalón cayó al suelo, seguido por el vestido de seda. Después él la tumbó de espaldas y la melena suelta cayó sobre las sábanas como chocolate fundido sobre nata montada. Solo una diminuta prenda de encaje la protegía de él, y no tardó en arrancársela. Esa vez no iba a permitir que le escondiera nada, ni un milímetro de su ser. La cubrió con su cuerpo, dispuesto a utilizar su peso para retenerla, pero ella se aferró a su cuello, buscando su boca. Como un hombre desfallecido, calmó su hambre en los labios de ella, que gimiendo y enredando los dedos en su pelo, exigía tanto como daba. Con la lengua en su boca, una mano moldeaba la curva de su mejilla mientras la otra buscaba la tentadora curva de su seno.

Los detalles se difuminaron mientras saboreaban, tocaban e incitaban. Era un encuentro salvaje, casi violento, y hubo un momento en el que, mientras rodaban enredados, ansiosos como animales, él no supo si ella luchaba o lo animaba. Clavó los dientes en su hombro y ella emitió un sollozo que se transformó en gemido cuando él introdujo una mano entre sus muslos. Los dedos se deslizaron en la húmeda cavidad y ella se estremeció de placer. La tocó con destreza y su respuesta confirmó lo que había sospechado: estaba tan loca por él, como él por ella. Allí, en la situación más íntima, no podía esconderse de él.

Y él no podía esconderse de la verdad.

No quería un divorcio.

Quería a su esposa. Allí. En ese momento.

Para siempre.

Con un gruñido, Cristiano descendió por su cuerpo y utilizó la boca para dominar a esa mujer que lo tenía hechizado. Lamió trazando círculos diminutos, sintiendo la carne aterciopelada tensarse sobre sus dedos, hasta que ella gritó su nombre y estalló en mil pedazos.

Tentación y sensación. Se consideraba un hombre controlado, pero el control no existía con ella desnuda bajo él. Sin piedad ni pausa, la llevó al clímax una y otra vez. Después, se situó sobre ella y la penetró con una embestida de pura posesión.

Era suya y siempre lo había sido.

La abrasadora pasión le hizo cerrar los ojos.

Sintió que el cuerpo de ella se tensaba y su mente se quedó en blanco. Siempre había sido así entre ellos, era mucho más que sexo. Era una unión que iba más allá de lo meramente físico. Fuera lo que fuera mal, el sexo siempre lo había solucionado. Olvidándolo todo menos el momento, la penetró una y otra vez, haciéndola suya de todas las formas posibles. La explosión de placer fue la culminación de dos años de privación y abstinencia. Una tormenta destructiva que acabó con sus diferencias. Una y otra vez, en oleadas, sus cuerpos experimentaron algo cercano a la fusión sexual.

Al notar que ella lloraba, intentó despejarse de la pasión, pero el impacto de lo que habían compartido lo había debilitado; se sentía impotente para detener las lágrimas que surcaban sus mejillas y los sollozos incoherentes contra sus labios.

Para entender lo que decía, apartó la boca de la suya. «No puedo volver a hacer esto...», creyó oír.

La emoción le oprimió el pecho y le cerró la garganta. Maldijo y la apretó contra sí, en un gesto posesivo y protector.

Ella tembló y sollozó, empapándole el pecho. Dos años antes lo habría consternado que alguien le dijera que lo complacería verla llorar. Pero sí sentía una alegría salvaje, primitiva, porque Laurel rara vez mostraba sus emociones. Que lo estuviera haciendo indicaba que se sentía debilitada y vulnerable, en ese estado podría persuadirla para que hablara.

Tal vez fuera cruel aprovecharse. Ella ya lo había acusado de crueldad. Pero él no era persona que se rindiera cuando era necesario hacer algo.

Le apartó el pelo húmedo del rostro y secó sus ojos. Su respiración era discontinua, jadeante, pero no había indicios de un ataque de asma. Eso era un alivio, porque no iba a permitir que nada, ya fuera volcán, terremoto o su propia conciencia, interrumpiera la conversación.

Hizo acopio de resolución y la miró, no podía permitir que volviera a levantar sus barreras. Seguía dentro de ella, aún duro, gracias al impresionante efecto que ejercía en él. Ella tenía los ojos rojos e hinchados, y la boca amoratada por sus besos.

Era imposible una situación más íntima. Y él quería eso. Lo quería todo.

Todo lo que habían perdido, y mucho más.

Tomó su barbilla con la mano y giró su rostro para que lo mirara.

—Ahora dime que no estás enamorada de mí.

Laurel estaba conmocionada por el torrente de emociones y el impresionante sexo. Agotada física y emocionalmente, solo quería ponerse de lado y apoyar la cabeza en la almohada. Pero él, sobre ella y aguantando el peso en los codos, se lo impedía. Intentó apartarse, pero estaban entrelazados en todos los sentidos. Aún lo sentía en su interior, duro.

—No te muevas...

—Entonces muévete tú...

—No hasta que admitas lo que sientes... —su voz sonó ronca. Ella lo conocía lo suficiente para saber que no cejaría hasta oírle decir lo que quería escuchar. Y no tenía ninguna intención de hacerlo.

—Pesas mucho. No puedo respirar.

Movió las caderas instintivamente, arrancando una maldición de los labios de Cristiano.

—He dicho que no te muevas —inspiró profundamente y cerró una mano sobre su cadera, sujetándola e intentando no perder el control.

—Necesito aire fresco.

—Cobarde.

¿Era una cobarde? Decidió que no. Era fuerte. Había sobrevivido a una infancia que habría destrozado a la mayoría de la gente. Pero su cruda realidad le había enseñado una importante lección: la vida trataba de elecciones; ella había decidido elegir siempre lo mejor.

«¿Y qué haces en la cama de Cristiano?».

Era una mala elección pero, en su descargo, él solo le había dado milisegundos para pensarlo.

—Eres un hombre muy atractivo, Cristiano, es innegable. Por eso hemos practicado el sexo.

—Lo he notado —esbozó una sonrisa de macho orgulloso. Movió el cuerpo lo justo para arrancarle un gemido—. ¿En qué te convierte eso?

—En una estúpida.

Él siguió sonriendo, aunque con cierta ironía.

—No eres estúpida, pero sí mentirosa, tesoro. Y estás enamorada de mí.

—Eres un arrogante. El mundo no empieza y acaba en ti.

—Para ti sí. Admítelo —seguía teniéndola atrapada. Ella se retorció bajo él, pero al notar que la erección de él aumentaba, se quedó quieta.

—Quítate de encima o te haré daño.

—Eres fuerte, pero yo lo soy más —farfulló él—. Dime por qué te marchaste. ¿Por qué no me gritaste y discutiste para arreglarlo?

—Porque no quería arreglarlo —no estaba acostumbrada a sentirse impotente, y con él le ocurría a menudo—. Eres un bastardo egoísta y no quiero pasar el resto de mi vida contigo. No estamos bien juntos.

—Tienes razón. Juntos estamos fatal —le susurró en los labios, seductor—. Puede que sea un bastardo egoísta, pero te quiero.

—Ya se te pasará —dijo ella. Él siempre sabía qué decir para desequilibrarla. La derretía.

—Solo por curiosidad, ¿debajo de cuántos hombres gritas en una semana normal?

—Eres asqueroso.

—Pero sincero. Y puede que algo posesivo —concedió–, pero no me molesta que tú lo seas también. Creo que merece la pena luchar por lo que tenemos, por eso estoy aquí –atrapó su barbilla y la miró a los ojos–. Dilo. Di «te amo».

–¿Por el sexo? ¿Suponías que tu fantástica técnica actuaría como borrador mental? Ha sido un acto físico, Cristiano. Sin significado emocional.

Él maldijo por lo bajo y se quitó de encima. Se tumbó de espaldas con gesto de frustración.

–Me vuelves loco, lo sabes, ¿verdad?

–Lo mismo te digo.

Aunque había querido que la soltara, ya lo echaba de menos. Siempre habían dormido agarrados. Ella nunca había dependido de nadie, y su forma de dormir con Cristiano la había llevado muy cerca de saltarse esa norma.

En ese momento él se levantó, cómodo con su desnudez. Era un príncipe. Los músculos de su torso se contraían con cada movimiento, y ella sintió una respuesta física inmediata, a pesar de estar saciada de sexo.

Él giró la cabeza para mirarla y ella sintió la misma conexión que los había unido la primera vez que se vieron. Eso la derritió por dentro.

–¿Por qué las mujeres siempre lo convierten todo en un drama?

–¿Perdona? –la pregunta desconcertó a Laurel.

–Cometí un error –abrió las manos en lo que parecía ser un gesto de disculpa–. Debería haber estado allí, pero no estuve. ¿Por qué tiene que convertirse eso en una barrera insalvable? Fue desafortunado, sí, ¿pero renunciarías a todo solo porque un día tomé una mala decisión?

«¿Desafortunado?». La niebla de la mente de Laurel se despejó. Todo lo que se había ablandado volvió a endurecerse.

–Al menos admites que fue una mala decisión, supongo que es un principio –dijo, temblorosa.

–Si hubiera sabido que iba a afectarte tanto, es obvio que habría tomado otra decisión, pero el negocio caribeño estaba en una fase muy delicada.

«¿Delicada?». Laurel se vio en la cama del hospital, cuando le dieron la noticia. Él no tenía ni idea de por lo que había pasado, y ella no se había molestado en contárselo porque ya era irrelevante.

–Estás diciendo que solo fue una mala decisión por cómo reaccioné. Si hubiera actuado como una tolerante esposa siciliana, poner tu trabajo por encima de todo habría sido aceptable.

–Ese es nuestro hotel de más éxito. Si no hubiera ido ese día, habríamos perdido la puja.

–Así que estás diciendo que el negocio era más importante que yo, y que no te arrepientes porque te está dando buenos beneficios.

–¡Otra vez estás tergiversando lo que digo!

–No tergiverso nada. Lo veo todo muy claro.

–Ya está hecho. No tiene sentido recordarlo.

–Me alegra saber que no te fustigas por ello –dijo Laurel, seca–. Odiaría pensar que los remordimientos te quitan el sueño por la noche.

–Lo que digo es que anclarse en el pasado es un desperdicio de energía. No se puede cambiar.

–Cierto, pero puede utilizarse como indicador del comportamiento futuro. Se llama aprender de los errores. Algo que a ti no se te da bien, quizá porque el ego te nubla la visión –Laurel saltó de la cama y fue hacia su maleta, abandonada en el suelo.

Horrorizada por lo cerca que había estado de dejarse seducir por un regreso al pasado, tiró de la cremallera. Él la miraba, incrédulo.

—¿Qué diablos haces ahora?

—Irme. Es lo que intentaba hacer antes de que entraras aquí y utilizaras el sexo como arma.

—No utilicé el sexo como arma —su mirada se volvió oscura y peligrosa—. A no ser que te refieras a usarlo para cascar tu inexpugnable coraza.

—Llevo esa coraza para protegerme de gente como tú.

—Te amaba. Aún te amo —su voz se espesó—. Me comprometí contigo, pero por lo visto eso no significó nada para ti. Sigue sin significar nada.

—Nunca me amaste, Cristiano. Te gustaba el reto, la persecución... —abrió la maleta—. Quizá te gustara que fuese la única mujer que no te miraba embobada y a la que no impresionaban tu dinero y tu estatus. No lo sé, pero sí sé que no era amor. Tú solo amas tu trabajo, es lo primero para ti.

—Te amaba. Pero eso te daba miedo. Tu problema es que no te permites necesitar a alguien.

—Y eso te irrita, ¿verdad? No puedes tener una relación con alguien que no te necesite. No quieres un igual, quieres a alguien dependiente porque así te sientes más grande y más macho —sacó una camiseta de la maleta—. Me obligaste a necesitarte. Pinchaste y pinchaste hasta agujerear la armadura que llevo creando toda la vida, y después te marchaste, dejándome expuesta. Te odio por eso.

—¿Por qué no me lo dijiste en vez de irte sin más? Eso fue una cobardía.

—Fue pura supervivencia.

—Volví del viaje dispuesto a ofrecerte todo mi apoyo y estabas allí sentada, en silencio. No me hablaste, excepto para decir: «Voy a dejarte».

Ella no había tenido palabras para comunicar lo que

sentía. Era algo tan enorme y aterrador que apenas era capaz de funcionar como persona.

–No había más que decir –Laurel se puso unos pantalones vaqueros–. Esta conversación ha terminado. Mi vuelo sale dentro de una hora.

–Entonces saldrá con una pasajera menos –el tono áspero de su voz habría detenido a cualquier otra mujer, pero Laurel se puso los zapatos.

–Estaré en ese avión, y si intentas detenerme, llamaré a la policía –prefirió no recordar que el jefe de policía cenaba con los Ferrara muy a menudo–. El divorcio sigue adelante. Esta mañana firmé todos los documentos que trajo Carlo.

–Eso ahora es irrelevante.

–¿Qué quieres decir? –se abotonó la blusa rojo escarlata y liberó el pelo que había quedado dentro del cuello. Él siguió el movimiento con los ojos.

–La ley italiana expresa claramente que la separación ha de ser física para ser válida. Hace falta una separación formal de tres años –su mirada, intensa y sensual, pasó del pelo a su boca, recordándole lo que acaban de hacer.

–No hablas en serio –a Laurel se le encogió el estómago al comprender lo que insinuaba. ¿Era posible que hubiera reiniciado el reloj, sin saberlo?

–Incluso si no acabáramos de demostrar que no podemos estar separados tanto tiempo, ya no te concedería el divorcio –su voz sonó acerada.

–Nadie sabe lo ocurrido. Podemos divorciarnos.

–No quiero el divorcio.

–¡Sí lo quieres! Me odias por dejarte.

–Y tú me odias por haber asistido a una reunión cuando debería haber volado a casa para estar contigo. Ambos cometimos errores. Estar casado supone solucionarlos y seguir adelante. Eso es lo que vamos a hacer.

Ella cerró la maleta y agarró el asa. La desesperaba su arrogancia; creía que le bastaba con chasquear los dedos para conseguir sus deseos.

—Crees que podemos seguir adelante, pero no tienes ni idea de lo que ocurrió ese día —temblaba solo de pensarlo—. No sabes cómo me sentí.

—Pues dime cómo te sentiste. Dímelo ahora —su frialdad desapareció—. No te guardes nada.

—Empezó con un dolor en la parte baja del vientre —dejó caer la maleta al suelo y siguió hablando con voz firme—. Pensé: «Esto no está bien». Te llamé, pero tu secretaria me dijo que no se te podía molestar.

Él tensó la mandíbula, como un boxeador antes de recibir un golpe. Eso no era lo que quería oír.

—Laurel...

—No te culpo por eso —lo interrumpió. Ya que había decidido hablar, hablaría—. Que el primer mensaje no te llegara fue culpa de ella. Y mía por no insistir en mi necesidad de hablar contigo. Llamé al médico y me dijo que tomara calmantes, volviera a la cama y descansara un rato. Lo hice y el dolor empeoró. No conocía a nadie en Sicilia. Tu madre estaba con su hermana en Roma, Santo estaba contigo en el Caribe. Estaba sola. Y asustada —el énfasis que dio a esa palabra afectó profundamente a Cristiano—. Volví a llamarte. Esa vez insistí en hablar contigo y te pasó la llamada... —se le aceleró el corazón; volvía a estar en esa habitación, sintiendo dolor y pánico—. Me preguntaste si sangraba y cuando dije que no, hablaste con el médico y decidisteis que era una neurótica.

—Eso no es verdad. En ningún momento te acusé de neurosis —se defendió él. Laurel ni lo oyó.

—Siempre te quejabas de que me costaba decirte lo

que sentía. «Confía en mí», me dijiste, con esa voz se-
ductora que utilizas siempre que quieres salirte con la
tuya. Así que lo hice. Ese día puse toda mi confianza
en ti. Te dije que creía que algo iba muy mal y que no
me fiaba del médico. Te dije que tenía miedo. La primera y única vez que he admitido miedo ante nadie. Y
tu respondiste desechando mi opinión y dando validez
a la del médico. Volviste a tu reunión. Con el teléfono
apagado.

Ella vio el momento exacto en el que él tomó conciencia del impacto de esa decisión. Su respiración se
ralentizó y palideció un poco.

—Era un momento bastante malo...

—También era un momento bastante malo para mí
—esa vez no iba a dejarle librarse—. Cuando dijiste: «Ahora
tengo que irme, pero te llamaré después. No te preocupes, estarás bien», ¿cómo creías que iba a sentirme?

—Intentaba tranquilizarte.

—No, intentabas tranquilizarte tú. Necesitabas convencerte de que estaría bien, como justificación para no
volver inmediatamente. Preferiste pensar que yo exageraba. No te planteaste una sola vez que nunca te había
pedido nada. No pensaste en mí en absoluto, así que no
me hables de amor. Incluso si no hubiera perdido al bebé,
el que te pidiera ayuda cuando nunca te había llamado al
trabajo, debería haber sido suficiente —barbotaba las
palabras y los sentimientos sin control—. Dices que des-
trocé nuestro matrimonio al marcharme, pero fue tu vacía e inútil palmadita verbal la que hizo eso. Era la primera vez en mi vida que pedía ayuda a otra persona. Y
me ignoraste. Y porque sentía pánico, porque no podía
creer que hubieras hecho eso, llamé una vez más y habías apagado el teléfono.

—No me dijiste que te sentías así —Cristiano tenía la

sensación de haber recibido una ráfaga de metralla en el cerebro.

–Te lo estoy diciendo ahora. ¿Y sabes qué es lo peor? –le había costado abrirse, pero ya no podía parar–. Como me había permitido depender de ti, durante un horrible minuto pensé que no podría apañarme sin tu ayuda. Tuve que recordarme que antes de que tú llegaras e insistieras en ser el macho protector, me apañaba de maravilla yo solita. Después de eso, me calmé y fui al hospital.

–¿Al hospital? –él frunció el ceño–. ¿Por qué?

–Porque ni mi médico ni mi esposo creían que algo iba mal. Por suerte, yo no pensaba igual –vio que los anchos hombros de Cristiano se tensaban. Allí de pie, desnudo, tendría que haber parecido vulnerable, pero él no sabía lo que era eso.

–No tenía ni idea de que fuiste al hospital. Tendrías que habérmelo dicho.

–¿Cuándo? ¿Cuándo se supone que iba a decírtelo? Intenté hacerlo, pero habías apagado el teléfono para evitar la inconveniencia de hablar con tu neurótica esposa. Para cuando me hiciste un hueco en tu apretada agenda, ya me había hecho cargo del tema. No tenía sentido decírtelo.

–Ahora estás siendo infantil.

–Te pedí ayuda y no me la diste. Te dije que tenía miedo y no viniste. ¿En serio creías que iba a seguir suplicándote atención? Hice lo que siempre he hecho. Solucioné el problema. Eso no es infantil, Cristiano. Es un comportamiento adulto.

–Los adultos no huyen de una situación difícil –tensó el mentón–. Incluso en esas circunstancias, no había excusa para enfurruñarse.

–¿Enfurruñarse? –la voz le temblaba tanto que ape-

nas podía hablar. Inspiró profundamente para serenarse–. Dios, no tienes ni idea. No sé por qué malgasto
el aliento en esta conversación. Dices que no hablo,
pero el problema es que tú no escuchas. Digo: «Tengo
problemas», y tu oyes: «Está neurótica; todo irá bien».
Si eso es amor, ni lo quiero ni lo necesito –Laurel sacó
el teléfono del bolso, marcó un número y pidió un taxi
en italiano, asombrada por el deseo que sentía de lan-
zarse sobre él y herirlo físicamente.

–No vas a salir de esta habitación hasta que acabemos de hablar –afirmó él con frustración.

–Espera y verás.

–¡Basta! ¡Vale ya! –pálido como una estatua de már-
mol, le cortó el paso–. Entiendo que perder un bebé es
una experiencia devastadora para una mujer. A mí también me dolió mucho, pero no se puede perder la perspectiva. Estas cosas pasan. Mi madre perdió dos bebés
y los tres siguientes embarazos llegaron a término. El
problema es nuestro matrimonio. Si conseguimos solucionar eso, tendremos más hijos.

Laurel se quedó inmóvil, helada. No entendía que alguien tan expresivo pudiera ser tan insensible hacia los
sentimientos de los demás.

–No tendremos más hijos, Cristiano.

–Te dejé embarazada la primera vez que hicimos el
amor sin protección. Podrías estar embarazada ahora
mismo. Probablemente lo estés.

Esa inamovible confianza en su virilidad, multiplicó
la tensión de Laurel por diez.

–No estoy embarazada. Eso no es posible.

–Un aborto no...

–No tuve un aborto.

–Pero... –arrugó la frente, desconcertado.

–Era un embarazo extrauterino –tuvo que hacer una

pausa para tomar aire y recuperar el aliento. Se puso la mano en el abdomen, esa parte de su cuerpo cuyo mal funcionamiento había tenido consecuencias devastadoras–. Si no hubiera seguido mi instinto e ido al hospital, es muy probable que hubiera muerto cuando se rasgara la trompa. El caso es que me operaron a los quince minutos de llegar y me salvaron la vida. Les debo eso.

Siguió un silencio demoledor.

Nunca había visto a Cristiano sin palabras. Nunca lo había visto inseguro y tembloroso.

Pero lo estaba viendo en ese momento.

Su arrogancia había desaparecido. Incluso tuvo que cambiar de posición, como si sus cimientos se tambalearan y necesitara equilibrarse.

Laurel, decidiendo que lo justo era darle el derecho de la réplica, esperó.

Y esperó.

Él estaba pálido y apretaba los puños contra los muslos. Parecía devastado por su revelación.

–Debiste decírmelo –la ronca protesta rompió el silencio–. Hiciste mal ocultándome algo así.

Ese comentario dio al traste con cualquier atisbo de compasión que ella pudiera sentir. Por lo visto, la culpa seguía siendo de ella.

–Si hubieras estado allí, no habría tenido que decírtelo –le lanzó–. Te lo habría dicho el médico. Y también que ya no puedo tener hijos. Extirparon una trompa y la otra no está en condiciones para cumplir su función; tendrás que encontrar a otra mujer con la que demostrar tu fantástica virilidad.

Con los ojos ardiendo y la garganta seca, agarró la maleta y fue hacia la puerta, segura de que el taxi estaría esperando. En los hoteles Ferrara primaban la eficacia y la atención a los huéspedes. Era una pena que esa

misma atención no se hubiera prodigado en su matrimonio.

–No me sigas, Cristiano. No tengo nada más que decirte.

Capítulo 6

LA PUERTA se cerró de golpe.
Cristiano hizo un gesto de dolor cuando el ruido reverberó en su cráneo.

Miró el espacio vacío que momentos antes habían ocupado Laurel y su maleta. Una Laurel furiosa y llameante. Incluso cuando oyó el sonido de un motor alejándose, siguió quieto. Su cerebro y su cuerpo parecían haberse desconectado.

Embarazo extrauterino.

Había estado a punto de morir.

Cuando su cerebro asimiló la cruda y terrible verdad, fue al baño y vomitó con violencia.

Un caleidoscopio de imágenes inundaba su mente. Laurel aferrando el auricular, confesando que tenía un mal presentimiento. Él, apagando el teléfono antes de entrar a la reunión. Y la peor: un grupo de cirujanos luchando por salvar la vida a la mujer a la que amaba.

Una vida que él no había creído en peligro.

Un amor en el que ella no creía.

Para intentar despejarse, Cristiano se metió bajo la ducha y dio la máxima presión al agua fría. Minutos después tiritaba, pero su cerebro seguía sin funcionar. No podía dejar de imaginarla en una habitación de hospital, sola y sintiéndose rechazada.

La acusación de que le había obligado a confiar en él no dejaba de resonar en su mente. Recordaba con claridad la llamada telefónica, incluido el momento en que había otorgado su confianza al médico y quitado importancia a su ansiedad.

Cristiano cerró la ducha, se enrolló una toalla a las caderas y fue al dormitorio, intentando recordar dónde había dejado su teléfono móvil. Miró su traje, tirado por el suelo.

«Ella había estado a punto de morir».

Levantó el pantalón del suelo y buscó en los bolsillos. El teléfono no estaba.

«¿Por qué no le habían llamado del hospital cuando ella ingresó?».

Distraído, levantó la chaqueta y el teléfono cayó al suelo con un golpe sonoro. «Roto», pensó. Igual que todo lo que le rodeaba. Por su descuido.

Intentando no comparar la grieta de la pantalla con el estado de su matrimonio, Cristiano marcó el número del hospital. El teléfono funcionaba.

Su reputación hizo que lo pusieran en contacto con la persona indicada un momento después. Tembloroso, se sentó en el sofá.

Cuando el médico se negó a darle información del historial de Laurel sin el permiso de ella, Cristiano insistió, pero ser su esposo no le daba ningún derecho, y el hombre antepuso la confidencialidad del paciente.

Descompuesto, Cristiano se puso la ropa que había llevado la noche anterior y metió el teléfono rajado en el bolsillo del pantalón. El médico no habría podido decirle nada que cambiara cómo se sentía. Los detalles eran irrelevantes.

Él era quien siempre decía que era necesario moverse hacia delante. En cambio, estaba allí parado, anclado en el pasado mientras ella subía a un avión con la intención de alejarse de él.

Tenía que detenerla.

Abotonándose la camisa, Cristiano agarró las llaves del coche y salió de la villa corriendo. Subió al deportivo, arrancó e inició una carrera desenfrenada. Dejó a su asombrado equipo de seguridad envuelto en una nube de polvo blanco.

Parte de él sabía que se estaba comportando como un loco, pero le daba igual.

Ella hacía que se comportara como nunca lo había hecho antes. Había sido perfectamente feliz soltero hasta que conoció a Laurel.

Santo la había contratado para que lo entrenara para correr la maratón de Nueva York, y había sugerido que les asesorara respecto a las instalaciones deportivas del hotel.

Cristiano había estado perdido desde el segundo en que la vio. Había entrado en su despacho y, agitando la cola de caballo color chocolate, había señalado todos los fallos de planificación del modernísimo centro de fitness.

La mayoría de la gente se sentía intimidada por su poder. Casi nadie se atrevía a retarlo, pues suponía un riesgo excesivo para su futuro.

No había sido el caso de Laurel, que confiaba plenamente en su experiencia, tras toda una vida tomando decisiones sola. Cristiano pronto había descubierto que solo se fiaba de sí misma.

Recordó lo que había dicho el día que fue a su despacho a exponerles sus consejos.

–Tú me contrataste –le recordó con voz templada, mientras tachaba cosas de la lista y añadía otras–. Supongo que quieres mi opinión profesional. El plan es erróneo de principio a fin. Nadie viene a un hotel de esta calidad para sudar en una cinta andadora. Quieren un trato individualizado, con entrenadores personales.

Hacen falta pesas, pelotas de ejercicio, clases de Pilates... –la lista estaba bien pensada. Suya había sido la idea de convertir el gimnasio inicial en un exclusivo club de fitness con fisioterapia, masajes, tratamientos de belleza y ofertas termales.

Cuando él había cuestionado el coste, ella se había reído en su cara.

–¿Quieres que el centro sea el mejor o no?

A pesar de las quejas de su hermano, había aceptado su propuesta hasta en el último detalle, admirando su amplitud de miras y su coraje.

El éxito había sido descomunal.

El Ferrara Spa Resort era uno de los principales hoteles de Europa. Atraían a atletas de élite que podían mantenerse en forma en el lujoso centro, pero también a otra clientela deseosa de aprovechar lo que ofrecían. Laurel había elegido y adiestrado al personal, y había supervisado su labor las primeras semanas para asegurarse de que ofrecían lo mejor de lo mejor.

Cristiano le había ofrecido una fortuna para que siguiera como directora, y ella la había rechazado.

–No trabajo para otra gente –había dicho.

Era la mujer más independiente y autosuficiente que había conocido nunca. Lo irónico era que la misma cualidad que lo había atraído, era la que había acabado por separarlos.

Por culpa de él. Por su ceguera y su egoísmo.

Por supuesto, había habido razones para apagar el teléfono e intentar evitar distracciones. Razones para elegir quedarse en vez de volver a casa. Pero no había compartido esas razones en su día, y cualquier explicación que le diera sonaría a excusa. Y la arrogancia e insensibilidad con la que había desechado sus miedos era inexcusable.

Ningún montón de ladrillos, ningún trozo de terreno valía el precio que ambos habían pagado.

Cristiano, tras violar innumerables normas de tráfico y llegar al aeropuerto en un tiempo récord, abandonó el coche en la puerta de la terminal y fue hacia la zona de Salidas.

No conocía esa parte del aeropuerto y fue como entrar en un infierno de humanidad malhumorada que competía por el poco espacio disponible.

Cristiano miraba a su alrededor, intentando desesperadamente ver a Laurel entre la multitud. Parecía una tarea imposible. Cientos de turistas con la cara quemada por el sol empujaban maletas enormes, los bebés gritaban y los niños protestaban de aburrimiento. Nadie parecía feliz.

Cristiano nunca había tenido razones para ir allí y, preguntándose por qué la gente iba de vacaciones, se alegró de ello. Iba buscar a alguien que pudiera hacer un anuncio por megafonía, cuando vio una cola de caballo castaña en el mostrador del vuelo a Heathrow.

Laurel.

—Prefiero un asiento de pasillo, por favor —Laurel, acalorada, entregó el billete a la mujer. No quería mirar por la ventanilla. Quería leer un libro y sacar a Sicilia de su mente.

Otra mujer habría llorado todo el camino al aeropuerto, pero Laurel estaba en «modo crisis», absorta y concentrada en salir de Sicilia y volver a Londres lo antes posible. No notó la conmoción que se iniciaba a su espalda hasta que vio a un grupo de mujeres boquiabiertas en la fila contigua.

Laurel reconoció su expresión. La había visto miles

de veces en el rostro de las mujeres que veían a Cristiano por primera vez.

Con el corazón desbocado, giró la cabeza y lo vio haciéndose paso entre montones de turistas. Su reacción inicial fue de asombro. Sabía que nunca había estado en esa zona del aeropuerto y se le veía fuera de lugar, como un caballo de pura raza en un campo lleno de burros.

El asombro se transformó en alarma cuando comprendió que la única razón de que estuviera allí era que quería impedir su marcha.

Y ella no quería escuchar ni una palabra suya.

–Vete –le dijo, cuando saltó por encima de unas maletas y llegó a su lado–. No tengo nada que decirte.

–Puede que tú no tengas nada que decirme, pero yo sí tengo mucho que decirte a ti.

–Mi vuelo está embarcando, no tengo tiempo de escuchar.

–Si subes a ese avión, impediré que despegue –sus ojos destellaron, oscuros y peligrosos.

–Entonces subiré a otro –replicó Laurel–. No puedes decir nada que yo quiera escuchar.

–No lo sabrás hasta que no me hayas escuchado –dijo él, sin prestar atención a la audiencia de turistas que, presintiendo un drama, se acercaban.

–Quieres defenderte. Es lo que haces siempre.

–Ni siquiera yo puedo defender lo indefendible –dijo él, tras tomar aire.

Una mujer suspiró con emoción.

–¿Por fin admites que tu comportamiento puede haber sido algo menos que perfecto?

–Mi comportamiento fue abismal.

No fueron sus palabras, aunque raras en él, lo que captó su atención. Fue su apariencia desaliñada lo que le hizo pensar que tal vez realmente hablara llevado por su conciencia, no por su ego.

Siempre había visto a Cristiano inmaculado. Pero en ese momento necesitaba un afeitado y era obvio que había salido de la villa a medio vestir.

–¿No son esos los pantalones de la boda?

–Tenía prisa por venir –su rostro moreno había perdido el color y sus ojos estaban velados por la culpabilidad–. Agarré lo primero que vi.

Ella se preguntó si sabía que llevaba desabrochados la mitad de los botones de la camisa, ofreciendo a las turistas la visión de un pecho muy viril.

–Agradezco el gesto, pero no cambia nada. Vete a casa, Cristiano. No te quiero.

A sus espaldas, una mujer farfulló: «Si ella no lo quiere, me lo quedo yo», pero a Laurel no le interesaban otras opiniones sobre ese hombre.

–Dame la oportunidad de pedirte disculpas de forma adecuada –su mirada era febril, desesperada.

–¡Sí, una oportunidad! –coreó la audiencia.

–Si un hombre quiere pedir perdón, permítelo. Es insólito –le dijo una mujer–. Deja que hable.

–Se le da bien hablar –alegó Laurel. Ellas veían un hombre guapo y rico, pero Laurel no se fiaba.

–Tienes suerte. Mi esposo no sabe hilar una frase que no incluya «cerveza» y «fútbol».

–Diga lo que diga, no será verdad –dijo Laurel.

–¡Sí lo será! –interrumpió Cristiano, ofreciendo una sonrisa deslumbrante a la mujer–. Gracias por su consejo. Espero que su estancia en Sicilia haya sido espectacular.

–Sí que lo ha sido, muchas gracias.

–Señora, su tarjeta de embarque –la chica del mostrador ofreció a Laurel el pasaporte y la tarjeta, pero fue Cristiano quien agarró los documentos.

–Aquí molestamos. Deberíamos mantener esta conversación en otro sitio.

–No estamos conversando.

–De acuerdo, lo haré aquí si te empeñas.

–¿Hacer qué?

Tras un leve titubeo, Cristiano la atrajo hacia sí y la besó. Un beso cargado de desesperación, que tenía el propósito de disuadirla. Laurel oyó un suspiro colectivo pero, resuelta, ignoró la llamarada de calor y se apartó de él.

–Eso no es una disculpa.

–Lo sé –su voz sonó ronca–. Pero antes tenía que captar tu atención y no conozco otra forma de hacerlo. El cerebro no me funciona.

Y había captado su atención, por supuesto.

–*Mi dispiace,* lo siento –murmuró contra su boca, cargando las palabras de intimidad y sentimiento–. Siento lo de nuestro bebé. Siento el miedo que pasaste. Sobre todo siento no haber estado allí contigo. Tengo tanto por lo que pedirte perdón que no sé por dónde empezar.

–Es demasiado tarde –de repente, las lágrimas empezaron a quemarle los ojos.

–*Ti amo.* Te quiero, Laurel –tomó su rostro entre las manos y capturó su mirada–. Entiendo que puedas no creerlo ahora, pero sí te quiero.

–No digas eso.

–Lo digo porque es verdad, aunque admito que no he sabido demostrártelo. Soy desconsiderado y torpe, pero te quiero. Te amo tanto que no sé vivir sin ti. Soy demasiado egoísta para dejarte marchar.

Ella, desconcertada, tuvo que apoyar las manos en su pecho para mantener el equilibrio.

–Te apañarás perfectamente. Siempre lo haces.

–No es verdad. Estos últimos dos años he ocupado

cada hora de trabajo para intentar olvidar que no estabas.

—Cuando estaba, solo me veías por la noche.

—Vuelve conmigo y eso cambiará —afirmó él—. Yo cambiaré.

—No puedes cambiar, Cristiano. Estarás hablando conmigo, sonará el teléfono y pasaré al final de tu lista de prioridades.

—Nunca más —aseguró él—. Eres la primera de la lista y seguirás siéndolo. He aprendido la lección.

—Eres incapaz de cambiar.

—Permíteme demostrar que te equivocas.

Nunca había habido un silencio igual en la terminal de salidas. Se había extendido el rumor sobre el dramático encuentro en el mostrador de embarque hacia Heathrow, y casi todos los pasajeros escuchaban embobados, agradeciendo la distracción. Esperaban la respuesta de Laurel.

—La gente no cambia de la noche a la mañana. Eres muy competitivo, estás programado para triunfar en todo, Cristiano. Solo estás aquí luchando por mí porque me has perdido.

—No puedo perderte —palideció del todo—. Me comporté fatal, eso es verdad, pero dame la oportunidad de compensarte por ello.

—Puedes compensarme dejándome subir a ese avión —desesperada, pensó que tenía que huir antes de que la convenciera con su labia—. Gracias por la disculpa. Si realmente lo sientes, lo mejor que puedes hacer es irte y dejar que siga con mi vida.

Lo malo era que él no estaba haciendo uso de su labia. Tartamudeaba como un adolescente en su primera cita y eso la estaba afectando más que cualquier grado de sofisticación.

–Te he traído un regalo –él sacó una caja plana y rectangular, forrada de terciopelo, del bolsillo.

Laurel se relajó al verla. Un collar de diamantes. Eso al menos era predecible. Tenía uno por cada discusión que habían tenido en su vida.

–Adiós, Cristiano.

–¡No! –abrió la caja y ella se quedó muda al ver que dentro había una vieja llave oxidada.

–¿Qué diablos es eso?

–Algo que te compré hace dos años –se oyó el anuncio de un vuelo y su expresión pasó de desesperada a tozuda–. Me gustaría que vieras lo que abre antes de decidir que no tenemos futuro.

No era un collar de diamantes.

Laurel agarró la llave. Era grande y pesada. Parecía la llave de una verja, pero no tenía ni idea de qué verja ni de adónde llevaba.

–Dices que pensaba en el trabajo todo el tiempo, y nunca en ti, pero si vienes conmigo te demostraré que no era cierto. Entiendo que no puedas volver a confiar en mí, así de repente, pero ¿podrías quedarte en Sicilia unas semanas para que te enseñe algo?

A pesar de sus reservas, la llave la fascinaba y eso debilitó su resolución. Cansada de la audiencia y de interpretar el papel principal en un drama que ella no había escrito, Laurel lo miró.

–No prometo quedarme semanas. Pero me quedaré el tiempo suficiente para que me enseñes qué abre esta llave. Entonces decidiré.

Sus palabras fueron recibidas por murmullos de aprobación de la gente. Laurel se sintió atrapada.

–No te hagas ideas. No es para siempre. Es...

–Para salir de este infierno –farfulló él por lo bajo, con una sonrisa de agradecimiento. Agarró su maleta y la fascinada multitud se separó para abrirles paso. Mientras iban hacia la puerta, empezaron a oírse aplausos a su espalda.

—¿Te aplauden a ti o a mí? —preguntó Cristiano, poniendo los ojos en blanco.

—Probablemente aplauden tus pectorales. Llevas exhibiéndolos diez minutos.

Él bajó la vista hacia la camisa abierta, pero abotonarla habría implicado soltar la mano de ella o la maleta y no quería hacer ni una cosa ni la otra.

—Tengo una excelente entrenadora personal.

—¿Qué ha pasado ahí? —preguntó Laurel atónita, al ver el deportivo ante el edificio, aparcado en un ángulo de lo más extraño.

—Puede que me fallara la concentración.

—Eso parece —lo observó meter la maleta en el maletero. La llave le pesaba en la mano—. ¿Vamos a volver a la villa?

Temía haber tomado la decisión equivocada. ¿Cómo podía cambiar su relación una llave oxidada? ¿Habría sido mejor subir a ese avión?

—Si volvemos a la villa, mi bienintencionada familia se echará sobre nosotros. El resto de nuestra conversación tendrá lugar sin audiencia.

—¿Adónde vamos?

—Es una sorpresa.

—No me gustan las sorpresas —Laurel subió al coche—. ¿No crees que sería mejor ir antes a casa y cambiarte? ¿Hacer algo de equipaje?

—No.

—Llevas medio esmoquin. Estás ridículo —pero lo cierto era que estaba increíblemente sexy. Incluso medio vestido había captado la atención de todas las mujeres del aeropuerto. Era injusto.

–¿Te importa lo que lleve puesto? –preguntó él, arrancando el coche y mirándola a los ojos.

Incluso allí, rodeados de coches, la química entre ellos era innegable. Ella sintió la electricidad del ambiente. Miró su pecho y luego sus ojos.

–No creas que el sexo va a librarte de esta.

–No lo creo –no sonrió ni flirteó. Durante un momento, ella pensó que iba a decir algo, pero entonces sonó el teléfono. En el peor momento.

Tensa como la cuerda de un violín, esperó a que él contestara. Él llevó la mano al bolsillo automáticamente, pero luego se detuvo.

–Contesta –Laurel suspiró–. Tu imperio podría estar desmoronándose.

–Que se desmorone –en vez de poner la mano sobre el volante, la cerró sobre la de ella–. Sé que no me crees capaz de hacer esto, pero puedo. Quiero hacerlo. Voy a demostrarte que nuestro matrimonio me importa más que nada.

En vez de tranquilizarla, sus palabras incrementaron su tensión. Sabía que aunque consiguieran dejar el pasado atrás, un futuro era imposible. No era la misma. Todo había cambiado.

Todo menos la peligrosa química que siseaba entre ellos como una corriente eléctrica.

Había salido de la villa absolutamente segura de lo que quería hacer. Y había seguido estándolo cuando él llegó al aeropuerto. Cuando le dio la caja había pensado: «Una vez más, va a intentar sobornarme con un regalo caro».

Los bienes materiales no la interesaban demasiado, sobre todo porque sabía que para él era fácil obtenerlos. Pero la vieja llave oxidada le había picado la curiosidad. Era algo diferente.

Cristiano parecía un hombre diferente, y mucho más peligroso porque no sabía cómo manejarlo. Al de antes sí: si atacaba, ella devolvía el ataque; si era arrogante y controlador, se enfrentaba a él. Pero el nuevo Cristiano, humilde, penitente y arrepentido, era alguien desconocido para ella.

Confusa, desvió la mirada. Era muy injusto que la sombra de barba y el leve desaliño le dieran un aspecto aún más espectacular.

—No asumas que mi presencia en este coche implica que te he perdonado.

—No espero que me perdones tan fácilmente.

—Dime qué abre la llave.

—Si te lo digo, no tendrás una razón para acompañarme —esbozó una leve sonrisa—. Cuento con que tu curiosidad me dé la oportunidad de demostrar cuánto te quiero.

Decía «te quiero» con naturalidad. Siempre lo había hecho. Ella había tenido que esforzarse durante meses para poder decirle que le quería.

Él no tenía esas barreras de expresión, pero ella no había visto ese amor en sus acciones.

—Me prometí que no haría esto. Me prometí que daría igual lo que dijeras o hicieras, en ningún caso iba a cambiar de opinión —dijo Laurel, mirando la llave que tenía sobre el regazo.

Había querido protegerse del dolor y, sin embargo, allí estaba: en su coche y en su vida, rodeada de cuero caro y olor a lujo, exponiéndose al peligro de la incendiaria química que tanto se había esforzado por olvidar.

Habría ayudado que le soltara la mano, pero él seguía agarrando sus dedos, consciente del efecto que el contacto tenía en ella y explotando su ventaja con toda desvergüenza.

–Dame una razón para hacer esto.

–Me merezco otra oportunidad –dijo él–. Lo que tenemos es especial y hay que luchar por ello.

Ella se preguntó si lo era en realidad.

Por fin él le soltó la mano para ponerla en el volante e intentar sortear el tráfico de la ajetreada carretera del aeropuerto.

Fuera o no buena idea, ya era tarde para cambiar de opinión. Él, viendo un hueco en el tráfico, pisó el acelerador y dejó atrás el aeropuerto.

Capítulo 7

CRISTIANO condujo rápido, sorteando el tráfico hasta que la carretera se despejó. Entonces pisó el acelerador a fondo. Laurel sonrió al sentir el estallido de velocidad y fuerza, porque le gustaba la sensación tanto como a él.

O tal vez fuera porque la capota estaba bajada y el sol caía sobre ellos, haciendo que hasta lo imposible pareciera posible.

Todo seguía allí, por supuesto, las dudas, la preocupación y esa otra emoción de la que él no sabía nada. Pero con la brisa agitando su cabello y el sol en la cara, podía olvidarlo todo un momento.

No lo habría admitido ni en un millón de años, pero adoraba verlo conducir. Adoraba la confianza con la que manejaba el coche, el sutil movimiento de sus dedos al cambiar de marcha, la tensión del poderoso músculo del muslo cuando pisaba el acelerador. Cristiano hacía que conducir fuera sexy. Para ella, todo lo que hacía era sexy, y esa incurable atracción había provocado su caída.

–¿Y los guardaespaldas? –Laurel miró hacia atrás por encima del hombro.

–Es posible que los haya perdido cuando salí de la villa. Tenía prisa –su sonrisa era dulce y devastadora a un tiempo–. No te preocupes. Yo puedo protegerte y, además, hay equipo de seguridad en el lugar al que vamos.

–Ah –Laurel había tenido la esperanza de ir a un lugar discreto y privado, pero controló su decepción–. ¿Adónde vamos?

–Es una sorpresa. Pero puedes confiar en que tu felicidad encabeza mi lista de prioridades.

Ella podría haber dicho que no había sido el caso en el pasado, pero se mordió la lengua.

–¿He estado allí antes?

–No exactamente.

Resignándose al hecho de que no iba a darle pistas, recostó la cabeza y contempló el paisaje.

–Vamos hacia el monte Etna. ¿Vas a tirarme al cráter de un volcán en activo y acabar conmigo?

–Es una idea tentadora –curvó los labios–. Y sí, vamos en dirección hacia el Etna.

–Siempre me ha encantado esta parte de Sicilia.

–Lo sé –Cristiano dejó la autopista y tomó una sinuosa carretera ascendente.

–¿Taormina? –a ella le dio un bote el corazón al comprender adónde iban–. ¿Me llevas a Taormina? Habían pasado allí parte de su luna de miel y ella se había enamorado del lugar. Era una atracción turística, pero con razón.

El pueblo medieval, colgado de un acantilado sobre el multicolor mar Mediterráneo, llevaba siglos inspirando a poetas y artistas de todo tipo.

–¿Vamos al mismo hotel? –preguntó Laurel. Su sonrisa se desvaneció ante la idea.

–No. Me gustaría que confiaras en mí.

–Estoy intentándolo.

–Inténtalo con más ganas.

Ella contuvo el aliento mientras negociaban la estrecha carretera, uno de cuyos lados caía en picado hasta el mar. Estaban en la Sicilia más espectacular, donde montañas y mar se unían en dramática perfección. Allí, en la ladera, estaban las ruinas del Teatro Greco, uno de los yacimientos arqueológicos más famosos de Sicilia.

Taormina quedó atrás y él siguió conduciendo. Laurel intentaba contener la decepción de saber que ese no era su destino, cuando él detuvo el coche ante unas enormes verjas de hierro. Estaban rodeados de cipreses, olivos y pinos. El aroma inconfundible de naranjos y limoneros perfumaba el aire. Ella cerró los ojos e inspiró profundamente.

—¿Tienes esa llave?

Laurel abrió los ojos, miró las verjas y después la llave que había sobre su regazo.

—¿Esta llave abre esas puertas?

—Pruébala y verás.

Ella bajó del coche. Los vaqueros que se había puesto para volver a Londres eran demasiado calurosos para ese clima; deseó ponerse algo más fresco. Sin el movimiento del coche, el aire quemaba la piel y el suelo estaba seco y agrietado.

A pesar del óxido, la llave entró perfectamente en la cerradura. Sin embargo, antes de que la girara, las verjas empezaron a abrirse.

—Admito que he añadido algunas comodidades modernas —confesó Cristiano, con una sonrisa—. La llave es más simbólica que esencial. Sube al coche, hace demasiado calor para andar.

—¿Andar adónde? —preguntó Laurel. Pero volvió a subir al coche. Vio que sobre las verjas había cámaras de seguridad.

Tomaron un camino irregular y polvoriento, bordeado por olivos y almendros centenarios. Las mimosas y jazmines perfumaban el aire y el sol brillaba con fuerza. Laurel miró a Cristiano intrigada, pero él estaba concentrado en el camino, sorteando los baches.

–Como ves, hay trabajo por hacer –Cristiano siguió hasta aparcar en un patio sombreado.

–¿Es un castillo? –Laurel miró boquiabierta el magnifico edificio de color miel.

–Bienvenida al Castello di Vicario. La parte este se construyó como monasterio en el siglo XII, pero un ambicioso príncipe siciliano echó a los monjes y lo amplió para alojar a sus amantes –Cristiano se recostó y miró el edificio con satisfacción. Una profusión de coloridas flores mediterráneas trepaba por las paredes de piedra y caía en cascada de los balcones–. Por sus vistas y su aislamiento, ha sido utilizado por artistas y escritores de toda Europa.

–¿De quién es ahora?

–Nuestro –tras esa sencilla respuesta, Cristiano bajó del coche y saludó a los dos doberman que aparecieron corriendo de repente.

Laurel gimió al ver a los perros, y comprendió el comentario que había hecho sobre la seguridad. Saltó del coche, se arrodilló en el suelo y abrazó a los perros, riendo y llorando mientras la lamían y saludaban con el mismo entusiasmo que ella demostraba. Segundos después estaba cubierta de polvo y huellas de patas, pero no le importaba.

Al principio de casarse ella había odiado el nivel de seguridad que él insistía en tener, pero había estado dispuesta a aceptar a los perros. Con su humor habitual, Cristiano les había llamado Rambo y Terminator, y la habían acompañado a todas partes. Dejar a los perros era otra de las cosas que le había roto el corazón al marcharse de la isla.

—¿Por qué no me habías preguntado por ellos? —preguntó Cristiano observándolos divertido.

—No me atrevía. Los echaba tanto de menos... —abrazó a Rambo, que gemía de placer al verla, y apretó el rostro contra su piel negra—. No habría podido soportar oír que los habías vendido o algo así.

—Nunca los habría vendido —dijo él, observándola con una expresión extraña.

—No, supongo que no —acarició a Terminator, que ladraba con alegría—. Son demasiado valiosos.

—Esa no es la razón —con mirada enigmática, señaló la puerta—. ¿Te interesa ver tu casa?

—¿Casa?

—¿Ahora vives aquí? —Laurel se puso en pie lentamente. El asunto era muy significativo. Taormina era su sitio. Era donde habían compartido el primer beso. Donde él le había dicho por primera vez que la amaba.

Las mejores partes de su relación habían tenido lugar en ese exquisito rincón de la isla. Habían paseado de la mano por las floridas calles, cenado tranquilamente en alguna de las muchas e íntimas plazas. Pero no habían estado en ningún sitio tan perfecto, privado y exclusivo como ese castillo. Tan romántico.

—¿Cuándo lo compraste?

—Lo compré cuando estábamos casados, pero necesitaba mucho trabajo. Iba a ser una sorpresa.

—¿Cuando estábamos casados? —a Laurel le dio un vuelco el corazón.

—Era un regalo para ti. Desde que vi cuánto te gustaba esto, busqué una propiedad. Tardé dieciocho meses en persuadir a los dueños para que vendieran. Otros seis meses en hacer las reformas necesarias —inspiró con fuerza—. Y entonces te fuiste —la emoción de su voz hizo que a ella se le cerrara la garganta.

Cuando él le ofreció la mano, ella titubeó. Aceptarla voluntariamente le parecía un gran paso y no estaba segura de querer darlo. Tras un instante de indecisión puso la mano en la de él, y le oyó soltar el aire lentamente.

Él apretó su mano y la condujo a una terraza con vistas al mar.

–¿Qué te parece? ¿Tiene tu aprobación?

Laurel miró el *castello* y se sintió abrumada por su belleza. La enorme riqueza de Cristiano siempre había sido parte de él, pero a ella nunca le había interesado. Siempre había creído que su riqueza no podía comprar nada que la emocionara.

Hasta ese momento.

Se dio la vuelta y descubrió que la terraza ofrecía una panorámica de ciento ochenta grados, que incluía la cima nevada del Etna y el bello mar esmeralda de la bahía de Naxos. En la terraza misma, a unos metros de sus pies, una serie de piscinas cortaban la ladera, cayendo una sobre la otra; el rumor del agua era tranquilizador.

–Creo que tienes delirios de grandeza –dijo.

Él, riendo, la rodeó con los brazos en un gesto posesivo, sin darle oportunidad a rechazarlo.

–Las piscinas son una maravilla, ¿no crees? Siempre te encantó nadar, así que pedí al arquitecto que aprovechara el desnivel para crear algo especial. Me pareció buena idea, pero admito que el resultado superó mis expectativas.

–¿Nos imaginaste viviendo aquí?

–Sí, durante un tiempo al menos. A D.H. Lawrence y Truman Capote les pareció bien, así que debe de tener algo especial.

Sí era especial. En todos los sentidos. Pero lo más especial era que lo había hecho por ella.

Y eso mientras ambos trabajaban innumerables horas al día. Ella lo había acusado de ser un adicto al trabajo, y acababa de descubrir que había dedicado al menos parte del día a arreglar un edificio que había elegido con ella en mente.

Un sitio de ellos dos.

La impresión que tenía de él se transformó. Confusa y odiando la sensación, se apartó de él.

—¿Que está pasando por esa cabecita tuya? Dime qué piensas —dijo él, tras soltar un suspiro.

Laurel pensaba que esa casa, en el lugar que ella más amaba del mundo, era un gesto enorme, y muy significativo. Era una casa para la familia que él se imaginaba teniendo. Formaba parte de su plan maestro. Al mirar los olivares se imaginó a dos pequeñas versiones de Cristiano jugando a la sombra y chapoteando en las piscinas.

Tal vez sí la había amado a su manera. Viendo lo que había creado allí, casi podía creerlo. Y eso agudizaba su dolorosa sensación de pérdida.

Comieron en una zona sombreada de la terraza, rodeados de jardines y fragantes naranjales.

Laurel, pálida y cansada, picoteó pescado con limón y hierbas del jardín. Los perros, tendidos a sus pies, jadeaban por el calor y la miraban con adoración, negándose a alejarse de ella.

Cristiano, mientras esperaba a que le hablara, pensó que él no era muy distinto de los perros.

Sabía lo que ella tenía en mente, no hacía falta ser un genio para adivinarlo. Podría haber sacado el tema, pero que quería ver si lo hacía por sí misma.

—¿Dónde has vivido estos dos últimos años? —le preguntó, esperando que charlar sobre un tema neutral aliviara la tensión del ambiente.

—En Londres.

—No has tocado un penique de tu asignación.

—No estaba contigo por el dinero, Cristiano.

—Yo te habría mantenido económicamente. Me comprometí a hacerlo cuando nos casamos.

—Estás rodeado de gente a la que solo interesas por lo que puedes dar, ¿y te quejas porque yo no quería eso?

—Yo quería mantenerte —afirmó él. Era cierto, y lo sorprendía porque siempre se había considerado progresista para ser un hombre siciliano

—Ah —ella lo miró—. El Proveedor.

El pasado se interponía entre ellos. Él sabía que aunque había cubierto sus necesidades materiales, había fallado vergonzosamente la única vez que le había pedido ayuda. De repente, comprendió que existía otra razón para que su insensibilidad le hubiera hecho tanto daño: había reabierto una herida que no había terminado de cicatrizar.

Sabía que su infancia había sido difícil, pero ella le había dado pocos detalles y no había querido presionar. Pero, de repente, quería saber quién o qué había causado la herida original.

El timbre agudo de su teléfono rasgó el silencio. Cristiano, programado para contestar, llevaba la mano al bolsillo cuando recordó su promesa. Su mano se detuvo en el aire. El teléfono siguió sonando y Laurel arqueó una ceja.

—¿Vas a contestar la llamada?

—No —requirió un gran esfuerzo de voluntad no sacar el teléfono, las manos le sudaban y sus dedos anhelaban contestar, pero lo consiguió.

—La próxima vez, contesta —dijo ella, cuando por fin dejó de sonar—. Sabes que quieres hacerlo.

Una parte de él quería hacerlo, pero era una respuesta condicionada por haber antepuesto el trabajo a todo durante muchos años.

Ella lo había llamado «El Proveedor» y era una buena descripción. Había asumido ese papel el día que su padre falleció de repente y su madre lo telefoneó. Había regresado de Estados Unidos para encargarse de todo. Esa función ya no era necesaria, pero se había convertido en una forma de vida que nunca había cuestionado antes.

Pero a partir de ese momento, la posibilidad de cerrar un trato, ampliar el negocio u obtener más beneficios ocuparía un segundo lugar ante su necesidad de conseguir que su matrimonio funcionara. Por primera vez en su vida le daba igual quién llamara, no quería oír el buzón de voz, no le importaba que su empresa se hundiera.

El teléfono volvió a sonar, ahuyentando a los pájaros. Los ojos verdes de Laurel lo observaban.

—Contesta. Así podrás dejar de preguntarte quién es y cuánto dinero estás perdiendo.

—Eso no es lo que me estoy preguntando.

Se preguntaba cómo iba a compensar a Laurel por lo que le había hecho. Cómo iba a demostrarle que la amaba. Los remordimientos lo asolaban.

—¿Le has dicho a alguien adónde ibas? —sonó exasperada—. Seguramente están organizando una partida de búsqueda mientras hablamos.

—No, la verdad es que no.

—¿Y no habrán dado una alerta de seguridad?

—Es muy posible —al recordar los rostros de su equipo de seguridad, inspiró con fuerza, frustrado por la realidad de su vida—. Tal vez debería...

—Sí. ¡Hazlo! —llevó la mano a su vaso—. No espero que no trabajes, Cristiano. Yo pienso leer mi correo electrónico después. Respeto tu empuje y ambición. Yo también tengo ambas cosas. Eso no es problema. Eso no fue el problema –el cambio de tiempo verbal los devolvió al corazón del asunto, donde había residido el problema real.

Ella tomó un sorbo agua.

Él pensó que le había fallado cuando más lo necesitaba. No podía dejar de imaginársela sola en una cama de hospital.

–Si te sirve de consuelo, me siento como un bastardo por lo que te hice.

–Bien. Deberías sentirte mal –dejó el vaso en la mesa–. Fuiste desconsiderado e insensible.

–No vas a decir: «¿No te preocupes por eso?».

–No. Debes preocuparte. Fue un comportamiento terrible. Si eso no te preocupara, no estaría aquí sentada en este momento.

Cristiano se preguntó si era él quien ardía o si Sicilia estaba en plena ola de calor. Le sudaban las palmas de las manos, y notaba ardor hasta en el cerebro. Cuando el teléfono sonó por tercera vez, lo sacó y miró la pantalla, pensando que una conversación lo liberaría de otras interrupciones.

–Cinco minutos –afirmó–. Es Santo. Le diré que está al mando. Luego lo apagaré.

–¿Qué le ha pasado al teléfono?

–Un accidente. Se cayó del bolsillo cuando recogía la ropa para correr a buscarte.

–Ah. Sí que has tenido una mañana estresante.

–Las he tenido mejores –dijo él con ironía.

–Y si el avión hubiera despegado antes de que llegaras, ¿qué habría ocurrido?

–Habría tenido que ir a Londres –murmuró él–. Dicen que allí está siendo un verano muy húmedo. Por suerte, ambos nos hemos librado de eso.

–Esto es temporal, Cristiano. No he accedido a nada –miró el teléfono que vibraba en su mano–. Necesitas un teléfono nuevo, ese se va a partir.

–El estado de mi teléfono es lo que menos me preocupa ahora mismo –lo preocupaba el estado de su matrimonio. Su reto era descubrir la manera de recuperar la confianza de Laurel.

–Contesta, antes de que Santo decida que te he asesinado y enterrado el cuerpo.

–No tardaré... Cristiano se levantó y cambió al italiano. Le hizo a su hermano un resumen de lo ocurrido en las últimas horas. Cuando colgó, Laurel lo miraba fijamente.

–Supongo que quería saber si ya te habías librado de mí.

–Sabe que sigo enamorado de ti –declaró él.

–Dudo que eso le haya sentado bien.

–No necesito el permiso de mi hermano para sentir lo que siento.

–Me odia, Cristiano. Ayer vi su expresión. Y tu madre también me miró con reproche. Soy la nuera malvada –con ojos cansados, apartó la silla y se puso en pie–. No puedes simular que no importa. Ni golpear a todo el que diga cosas malas de mí. Este lugar es precioso, pero no cambia el hecho de que somos un desastre. Nada puede cambiarlo –se dio la vuelta y fue hacia la piscina.

Cristiano sabiendo que había más que decir, la siguió y puso las manos sobre sus hombros.

–Un desastre siempre se puede arreglar. Y nos concierne solo a nosotros. Quiero que te relajes. Esos últimos días han sido horrendos para ti.

La recordó bajando del avión, valiente y dispuesta a enfrentarse a un infierno para estar con su mejor amiga.

Y él, en vez de admirar su coraje, había cuestionado su lealtad.

—Deja de pensar y preocuparte y disfruta de tu lugar favorito en la tierra. Esta tarde te llevaré a un restaurante que he descubierto en la playa. Solo van lugareños, no hay turistas —Cristiano se juró que iban a pasar tiempo juntos.

—No tengo nada que ponerme.

Esa respuesta tan femenina relajó la tensión de sus músculos. Si la ropa era su mayor objeción, habían progresado bastante.

—Tiene fácil arreglo. Hay ropa en el vestidor.

—¿Hay ropa de mujer en tu dormitorio? —los bellos ojos se estrecharon y enfriaron.

—Nuestro dormitorio —corrigió él, disfrutando de esa muestra de celos—. La compré para ti. Era parte de la sorpresa. El día después de saber que estabas embarazada, fuiste a Londres por negocios y yo ultimé los preparativos. Cuando aterrizaras en Sicilia iba a traerte directamente aquí.

—Pero volaste al Caribe y ni siquiera nos vimos.

—Sí —otra cosa de la que arrepentirse que podía añadir a las que ya anegaban su cerebro.

—Solo te vi una vez más, cuando hacía la maleta para irme de Sicilia —hizo una pausa—. Esperaba que me siguieras. No era lo que quería, pero lo esperaba. ¿Por qué no lo hiciste?

Él se lo había preguntado un millón de veces.

—Me cegaba el creerte injusta por renunciar así a nuestro matrimonio. Cometí muchos errores. Dame la oportunidad de compensarte.

—¿Podemos dar un paseo por el pueblo? —sugirió ella tras un largo silencio—. Siempre me encantaron las tiendas y el ambiente.

–Es mediodía, tesoro. Te asarás de calor y los turistas te aplastarán –dijo él. El alivio de que no le hubiera exigido llevarla al aeropuerto era inmenso.

–Seguro que hay algún sombrero en ese vestidor, y entre los dos apartaremos a los turistas. Por favor. Quiero hacer algo normal.

–Querer andar por Corso Umberto bajo el calor del sol no tiene nada de normal –alegó él. «Sobre todo cuando quiero llevarte a la cama, desnudarte y explorar cada centímetro de tu cuerpo».

Pero esa parte de su relación siempre había sido fácil. Lo que se había jurado arreglar era el resto.

Pasearon por el pueblo medieval, explorando el entramado de estrechas calles y callejones. Seguramente parecían un par de amantes de vacaciones, pero Laurel era consciente de que a él no lo motivaba el entorno romántico, sino el genuino deseo de salvar el abismo que los separaba. Ella no sabía si era posible.

Había requerido un enorme salto de fe de su parte confiar en él, y la había dejado caer. No sabía si estaba lista para arriesgarse otra vez.

Le llamó la atención el biquini de un escaparate y entró a probárselo. Mientras se miraba en el espejo, se dio cuenta de que hacía mucho que no disfrutaba de vacaciones. Desde su luna de miel. Sería una delicia pasar tiempo junto a la piscina leyendo un libro. Si conseguía relajarse lo bastante.

No sabía qué hacían allí. Si eran unas vacaciones, una reconciliación o una prueba amor. No sabía si era posible arreglar lo que había ido mal entre ellos, pero sí sabía que no era la misma chica con la que él se había casado y cabía la posibilidad de que no le interesara.

Entregó el biquini a la dependienta y Cristiano insistió en pagarlo. Lo permitió porque sabía que le gustaba hacerle regalos. La dependienta aceptó su tarjeta de crédito y se ruborizó intensamente.

Incluso con ropa informal tenía ese efecto en las mujeres. Y la mayor parte del tiempo ni se daba cuenta. O tal vez ya ni se fijaba.

–Esa chica estaba dispuesta a casarse contigo y tener tus bebés –dijo Laurel cuando salieron de la tienda y vio que la chica la miraba con envidia.

–¿Qué chica? –preguntó Cristiano.

–La de la tienda.

–Ya estoy casado. Y voy a seguir estándolo.

No comentó el resto de la frase y Laurel se preguntó por qué lo había dicho. Intentar una reconciliación no tenía sentido; aunque arreglaran parte del asunto, otra parte no tenía solución.

Cristiano vio su expresión desolada y se hizo cargo de la situación. Apretó su mano y la llevó a una calle lateral, en sombra y relativamente vacía.

–Basta –la acorraló contra la pared–. Desde que me contaste lo que ocurrió, he estado esperando que sacaras el tema que te preocupa, pero no lo has hecho. He tenido que verte picotear la comida, cada vez más pálida mientras tu mente busca razones que justifiquen nuestra separación.

–No sé de qué hablas.

–Hablo de bebés. Estás pensando: «No tiene sentido arreglar esto porque no puedo tener hijos, y él no me querrá si no puedo tener hijos».

Era parte de la verdad y Laurel sintió que las lágrimas le quemaban los ojos, porque la verdad era más complicada que esa. Él no tenía ni idea. Alarmada por su reacción emocional, parpadeó. Estaba cansada. Muy cansada.

–¿Ahora lees la mente?

–¿Estás diciendo que me equivoco?

–No –el problema era que había más. A pesar del calor, sintió un escalofrío–. Es una barrera más entre nosotros, eso es seguro.

–No para mí –la miró con ojos negros e intensos–. Te amo. Tengo que demostrártelo, pero te amo. Y siento no haber estado contigo cuando te dieron la noticia. No puedo ni imaginar lo horrible que debió de ser.

Laurel no le dio ninguna pista. Era demasiado pronto y, además, sabía que sus sentimientos al respecto probablemente lo conmocionarían.

–Tendría que haber estado contigo, apoyándote. No me extraña que me dejaras.

Era la primera vez que admitía que su reacción podía haber estado justificada.

–No lo hice para castigarte. Fue porque decidí que estaba mejor sola. Más segura.

–¿Segura? –él puso las manos en sus hombros.

–Me estaba protegiendo.

–¿De mí? –él arrugó la frente.

–Del dolor. Es instintivo.

–Lo sé. He descubierto eso sobre ti. Pero ojalá me hubieras gritado en vez de irte. Ojalá te hubieras encolerizado y dicho lo que sentías.

–Decírtelo no habría cambiado nada. No me fui porque estuviera enfadada contigo. Me fui porque sabía que no podría volver a confiar en ti. No me atrevía –sintió que él se tensaba antes de atraerla hacia sí. La parte física de su relación siempre había nublado todo lo demás, y estaba volviendo a ocurrir. Supo qué él sentía lo mismo porque cuando habló su voz sonó grave y ronca.

–¿Y ahora? ¿Te atreves a correr ese riesgo?

–No lo sé.

–¿Es porque temes que vuelva a fallarte, o por el tema de los niños?

–Las dos cosas. Tú quieres hijos. Es un hecho. Hablamos de ello a menudo y tu madre me preguntaba a diario cuándo iba darte bebés –Laurel intentó apartarse, pero él volvió a rodearla con sus brazos y apoyó la barbilla en su cabeza.

–*Mi dispiace*, lo siento. Eso fue insensible de su parte, no lo sabía. Hablaré con ella.

–Es lo que quiere para ti –murmuró ella contra su pecho. Los turistas los miraban, sin duda preguntándose qué le decía el espectacular siciliano a la chica morena que tenía en brazos.

–Hablemos del tema de los niños ahora mismo, porque está dominándolo todo. Contéstame con sinceridad... –le apartó el pelo de la cara con gentileza–. Si fuera yo quien no pudiera tener hijos, ¿me habrías dejado?

–¡Claro que no! –era una pregunta razonable pero no la más relevante–. No es lo mismo.

–Es exactamente lo mismo.

–No. Es más complicado que eso. Tal vez sea más fácil para mí porque no crecí soñando con familias e hijos. No tenía esa ambición. Supongo que no creía en finales felices. Pero tú sí.

–No era una ambición. Más bien asumía que sería así. Y si crees que lo que acabas de decir cambiará lo que siento por ti, no tienes ni idea de cuánto te amo –le temblaba la voz–. Lo que significa que aún tengo mucho que probar.

–No pretendo hacerte pasar por el aro, Cristiano... –esa vez consiguió apartarse de él–. Ni siquiera sé si tenemos un futuro juntos. Me estás pidiendo que confíe de nuevo y no sé si puedo hacerlo. Para mí es algo enorme.

–Comparado con perderte, es minúsculo.

Al oírlo, Laurel supo que, independientemente de lo que dijera o hiciera, siempre amaría a ese hombre y la profundidad de ese amor siempre la haría vulnerable.

–El problema no solo eres tú –admitió–. Soy yo. No se me dan bien las relaciones. No estoy segura de poder darte lo que quieres de mí.

–¿Es por lo que te hice hace dos años? ¿O por lo que alguien te hizo años antes? –el tono suave de su voz quitó hierro a las palabras–. Sí, actué mal y tienes derecho a estar enfadada, pero tus problemas de confianza no empezaron conmigo.

Tenía razón, por supuesto. Sus problemas de confianza y dependencia habían empezado años antes de conocerlo. Eran parte de sus cimientos.

–Sé que tu infancia fue un infierno y que aprendiste a no confiar en nadie, pero te digo que puedes confiar en mí. Me equivoqué, pero no fue porque no te quisiera. Estaba loco por ti, adoraba cada centímetro de tu ser. Tomé una decisión errónea, pero la situación era más complicada de lo que tu crees. Ahora, deja de pensar y preocuparte y vamos a casa a estar juntos –entrelazó los dedos, con los de ella y la condujo de vuelta a la calle que conducía a la Piazza Sant Antonio.

–Supongo que «estar juntos» significa sexo.

–No me refería a eso. Esa parte de nuestra relación nunca ha necesitado atención –hizo una pausa para besarla y el roce sensual le recordó lo que habían compartido la noche anterior.

Ella se preguntó si todo habría sido más fácil si la atracción sexual entre ellos no fuera tan intensa.

–No puedo pensar cuando haces eso.

–Bien –miró su boca–. Piensas demasiado.

En ese momento, ella solo podía pensar en el sexo. Y veía en sus ojos pesados que él pensaba en lo mismo. De hecho estuvo segura cuando empezó a moverse y él la detuvo con una mueca.

–No te muevas durante un minuto.

–¿Qué pasará si me muevo? –lo pinchó ella, lamiéndose el labio inferior.

–Seguramente me arrestarán por indecencia. Quédate quieta. Y deja de mirarme así.

Soltó el aire lentamente y se apartó de ella.

–Volvamos a casa rápido. Venga –dijo.

Capítulo 8

LAUREL, desnuda y saciada de sexo, yacía abrazada a Cristiano, contemplando cómo el sol se ponía tras el Etna, tiñendo el cielo de rosa.

–Es como si la isla estuviera ardiendo –dijo. Pensó que era como su relación. Si su amor tuviera color, sería rojo. Rojo por el ardor y la pasión.

–No solo la isla –dijo él, tumbándola de espaldas. Agachó la cabeza y la consumió con la exigencia hambrienta de su beso.

Rojo por el deseo.

Sintió el martilleo de su corazón y cómo su excitación aumentaba cuando la mano de él descendió por su muslo, con un gesto posesivo.

Estar con Cristiano disparaba su adrenalina, era una experiencia de tanta intensidad erótica que sus sentidos no dejaban de zumbar.

–¿De verdad no has tenido aventuras? –se odiaba por preguntarlo, por sonar como una mujer dependiente e insegura, pero una parte de ella no podía dejar de torturarse con esa idea.

–¿Tienes idea de cómo fue mi vida cuando te marchaste? –preguntó él, inmóvil.

–Incómoda. Supongo que mucha gente te dijo que era una mujer sin corazón y que estabas mejor sin mí –el destello que vio en sus ojos le confirmó cuánto se había acercado a la verdad. Eso le dolió.

–Nunca me ha interesado la opinión de otras personas –la tranquilizó él.

–Te imaginaba pasándolo bien con montones de ad-
miradoras.

–Esa imaginación tuya necesita mejorar –introdujo
la mano en su pelo, estudiando su rostro–. Desde que te
fuiste mi única relación ha sido el trabajo, y algún flir-
teo con el whisky. Trabajaba dieciocho horas al día con
la esperanza de caer en la cama demasiado agotado para
pensar en ti.

La ilusionó que la hubiera echado de menos.

–¿Funcionaba? –preguntó ella.

–No. Pero los beneficios de la empresa se han tripli-
cado en dos años –sus ojos chispearon.

–Entonces no tuviste...

–No, ninguna. ¿Y tú?

–No.

–Por lo visto, ni la ira ni el dolor acaban con el amor.
Estaba tan enfadado por tu abandono que no profundicé
más. Tal vez, si lo hubiera hecho, habríamos llegado antes a este punto.

Comenzó a besarla y acariciarla de nuevo, hasta hacerle olvidar todo excepto la magia que creaban juntos.

«Esto es lo que siempre se nos dio bien», pensó ella
después, con la mejilla apoyada en su pecho y el cabello
desparramado por la almohada.

Lo que no se les había dado tan bien había sido todo
lo demás. Y él no era el único culpable. Ella se había cerrado, había tenido miedo de dejarle entrar en su vida.
Ni siquiera se había planteado darle una segunda oportunidad.

Se preguntó si había sido injusta.

Sabía que él estaba esperando que dijera: «Te quiero»,
pero no podía hacerlo. No estaba lista. El pasado se in-

terponía entre ellos; era un obstáculo para que ella confiara y para que él la entendiera.

—No toda la culpa fue tuya —tenía la mejilla en su hombro y una mano sobre su estómago—. Como espero que la gente me falle, prefiero desconfiar desde el primer momento.

—Sí que te fallé.

—Pero solo te di una oportunidad —pensar que tal vez había sido injusta le quitó el aire.

—Estabas protegiéndote. Eso lo entiendo. Te han fallado en el pasado y yo repetí el patrón.

—Había pasado por eso. Había sentido la emoción, la esperanza, la cálida sensación de pertenencia de cuando crees que alguien te quiere a su lado. Y cuando fue mal, cuando resulté no ser lo que querían que fuera, me dolió tanto que me prometí que no dejaría que volviera a ocurrir.

—¿Estás hablando de un hombre?

—Sabes que fuiste el primer hombre con quien me acosté —dijo ella, sabiendo lo posesivo que era.

—¿Quién entonces? ¿Quién te hizo daño? —su voz sonó áspera—. Cuéntamelo.

—Cuando era pequeña casi me adoptaron.

—¿Casi? —se sorprendió Cristiano.

—Cuando estaba en el orfanato, una pareja vino a verme varias veces. Pensaban que podía ser «la suya». Querían una bebé, pero no había, y yo por lo menos era niña. Llevaban diez años intentando tener hijos. Habían gastado una fortuna en tratamientos de fertilidad y cuando se decidieron por la adopción eran demasiado mayores para recibir un bebé. Ya tenían preparada una habitación, pintada de color rosa y llena de lucecitas. Necesitaban una niña que encajara con la habitación y con sus sueños. Yo no era rubia y de ojos azules, pero decidieron llevarme a su casa a pasar el fin de semana –el recuerdo dolía, incluso después de tantos años. Recordaba el perfume de la mujer y su ropa perfecta–. El rosa no me gustó demasiado, pero los libros sí. Tendrías que haber visto los libros –recordaba perfectamente las hileras de libros, de lomos de colores–. Libros infantiles, cuentos de hadas, de todo. Yo no había tenido un libro en toda mi vida, y a esa pareja le encantaba leer. Él era profesor de inglés y ella florista. Había libros y flores por toda la casa. Y me habían elegido a mí, estaba muy emocionada.

–¿Te fuiste a vivir con ellos?

–No. Esa primera noche estaba tan estresada por la novedad de estar en un sitio nuevo con gente desconocida que no podía respirar. Tuve un ataque de asma. Pasamos la noche en urgencias y después de eso... –hizo una pausa–, decidieron que preferían no tener hijos a tenerme a mí. No querían una criatura enferma, viajes a urgencias, preocupaciones y ansiedad. Querían una niña que encajase en esa habitación: rizos rubios, vestidos color rosa y pura perfección. Y esa no era yo; una pena, porque me había enamorado de esa habitación llena de libros. Me encantaba la idea de poder cerrar la puerta y quedarme dentro, simulando que era una biblioteca. Iba a leer cada libro y sería una gran aventura –consciente de que había revelado más de lo que esperaba, aligeró el tono de voz–. Ahora ya lo sabes: soy un desastre porque no tuve libros –tampoco había tenido familia, pero eso no lo dijo–. Tal vez, si hubiera leído cuentos de hadas, no sería tan desastre. Mi problema es que no sabría distinguir un final feliz aunque tropezara con él.

Siguió un largo silencio. Cristiano se apoyó en el codo y se irguió para mirarla, incrédulo.

–¿Estás diciendo que cambiaron de opinión?

–Eso sucede. Por eso hacen una prueba. Es importante

que el proceso de adopción sea adecuado para todos. Yo no era adecuada para ellos –pensó que eso ya no debería dolerle tanto–. Fue duro para mí porque era muy pequeña y había confiado en ellos. Cuando me dijeron que iba a ser su niñita, lo creí. Fue una estupidez, porque ya sabía que los adultos no solían hablar en serio.

–¿Y después de eso? –su rostro estaba pálido.

–Después me esforcé en convertirme en una niña inadoptable. Eso era lo mejor para todos.

–Porque no querías arriesgarte a que ocurriera de nuevo –estiró el brazo y le apartó el pelo de la cara con suavidad–. ¿Cuántos años tenías?

–Tenía ocho años. Pero los había pasado en casas de acogida y residencias, así que no era la niña de ocho años típica –sintió que sus brazos la rodeaban y la apretaban contra él.

–¿Por qué no me lo habías contado antes?

–Intento no pensar en ello. Es el pasado. No es relevante –según lo decía, supo que no era verdad.

–Ambos sabemos que es relevante. Y es la razón de que te protejas con tanta fiereza. Explica muchas cosas –la abrazó con fuerza, como si quisiera compensar años de aislamiento y soledad.

–Tienes razón. Aún me afecta y ha conformado lo que soy. Me hizo decidir que dependería solo de mí misma. No tenía amigos íntimos porque no confiaba en nadie lo suficiente para crear vínculos.

–Te hiciste amiga de Dani.

–Técnicamente, ella se hizo amiga mía. Estábamos en la misma residencia universitaria y ella es como tú, tan abierta emocionalmente que no acepta un no por respuesta. Cada vez que cerraba la puerta de mi habitación, ella la abría. Siempre me estaba arrastrando a un evento u otro. No me permitía esconderme y la verdad es que adoraba su compañía. Era la primera amiga auténtica que tenía, y nunca me falló–. Los ojos de Laurel se llenaron de lágrimas–. Cuando te abandoné tendría que haber puesto punto final a nuestra amistad, pero no lo hizo.

–Mi hermana es fantástica, pero no le digas que lo he dicho yo –un deje de humor suavizó el tono de su voz–. No me extraña que te marcharas después de lo que hice. Sé que esto es un lío, pero podemos arreglarlo. Lo arreglaremos.

–¿Y si no podemos? Mi pánico a confiar en la gente afecta a todo lo que hago –se sentía tan bien entre sus brazos que le costaba concentrarse en otra cosa. Sería increíblemente fácil cerrar los ojos y dejar que él decidiera por los dos–. Cuando confías en alguien le otorgas el poder de herirte.

–Te quiero –la tumbó de espaldas y se colocó sobre ella–. Lo estropeé todo, pero vas a perdonarme porque también me quieres. Tus dudas son por miedo, no porque falte el amor.

–Lo sé.

–Y eso puedes superarlo. Eres la mujer más fuerte y dura que conozco. Me cuesta creer que hayas pasado por tanto tú sola. Aquel horrible día, hace dos años, no te escuché con atención –confesó con voz rota–. Me llamaste y dijiste que estabas preocupada, pero el médico ya me había dicho que estarías bien, así que más de la mitad de mi mente estaba centrada en el negocio que quería cerrar, llevaba cinco años trabajando en el trato. Si hubiera sabido cuánto miedo tenías, lo habría dejado todo y vuelto.

–Estaba aterrorizada.

Él dejó escapar un gruñido de remordimiento y giró para ponerse de espaldas, llevándola con él.

–Ojalá pudiera dar marcha atrás al reloj y hacer las cosas de otra manera. No sabes cuánto lo deseo.

–No cambiaría nada. No habrías puesto en peligro ese trato por mí, Cristiano.

–Mi matrimonio era más importante que ningún trato, pero en ese momento no me di cuenta de que tenía que elegir. No entendí lo importante que era para ti mi presencia. Sé que no es excusa, pero el médico me aseguró que todo iría bien.

Ella pensó que tenía unos ojos preciosos. O tal vez lo precioso fueran sus pestañas: espesas y negras, enmarcaban una mirada penetrante, que sabía leerla de maravilla. A diferencia de la mayoría de los hombres, a Cristiano no le costaba expresar sus emociones ni interpretar las de ella. Por eso mismo, no encajaba con su carácter que no hubiera acudido a su lado cuando se lo suplicó.

–¿Por qué era tan importante ese trato?

–Eso ya no importa. No hay excusa para mi comportamiento.

–Háblame del trato, Cristiano.

–No hace falta decir que llegó en el peor momento –suspiró y se mesó el cabello–. Cinco años de trabajo culminaron el día antes de que volvieras de Londres. Había planeado cenar contigo. En vez de eso, tú llegabas y yo me iba.

Ella recordó que él había sonado preocupado por teléfono, apenas había respondido cuando le mencionó que temía que algo fuera mal.

–¿Qué era tan importante de ese trato concreto?

–Ahora ni siquiera lo recuerdo –soltó una risa amarga–. Era otro terreno perfecto para un exclusivo complejo hotelero. Más de lo mismo. Excepto que nunca había cerrado un negocio tan grande. Sabía que la propiedad de esa isla aseguraría el futuro de la empresa y nuestra reputación subiría como la espuma.

–¿La empresa tenía problemas?

–No, pero las empresas que se centran en el turismo no pueden dormirse en los laureles. El mercado es muy volátil. Es una de las razones de que trabajemos el turismo de lujo. Me acusaste de ser adicto al trabajo y tenías razón. Lo soy.

–Supongo que tuviste que convertirte en uno –Laurel recordó lo que había dicho Dani sobre el papel que asumió tras la muerte de su padre–. Quedaste a cargo de todo siendo muy joven.

–¿De todo? –soltó una risa seca–. Si te refieres a la empresa, «todo» se reducía a dos hoteles pequeños que apenas daban beneficios.

–Creí que había sido la empresa de tu padre.

–Lo que existe ahora salió de la empresa de mi padre –miró las puertas abiertas a la terraza y el azul turquesa de la piscina–. Estaba en la universidad, en Estados Unidos, cuando mi padre murió. Mi madre estaba devastada, mi hermano y mi hermana aún estaban en el colegio. Mi padre tenía dos hoteles, que no iban demasiado bien. Yo era el hijo mayor y estaba estudiando Ingeniería Estructural, pero todos dependían de mí, así que me hice cargo de algo sobre lo que no sabía nada.

Ella se preguntó cuánto le había costado renunciar a sus sueños y volver a casa para ocuparse de hacer realidad los de su padre.

–Lo que empezó como necesidad se convirtió en hábito. Al poco tiempo, ni siquiera me preguntaba por qué trabajaba tanto. Era mi forma de vivir. No importaba cuánto dinero ganara o cuánto éxito tuviera la empresa, no podía olvidar que todos dependían de mí. En mi capacidad de dirigir y ampliar la empresa.

Laurel sabía que no solo había mantenido a su madre y hermanos, también daba empleo a muchos otros miembros de su familia, como primos y tíos. Ellos lo habían convertido en «El Proveedor».

—Carlo me aconsejó que renunciara al trato caribeño porque el precio que pedían quitaba viabilidad al negocio. Íbamos a retirarnos cuando hicieron una contraoferta. Teníamos veinticuatro horas para decidirnos. Pensé que el trato garantizaría el futuro de la empresa.

—¿Y seguiste adelante? —nunca le había preguntado si había cerrado el trato o no.

—Sí. Y va muy bien. Mejor de lo que había predicho —volvió la cabeza para mirarla—. Pero Carlo tenía razón, el precio fue demasiado alto.

—Fui egoísta —admitió ella, sabiendo que él no hablaba de coste monetario—. No pensé en tu responsabilidad con respecto a los demás. Pensé solo en mis necesidades.

—Con razón.

—«Solo es un trato más», pensé. Nunca pensé en la presión que sentías ni en la gente que dependía de ti para vivir. Nunca me hablabas de eso.

—No quería hablar de trabajo cuando estaba contigo. Estaba loco por ti. Sigo estándolo —le tembló un poco la voz—. Desde el primer día, cuando te vi en pantalones cortos, gritándole a Santo por correr demasiado lento.

—El día de nuestra boda creí que me amabas. Cuando estaba contigo, te creía. Pero cada vez pasábamos menos tiempo juntos. Para cuando supe que estaba embarazada, apenas nos veíamos. Que no vinieras cuando te lo pedí, fue la última gota. Me pareció la evidencia de que no me querías.

—Yo creí que casarme contigo probaba cuánto te quería. Cometí el pecado de dar demasiado por hecho —se inclinó hacia ella y le dio un beso suave—. Es posible que fuera algo arrogante.

–¿Posible? –sonrió contra sus labios–. ¿Pensabas que ese detalle, casarte conmigo, iba a servirme para toda la vida?

–No era tan malo. Te probaba mi amor a diario. Te enviaba muchos regalos.

–Los enviaba tu secretaria –murmuró Laurel–. ¿Crees que no sabía que le decías: «Envía flores a mi esposa», y ella se ocupaba de todo?

–Yo elegía las joyas.

–De una selección que te enviaban al despacho para reducir la inconveniencia y el impacto que pudiera tener en tu jornada laboral. No digo que no fueras generoso –añadió rápidamente–. Solo digo que esos regalos no hacían que me sintiera segura.

–Tendrían que haberlo hecho. Era su función.

–¿Por qué? No eran personales. Eran regalos genéricos. Seguro que te habían garantizado la gratitud eterna de muchas mujeres en el pasado. A mí solo me recordaban que eras un hombre muy rico, y que había todo un harén esperando una grieta en nuestro matrimonio para aprovecharla.

–Sí había regalado joyas antes. Pero eres la primera y única mujer a la que he amado.

–Y se suponía que yo tenía que saberlo.

–Sí. Pero no sabía cuánto te habían herido. Si me lo hubieras dicho...

–Habría sido aún más vulnerable.

–Si hubiera tenido más idea de lo que había en tu cabeza, tal vez no me hubiera equivocado tanto. Y eso no quiere decir que te culpe de mis fallos.

–Admito que el pasado me ha vuelto cauta y no puedo hacer nada al respecto, pero cuando estuvimos juntos no vi nada que me hiciera pensar que te importaba. Cada vez pasabas más tiempo en el trabajo –encogió las piernas, sintiéndose vulnerable solo por hablar del tema–. Y cuando te pedí ayuda no tuviste tiempo para mí. Eso me convenció de que no me querías. Por eso me fui, Cristiano. No me diste ninguna indicación de que nuestra relación pudiera sobrevivir.

Y una parte de ella, que odiaba, seguía sin permitirle aceptar y creer su declaración de amor. Oír a Cristiano Ferrara decir «te quiero» había sido y era el sueño de muchas mujeres. Sin embargo, para ella no eran más que palabras.

Frustrada, Laurel se levantó, se puso una bata y salió a la terraza. El miedo era como un escalofrío que recorría su piel ardiente. Por fin entendía que el futuro de su matrimonio no residía en su capacidad de tener hijos, sino en su capacidad de confiar en que él no le haría daño.

Cristiano se preguntó qué quería ella decir con que «nunca le había dado ninguna indicación».

Tumbado de espaldas con las manos en la nuca, rememoraba dos años de matrimonio, enfrentándose a algunos hechos incómodos.

Le había comprado joyas. Flores. Utilizando esos canales que ella había identificado con tanta astucia. Regalos extravagantes que, a su modo de ver, probaban la profundidad de sus sentimientos.

Ella siempre se los había agradecido, pero ¿cuánto tiempo había invertido él en esos regalos? Le había dado lo que pensaba que quería, no lo que ella quería en realidad. Eso lo avergonzaba.

La había tratado igual que a otras mujeres de su vida anterior, que medían cada regalo por su valor económico. Pero los regalos caros de un hombre rico no significaban nada para una mujer como Laurel, que había creado su propia empresa y estaba orgullosa de su éxito. No buscaba seguridad financiera, sino emocional; él no se la había dado. Ella había anhelado muestras de su amor y él, en su arrogancia, había asumido que al casarse con ella ya lo había dicho todo. Y cuando ella había dejado de creer en la relación, él ni siquiera se había planteado tener parte de culpa.

Maldiciendo entre dientes, saltó de la cama y localizó el bolso de Lauren. Encontró lo que buscaba, y con ello en la mano salió a la terraza iluminada por la luna. Ella no estaba allí.

«Huyendo de nuevo», pensó. Pero esa vez la seguiría hasta el fin del mundo, si hacía falta.

No le hizo falta ir tan lejos. La encontró en su despacho, acurrucada en uno de los sofás con un libro en la mano y Rambo y Terminator tumbados a sus pies, guardándola. Recordó lo que le había contado sobre esa habitación llena de libros que la había enamorado.

Eso le había hecho entender que leer había sido su manera de escapar del mundo y de compensar todo lo que faltaba en su vida. Era impresionante cuánto había conseguido partiendo de casi nada.

—Si nunca tuviste libros de niña, ¿cómo desarrollaste tu pasión por la lectura? –preguntó.

—Tuve una maestra fantástica. La señorita Hayes. Era muy buena conmigo –Laurel dejó caer la mano y acarició la cabeza de Terminator.

—Deja el libro. Necesito hablar contigo.

Ella dejó el libro sobre el regazo, en silencio.

—Yo no veía nuestra relación como la veías tú. Ahora me doy cuenta de que daba mucho por sentado –para una vez que necesitaba fluidez de palabra, le estaba fallando–. Es cierto que fui culpable de cierta arrogancia, lo admito –paseaba de un lado a otro–. Pero en parte se debía a que no sabía lo que estabas pensando. Tuve mucha culpa, pero tú también erraste al no hablarme de tu pasado. Si lo hubieras hecho, habría entendido la razón de que te costara tanto confiar en la gente, y me habría ocupado del tema.

—¿Habrías añadido «tranquilizar a Laurel» a tu lista de cosas que hacer? Yo no soy un proyecto.

—¡No he dicho eso! ¡Deja que me explique! —la súbita explosión fue recibida con un gruñido de Terminator—. Ese perro es demasiado protector.

—Me quiere.

—Y por lo visto aceptas ese amor sin cuestionarlo, mientras que los demás tenemos que dejarnos la piel para conseguir lo mismo —soltó el aire de golpe—. Nunca he sentido por otra mujer lo que siento por ti.

—No dejas de repetir lo mismo.

—Si vuelves a hablar antes de que acabe, encontraré la forma de hacerte callar, perro o no perro —la amenazó. Ella cerró el libro—. Admito que pensé que con casarme contigo había dejado claros mis sentimientos. Ahora veo que no dediqué suficiente tiempo a expresarte mi amor, pero no tenía ni idea de que dudabas de él. Aquel día tomé una decisión terrible, pero te juro que no pensé en ningún momento que perderías al bebé.

—¿Tenemos que volver a hablar de eso?

—Sí. No vamos a renunciar a lo que tenemos, así que debemos dejar claro lo que sentimos. Me casé contigo porque te amaba y quería pasar el resto de mi vida a tu lado. No dediqué el tiempo suficiente a hacértelo saber —suspiró con fuerza—, pero tienes que entender que mi fallo se debió a la presión del trabajo, no a la falta de amor. Como mucho, puedes acusarme de complacencia.

—Y de arrogancia.

—Sí, también —farfulló Cristiano—. Cometí errores,

pero nunca me dijiste lo que sentías y creía que nuestro matrimonio era sólido y bueno. Tú no lo veías así y no dijiste nada. Te regalaba joyas y me dabas las gracias. Sufrías los poco sutiles comentarios de mi madre sin decirme nada.

—Es tu madre y la quieres.

—Tú eres mi esposa y te quiero –dijo él, comprendiendo que ella nunca había tenido una madre ni una familia que la amara sin condiciones–. Mi primera responsabilidad es para contigo. Siempre lo será –contuvo el aliento, esperando su respuesta–. Di algo. Pero no insistas en lo de mi arrogancia. Eso ya ha quedado claro.

—Si seguimos... –dejó la frase en el aire–. ¿Qué será de esa familia que soñabas con tener?

—Tú eres la familia que soñaba tener, en cuanto lo demás... –ignorando a los perros, se inclinó hacia ella, agarró sus manos y la levantó–. Lo solucionaremos juntos. Tendrás que decirme lo que piensas y te escucharé con atención. Te amo –tomó su rostro entre las manos–. Cuando acabe de demostrártelo no habrá lugar a dudas en tu mente.

En el silencio que siguió, él entendió el significado de la palabra «suspense». Se preguntó qué iba a hacer si ella lo rechazaba, porque se sabía incapaz de aceptar un «No».

—Si vuelves a hacerme daño, no habrá otra oportunidad –los ojos verde mar atraparon los suyos.

—Si vuelvo a hacerte daño, Terminator me comerá –farfulló él. Abrió la mano y le mostró su anillo de boda–. Debe estar en tu dedo, no en tu bolso. Póntelo y no vuelvas a quitártelo nunca.

Capítulo 9

ESTO forma para de tu plan para que confíe en ti? ¿Llevarme al cráter de un volcán? –Laurel aferraba el asiento del helicóptero mientras miraba los campos de lava y la boca del volcán con una mezcla de miedo y fascinación.

El piloto de Cristiano había volado desde Palermo y les había recogido para hacer un tour aéreo de esa parte de la isla.

–¿Vamos a aterrizar?

–Hoy no. Hoy veremos el paisaje desde arriba –su sonrisa era tan sexy que ella no podía dejar de mirar su boca. La atracción era tan fuerte que le daba vueltas la cabeza.

Los días se habían fundido en una larga e indulgente expresión del amor que sentían.

–Tal vez ya hayamos hecho suficiente turismo por un día –murmuró ella, odiándose por su debilidad–. ¿Volvemos a casa? –se le aceleró el corazón al pensar en lo que eso implicaría. Ambos eran insaciables. Por más tiempo que pasaran en la cama, no se cansaban el uno del otro.

–No podemos volver a casa aún.

–¿Por qué no?

–Es una sorpresa. Están haciendo cambios en la casa –no quiso decir más y eso intrigó a Laurel.

Desde que le había vuelto a poner la alianza en el

dedo, apenas habían pasado tiempo en casa. Él se había ausentado unas cuantas veces para hacer llamadas telefónicas, que ella había supuesto eran de negocios. Ya no estaba tan segura.

La casa ya tenía gimnasio y sala de cine. ¿Qué más podía haber en una casa cuando la vida tenía lugar principalmente al aire libre?

El piloto volvió a sobrevolar el volcán y Laurel decidió olvidar la casa y disfrutar de estar con Cristiano. Era muy buen guía y tenía extensos conocimientos sobre el Etna.

–No habíamos dedicado suficiente tiempo a hacer cosas juntos –dijo él cuando el helicóptero regresó a la casa–. A veces hablábamos de trabajo hasta cuando estábamos cenando.

Caminaron hasta la terraza. Allí les sirvieron limonada fría que Laurel aceptó con una sonrisa.

–No tienes que disculparte por eso. Soy tan adicta al trabajo como tú, pero estoy de acuerdo en que no encontramos un término medio –se oyó un fuerte ruido y ella miró hacia la casa–. ¿Qué son esos golpes?

–Es parte de tu sorpresa –frunció el ceño con impaciencia–. El ruido me está volviendo loco. Vamos a dar un paseo.

Laurel habría preferido quedarse junto a la piscina, pero al ver la expresión de su rostro comprendió que realmente quería sorprenderla con lo que fuera que estuviese planeando. Así que permitió que la condujera por el camino que atravesaba el naranjal hasta las ruinas del anfiteatro grecorromano.

–¿Estás respirando bien? –preguntó él, ajustándole el sombrero para protegerla del sol.

–Sí. El ejercicio no me provoca asma. Es una suerte, o tendría que dejar mi trabajo.

—¿Por qué elegiste el fitness como profesión? Es raro, teniendo asma.

—El asma fue la razón. Estaba empeñada en estar en forma. Cuando esa pareja decidió no adoptarme intenté ignorar el hecho de que tenía asma. Dejé de utilizar el inhalador, pero eso me llevó al hospital unas cuantas veces. Entonces decidí que sería más sensato enfocarlo de otra forma, así que busqué toda la información que pude. El asma varía en cada persona, pero en mi caso el ejercicio era bueno. Cuanto más en forma, más sana. Mi detonante siempre ha sido el estrés.

—Me siento como un bruto por haber provocado ese ataque la noche antes de la boda de Dani.

—Si no lo hubieras hecho, tal vez no habríamos vuelto a hablar —dijo ella, sintiéndose amada.

—Sí habríamos hablado. No te habría dejado marchar. En cuanto bajaste del avión deseé encerrarte en la villa y no dejarte ir nunca. Y tú sentiste lo mismo.

—Sí —la necesidad de estar con él la había abrasado. Aún le costaba creer que estaban juntos.

De la mano, siguieron paseando entre las ruinas, admirando la vista del mar y el Etna detrás.

—Nunca me canso de este lugar. Ojalá pudiéramos vivir aquí —dijo ella.

—¿No echas de menos la ciudad?

—No. Pero vivir aquí no es práctico, ¿verdad? —pasó los dedos por una enorme piedra y se sentó—. Tú no puedes dirigir tu negocio desde aquí, ni yo el mío. Puede que no sea solo el lugar, sino que cuando estamos aquí no trabajamos.

—Tendremos que llegar a un compromiso. Venir más a menudo. Pasar aquí, por ejemplo un mínimo de una semana al mes —se sentó a su lado.

–Es un plan maravilloso, pero en la práctica pasarás mucho tiempo en el avión, como siempre.

–Santo va a ocuparse más de esa parte del negocio –Cristiano estiró las largas piernas–. Es quien está buscando nuevos terrenos y negociando. Yo paso más tiempo aquí, supervisándolo todo –puso la mano en su nuca y la atrajo para besarla.

Pero ni siquiera eso consiguió distraer a Laurel de la conversación. La semilla de la esperanza empezó a germinar en su interior.

–¿De verdad crees que podría funcionar? ¿Podrías pasar más tiempo aquí, en Taormina?

–Los dos podríamos pasar más tiempo aquí. Pero no conduciría. El helicóptero es más práctico.

–¿Te he dicho alguna vez lo lejos que estás de la vida real? –Laurel no daba crédito–. Lo dices como si fuera un medio de transporte normal.

–Es una opción genial. Con el helicóptero, da igual dónde esté. Puedo utilizarlo para recorrer la isla y también para llegar al aeropuerto si necesito el avión. Hablando de aviones, tengo buenas noticias –sonó muy satisfecho consigo mismo–. He encontrado un médico que hablará con nosotros sobre lo que ocurrió. Nos aconsejará y nos dirá si se puede hacer algo. Solo tenemos que llamar para concertar una cita.

–Ya he visto a un especialista –Laurel empezó a sentirse fatal–. Me dijo que no puedo tener hijos.

–Viste a un médico local y, la verdad, ángel mío, la atención médica que recibiste dejó mucho que desear. Te mereces lo mejor y lo tendrás.

–El equipo del hospital me salvó la vida.

–Cierto, pero se trata de una especialidad muy concreta. Ha habido grandes avances en los últimos años. No creeré que no hay esperanza hasta que lo oiga de al-

guien que sabe lo que dice. No discutas. Es lo menos
que puedo hacer por ti.

Sonó su teléfono y, en vez de ignorarlo como hacía
últimamente, se puso en pie para contestar.

Por eso no vio la reacción de Laurel, que se había
quedado helada. Él quería ayudar y la culpa era de ella,
por no haberle dicho lo que sentía.

—¿Quién era? —preguntó cuando él regresó.

—Tenemos que volver a casa.

—Pensé que tenía prohibida la entrada en la casa
—Laurel temblaba tanto que no estaba segura de que las
piernas fueran a soportar su peso.

—Ya no. Tengo una sorpresa para ti. Un regalo —agarró su mano y frunció el ceño—. Tienes la mano fría.
¿Estás bien?

—Estoy perfectamente.

Quería decirle que no necesitaba regalos de él, pero
solo podía pensar en que iba a hacer que la viera un médico y eso era lo último que quería.

—Estoy deseando que lo veas.

—¿Al médico?

—Hablo de mi regalo —la miró con indulgencia.

—Ah. Seguro que me encantará —consiguió decir ella.
Sabía que tenía que decirle la verdad.

Volvieron a la casa y Cristiano la llevó al despacho,
una de sus habitaciones favoritas. Se detuvo con la mano
en el pomo y ella se preguntó qué regalo podía merecer
tanto drama.

—Dijiste que no pensaba en lo que tú querías. Que mis
regalos no eran personales —tenía la voz ronca y la miraba expectante—. Este regalo es muy personal y espero
que te demuestre cuánto te amo.

Ella quería decirle que no importaba cuánto la amara,
que su relación no tenía futuro si seguía esperando que

tuvieran hijos, pero no tuvo oportunidad, porque él abrió la puerta y dio un paso atrás. Laurel tragó saliva, atónita.

Lo que había sido un despacho de alta tecnología, había sido transformado en biblioteca. Había altas estanterías de madera clara, talladas a mano, en todas las paredes. El escritorio de Cristiano había sido sustituido por dos enormes sofás que invitaban a sentarse a leer. Pero lo que más le llamó la atención era que las estanterías ya estaban llenas de libros.

Laurel fue hacia ellas con piernas temblorosas y un nudo en la garganta. Vio muchos de sus libros favoritos, y otros muchos que no había leído.

Tendría que haber sido el regalo perfecto.

Habría sido el regalo perfecto si no hubiera sabido que su amor no tenía futuro.

Recordó la vez que, siendo una niña, alguien le había dado un globo grande y reluciente, que había estallado unos instantes después.

Ladeó la cabeza y miró los libros. Su globo reluciente. Sacó uno y lo examinó.

—Es una primera edición.

—Sí. Y antes de que digas nada, tuve ayuda buscándolos, porque no soy ningún experto en libros antiguos. Pero la idea fue mía. Y les di una lista. Me puse en contacto con esa maestra de la que hablaste, la estimable señorita Hayes, y ella me puso al corriente de lo que debería haber en una biblioteca británica bien provista.

—¿La señorita Hayes? ¿Cómo la encontraste? —el nudo que tenía en la garganta era enorme.

—Soy un hombre con influencias, ¿recuerdas? —pero su voz tenía un deje de incertidumbre que ella no había oído nunca—. ¿Te gusta?

—Oh, sí —que hubiera hecho eso por ella, hacía que todo lo demás pareciera mucho peor.

–Tengo otra cosa para ti –recogió un paquete envuelto de la mesa y se lo dio–. Quiero que leas este libro primero.

Laurel se preguntó por qué había envuelto ese en concreto. Tras quitar el papel descubrió un libro de cuentos de hadas bellamente encuadernado.

–Oh... –se le cascó la voz y agarró el libro con fuerza, incapaz de hablar por culpa de la emoción.

–Dijiste que nunca tuviste uno de niña. Pensé que había que remediarlo –le quitó el libro de las manos e inclinó la cabeza hacia ella–. En los cuentos de hadas también pasan cosas malas, pero eso no significa que no pueda haber un final feliz. La princesa siempre consigue al hombre guapo y rico, aunque haya manzanas envenenadas y ruecas malignas por el camino.

–No sé qué decir –Laurel tragó saliva.

–Pensé que te gustaría. Que te haría feliz –la miró consternado.

Era el momento de decirle que no quería ver al médico que había buscado. Tenía que explicarse.

–Soy feliz. Me encanta. Y me emociona muchísimo que te hayas acordado... –las lágrimas empezaron a derramarse por sus mejillas. Él soltó una imprecación y la abrazó con fuerza.

–Comprendí que tenías razón al decir que no te había hecho regalos personales. Asumía que un diamante sería bien recibido, sin pensar que para ti no sería especial.

–Ahora me siento como una desagradecida –murmuró ella, apretando el rostro húmedo contra su pecho–. No es que no me gusten los diamantes. Es que sé que has regalado muchos y no implican amor. Pero esto... –alzó la cabeza y miró las filas de libros– es tan especial.

–Quería que fuera una sorpresa. Te perdiste la infancia y quiero darte un curso intensivo.

–Te quiero –Laurel, sintiéndose fatal, lo rodeó con los brazos.

–¿Puedes repetirlo? –la besó con alivio.

–Te quiero.

Posiblemente fuera el momento más sincero de su matrimonio. La emoción era un afrodisíaco tan potente como la atracción física que los consumía a ambos. Segundos después estaban desnudos sobre la alfombra, con los libros como únicos testigos de su insaciable deseo.

Bastaba un beso devastador para que ella se convirtiera en un ser apasionado y complaciente. Y el beso no se limitaba a sus bocas, sino que se extendía por sus cuerpos, entrelazados y pulsantes. Ella clavó las uñas en sus hombros, sintiendo los músculos largos y duros. Él deslizó la mano entre sus muslos y sus dedos la exploraron con destreza, convirtiendo su ardor en pura llamarada.

Ella lo necesitaba tanto que gimió su nombre, suplicante y desesperada. Él, igualmente deseoso, cambió de posición.

Cuando la penetró, ella gritó de alivio por lo bien que hacía que se sintiera. Su cuerpo se tensó alrededor de él, que tuvo que hacer un esfuerzo para contenerse.

Pero ella no quería que se contuviera e hizo cuanto pudo para volverlo loco con la lengua y las manos, hasta que él perdió su legendario control y embistió con fuerza, llegando a lo más profundo.

Después atrapó su boca e iniciaron un intenso beso que aún seguía cuando ambos alcanzaron la inevitable cima del placer. La explosión de éxtasis sexual los dejó saciados y exhaustos.

Más tarde nadaron en la piscina, disfrutando de la puesta de sol. La luz bailaba sobre el agua, sacando destellos dignos de un diamante.

Tendría que haber sido perfecto. Pero Laurel estaba sufriendo una agonía.

—Cristiano, hay algo que tengo que decirte —él la rodeó con los brazos.

—Pues dilo.

—Antes dijiste que habías llamado a un especialista. Cuando dijiste que estar casado conmigo era más importante que tener hijos, yo... yo no sabía que pensabas consultar a médicos y hacer lo posible para tener un bebé.

—Quería hacerlo por ti.

—¿De veras? ¿Por mí o por ti?

—No quieres que lo haga —estrechó los ojos.

Ella podía haber mentido. Podía haber dejado que la relación siguiera su curso, pero no lo hizo.

—No —movió la cabeza, sabiendo que su futuro estaba en juego—. No quiero. Hay algo que no te he dicho. No he sido completamente sincera.

—Dímelo ahora.

—Perder nuestro bebé fue lo peor que me había ocurrido nunca. Cuando sentí los primeros dolores pensé: «No, por favor, cualquier cosa menos esto». No había nada que quisiera más que ese bebé —sus ojos se llenaron de lágrimas—. Y lo perdí. Cuando me dijeron que no podría tener más hijos, no me importó. No quería otros hijos. Solo me importaba el que había perdido. Nunca jamás habría vuelto a pasar por eso, nunca me habría arriesgado. Nuestro matrimonio ya había fracasado, así que no poder tener hijos se convirtió en algo irrelevante.

—¿Aún piensas lo mismo? —inspiró con fuerza.

—Sí. Aunque fuera posible, y no lo es, no pasaría por eso. Para mí, estar embarazada no supuso emoción y alegría, sino miedo y pérdida.

—Laurel...

–Esto no tiene que ver con lo que ocurrió entre nosotros, Cristiano. Aunque hubieras estado allí, habría perdido al bebé. Estaba devastada y tenía que alejarme. Si solo hubiera gritado, habría llegado un punto en el que habrías querido que hablara de lo ocurrido y yo no podía. Quería esconderme.

–Así que te fuiste.

–Hice mal –empezó a llorar–. Tenía el corazón roto y me desquité contigo. Te culpé de todo. Y era incapaz de decirte lo que estaba sintiendo.

–Pero ahora lo has hecho... –la apretó contra sí–. Ahora que entiendo lo que quieres, no volveré a hablar de especialistas.

–¿Y qué pasa con lo que quieres tú? –tenía el rostro hundido en su cuello y sus lágrimas se mezclaban con el agua de la piscina.

–Te quiero a ti –afirmó con tono posesivo. La apartó para mirarla a los ojos–. A ti. Siempre. Creía que lo había dejado claro.

Ella se sintió ligera por dentro, relajada. Como si se hubiera quitado un gran peso de encima.

–Hay otra cosa, algo que llevo tiempo pensando. No sé qué pensarás al respecto.

–Dímelo y lo averiguaremos.

Laurel titubeó, porque realmente no tenía ni idea de cómo iba a reaccionar él.

–Lo que me gustaría de verdad sería adoptar un niño –dijo de carrerilla–. Y no solo porque no podamos tenerlo nosotros. Quiero que ofrezcamos un hogar. No a un bebé, todo el mundo quiere adoptar bebés. Me refiero a un niño mayor, perdido y solo, que no sepa lo que es sentirse querido. Quiero llenar un dormitorio de juguetes y libros pero, más que nada, quiero que seamos una familia para alguien que no tiene esperanza de tenerla.

–Sí, yo también quiero eso –era típico de su generosidad no titubear siquiera–. Oír lo que pasaste me horroriza. Y tenemos mucho. Me encantaría ofrecer un hogar y una familia a un niño que lo necesite. Y tú serás una madre maravillosa.

Esa respuesta tan positiva la emocionó más que ninguna otra cosa. Su corazón se abrió a él por completo y se abrazó a su cuello.

–Eres muy especial.

–¿No era un arrogante y controlador adicto al trabajo? –él enarcó una ceja.

–Eso también –decidió asegurarse de que hablaba en serio–. ¿Estás seguro? No será fácil.

–Sabes que adoro los retos –sonriente, la besó.

Siguieron en el castillo hasta que una llamada de Santo interrumpió su idilio. Una crisis de trabajo requería su presencia. Cristiano miró a Laurel, aún dormida, festejando la vista con su cuerpo desnudo.

La tentación de vivir en ese paraíso el resto de sus días era enorme. Allí era imposible que ella se escondiera. Inmersos en su mundo privado se habían protegido de la realidad. Sabía que en el mundo real las cosas cambiarían. Él tenía un negocio que dirigir y ella también. Por mucho que se esforzaran, a veces tendrían que separarse.

Se vistió y salió con el teléfono a la terraza. Escuchó a su hermano al tiempo que pensaba en los retos que esperaban a su matrimonio. Habían avanzado mucho en esas semanas, pero no sabía si lo que habían creado perduraría cuando volvieran al mundo exterior.

Pensó que su matrimonio era como un barco. Tras reparar el casco, flotaba bien en puerto, pero no sabía si aguantaría el embate del mar abierto.

Dio instrucciones a Santo y colgó el teléfono.

–¿Va todo bien? –preguntó ella desde la cama. Con ojos adormilados, sin maquillaje y con el pelo revuelto, estaba preciosa.

–Todo bien –decidió posponer el momento de decirle que tenía que volver a Palermo, pero ella percibió algo y salió de la cama.

Se agachó para recoger la prenda de seda que había empezado la noche sobre su cuerpo y acabado en el suelo. Ese movimiento bastó para hechizarlo. Cuando se reunió con él en la terraza, puso las manos en su nuca y la besó largamente.

–Mmm... –se apartó de él–. ¿Qué me ocultas?

–¿Qué te hace pensar que te oculto algo?

–Tu expresión –rodeó su cuello con los brazos–. Dímelo.

–Tengo que regresar. Una crisis en el proyecto de Cerdeña requiere mi atención. Lo siento mucho, mi amor –esperaba ver decepción, pero ella sonrió.

–Está bien. Sabíamos que no podíamos quedarnos para siempre –afirmó con valentía.

–No digas que está bien cuando estás pensando otra cosa. Dime lo que piensas, quiero saberlo.

–De acuerdo –sus ojos chispearon burlones–. Estoy pensando que no quiero que te vayas. Quiero que nos quedemos aquí para siempre.

–Por lo menos ahora sé que dices la verdad.

–Pero ambos sabemos que no es práctico quedarnos. Y este trato es muy importante para ti, lo entiendo. No puedes delegarlo en otra persona.

–Ocurra lo que ocurra, nada cambiará cuánto te quiero –tomó su rostro entre las manos y la besó–. Dime que lo entiendes.

–Lo entiendo.

Cristiano no se hacía ilusiones. Esos últimos días ella se había abierto más que nunca, pero él sabía que cuando se sentía amenazada, se cerraba al mundo. Era su forma de protegerse.

–Una semana –prometió contra sus labios–, volveremos por una semana. Y empezaremos y acabaremos cada día juntos. Desayuno y cena. Cerdeña está muy cerca de Sicilia. No pasaré mucho tiempo fuera. Es una promesa.

Capítulo 10

LAUREL observó a Cristiano enviar un correo electrónico con una mano mientras se anudaba la corbata de seda con la otra. En la mesa había una taza de café, ya frío, que no había tenido tiempo de beberse. Desde que habían llegado al Palazzo Ferrara había estado abrumado de trabajo.

Sintió una punzada de añoranza por la sencillez de su vida en Taormina. En Palermo compartía a Cristiano con muchísima gente. Él había cumplido la promesa de desayunar y cenar juntos, pero la noche anterior habían cenado pasadas las once.

Además, la incomodaba la grandiosidad del palacio. Las paredes estaban llenas de obras de arte de valor incalculable. Cristiano se alojaba allí cuando tenía que estar en la ciudad, pero prefería la villa en el Ferrara Spa y su nueva casa en Taormina.

Su hogar. El de los dos.

La palabra hogar hacía que se sintiera de maravilla. Se derretía por dentro al pensar que el increíble hombre que tenía delante era suyo. Era adicto al trabajo, sí, pero ella adoraba su energía y su entrega. Cristiano asumía responsabilidades y compromisos con el trabajo y con su familia desde mucho antes de que ella lo conociera.

Laurel se acercó y terminó de anudarle la corbata mientras él, gesticulando, soltaba una indignada parrafada en italiano. Cuando colgó la llamada estaba visiblemente enfadado.

—¡Abogados! –tensó la mandíbula–. Son capaces de hacer que un hombre se dé a la bebida. Tengo que volar a Cerdeña y había pensado pasar la tarde contigo. Iba a llevarte de compras.

—Estaré bien. Dani ha vuelto de su luna de miel y vamos a vernos en el Spa, para hacernos la manicura y charlar. Y le he prometido a Santo echar un vistazo al club deportivo del complejo: voy a observar a los entrenadores en acción y hacer algunas recomendaciones. Después buscaré un despacho vacío y contestaré los mensajes que he ignorado desde que fuimos a Taormina.

—Puedes usar mi despacho, pero preferiría que no tuvieras que trabajar hoy.

—No tengo que trabajar. Quiero trabajar –Laurel dio un paso atrás, preguntándose si llegaría el día en que no le temblaran las rodillas solo con mirarlo–. Ya está. Estás muy elegante.

«Pecaminosamente guapo», pensó. «Y mío».

—Volveré a tiempo para llevarte a cenar –Cristiano llevó la mano a su chaqueta–. He descubierto un nuevo restaurante...

—En ese caso, me compraré un vestido nuevo.

—Hazlo –se inclinó hacia ella y la besó–. Hablé con mi madre, por cierto. La horrorizó saber que habías pasado por eso sin decírselo a nadie. Habría deseado que confiaras en ella.

—No es mi fuerte, como sabes.

—Intenté explicárselo, pero no quería hablar de tu pasado sin haberte perdido permiso –acarició su mejilla con los nudillos–. Podrías confiar en ella. Le ayudaría a entender.

—Quiere verte feliz. Eso lo entiendo muy bien.

—Soy feliz —la abrazó con fuerza—. ¿Cómo podría no ser feliz teniéndote a ti?

El teléfono sonó y él suspiró con exasperación.

—Echo de menos Taormina —rezongó.

Un segundo después salía por la puerta. Su mente ya estaría centrada en solucionar el asunto de Cerdeña. Un trato muy importante para él.

—Soy muy lista —Dani, encantada consigo misma, ajustó el ala de su sombrero—. Sabía que, si os reunía, no aguantaríais sin tocaros. Y Cristiano está a punto de cerrar el negocio sardo, así que habrá un «felices para siempre» para todos.

—¿Por qué es tan importante lo de Cerdeña? —Laurel estaba sentada en una hamaca, a su lado.

—Era el sueño de nuestro padre —Dani se puso crema en las piernas—. Quería tener hoteles en las dos islas. Pero es difícil conseguir terreno para construir allí. Cristiano encontró el lugar perfecto porque es un genio. Y hace que la gente casi se sienta obligada a vender. Por eso tiene que finalizar el trato en persona. Se lo venden a él, confían en que hará lo correcto. Que construirá sin arruinar el entorno. ¿Qué tal Taormina?

—Una belleza.

—Es un sitio muy romántico —Dani admiró sus uñas recién pintadas de rosa—. Tiene que haber sido como una segunda luna de miel. Cuando quieras darme las gracias por haberos unido de nuevo, no dudes en hacerlo.

—No te rindes, ¿verdad? —Laurel se rio.

—No. Y ahora voy a pasar al plan B.

—Cristiano y yo estamos juntos —Laurel cambió de postura—. No necesitamos un plan B.

—El plan B se centra en tener bebés —Dani tenía la cara vuelta hacia el sol, por eso no vio cómo se tensaba Laurel—. ¿No crees que sería divertido estar embarazadas a la vez? Nuestros hijos podrían jugar y crecer juntos, como hice yo con mis primos.

Laurel no podía acusar a su amiga de insensibilidad porque nunca le había contado lo ocurrido. Pero había llegado la hora de hacerlo.

—Dani...

—Imposible. No puedo guardar un secreto —Dani se sentó y se apartó el sombrero de la cara. Sus ojos brillaban—. Estoy embarazada. Me hice la prueba anoche. Raimondo quiere que espere unas semanas antes de decirlo, pero tú eres especial.

—¿Estabas embarazada cuando te casaste?

—¡No, claro que no! —protestó Dani con indignación—. Y baja la voz. ¿Quieres que mis hermanos le den una paliza a mi marido? Es un bebé de luna de miel —sonreía de oreja a oreja.

—Solo lleváis dos semanas casados.

—Tres —Dani se rio—. Es obvio que no perdías el tiempo mirando el reloj cuando estuviste en Taormina. Llevo casada tres semanas enteras.

Laurel la miró atónita. Lo pensó y era verdad. Eso significaba que... Se sintió palidecer y vio que Dani la miraba con preocupación.

—¿Laurel? ¿Estás bien?

—Es el calor. Voy a ir a tumbarme un rato. No me encuentro bien. Estoy mareada.

—¿Mareada? —su rostro se iluminó—. Tal vez estés embarazada también. Eso sería fantástico.

—¡No! Es decir... no es posible.

—¿Por qué no? Llevas tres semanas practicando el sexo sin descanso. Toma... —Dani rebuscó en su bolso y puso un paquete en la mano de Laurel–. Compré dos, pero me bastó con uno. Úsalo tú.

Era un test de embarazo.

Laurel tenía la boca seca. Una mujer que no podía quedarse embarazada no necesitaba eso.

–No, gracias. No puedo estar embarazada.

–Eso pensaba yo –dijo Dani con alegría–. Y resultó que me equivocaba. Mira, si quieres...

–Tengo que ir a tumbarme –Laurel se alejó de su amiga, chocó con una silla y bajó los escalones.

No podía estar embarazada.

Diez minutos después estaba sentada en la villa vacía, mirando un test de embarazo positivo y tragándose la amarga bilis del miedo.

Estaba volviendo a ocurrir, pero esa vez no había júbilo inicial, solo terror profundo y oscuro. Con manos temblorosas, sacó el teléfono del bolso y marcó el número de Cristiano.

Cuando saltó el contestador, sintió pánico.

–¿Cristiano? –el nombre sonó como una especie de susurro desesperado. Entonces recordó que él había apagado el teléfono porque estaba finalizando el trato sardo. No tenía tiempo de hacer de nodriza y no era justo que lo pusiera en esa situación. Anhelaba pedirle que volviera a casa, pero consiguió controlarse–. Llamaba para desearte suerte en la reunión.

Cristiano iba a entrar en la reunión más importante de su vida cuando sonó su teléfono. Era Santo, para darle las últimas cifras que necesitaba.

Armado con todo lo necesario para cerrar el trato, Cristiano colgó y vio que tenía un mensaje.

Entró en la sala de reuniones comprobando el buzón de voz. Se detuvo en seco al oír la voz de Laurel:

—*¿Cristiano? Llamaba para desearte suerte en la reunión.*

Debía de haberle llamado mientras él hablaba con Santo.

Frunció el ceño, sin prestar atención a los hombres que, sentados alrededor de la mesa, esperaban que iniciara la reunión. ¿Por qué había llamado para desearle suerte? La había visto esa mañana y se la había deseado en persona.

—¿Cristiano? —la voz de Carlo sonó inquieta, pero alzó la mano para silenciarlo.

—Necesito hacer una llamada. Disculpadme —Cristiano salió de la sala y marcó el número de Laurel. No hubo respuesta.

Maldiciendo entre dientes, consultó su reloj. Se suponía que estaba sentada junto a la piscina cotilleando con su hermana. Volvió a escuchar el mensaje y esa vez captó el cambio de tono de voz y la larga pausa que había desde que decía su nombre hasta que le deseaba suerte.

Lo escuchó de nuevo. Algo iba mal.

Llamó a su hermana pero, como era habitual, su teléfono comunicaba.

—¿Cristiano? —Carlo lo llamó desde el umbral—. ¿Qué diablos pasa? Te están esperando. Hemos tardado cinco años en llegar a este punto.

Cristiano llamó a Laurel de nuevo, pero su teléfono estaba apagado.

Laurel nunca lo llamaba si estaba trabajando.

Solo lo había hecho una vez antes.

—Tendrás que cerrar el trato sin mí —siguiendo un instinto que no podía identificar, Cristiano ya salía por la puerta.

–Pero... –dijo su abogado, atónito.

Era demasiado tarde. Cristiano se había ido.

Laurel estaba tiritando, sentada en el suelo del lujoso cuarto de baño, cuando la puerta de la villa se abrió de golpe y oyó a Cristiano gritar su nombre.

–¿Qué ha ocurrido? –preguntó al verla–. ¿Qué haces aquí?

–Has venido –le castañeteaban los dientes, pero sintió un intenso alivio al verlo.

–Claro que he venido, aunque la próxima vez preferiría que fueras directa y evitaras lo críptico. Tu mensaje no tenía ningún sentido –frunció las cejas con preocupación, la levantó del suelo y la llevó al dormitorio. Ella esperaba que la dejase en la cama, pero se sentó con ella en el regazo–. Dime qué ocurre, tesoro. ¿Es el asma?

–No –no podía dejar de tiritar, pero se sentía mucho mejor por dentro porque él estaba allí.

–Estoy embarazada.

Él se quedó de piedra. Atónito.

–Me dijiste que...

–Te dije lo que me dijeron. Que no podía quedarme embarazada. Que era imposible –su voz subió de volumen y él le habló en italiano para tranquilizarla, ocultándole su propio miedo.

–Laurel, sé que estás asustada pero todo irá bien. Tienes que confiar en mí. Es una buena noticia, ángel mío.

–No –sus ojos se llenaron de lágrimas–. No puedo tener un bebé. Que esté embarazada no implica que vaya a tenerlo. La última vez...

–Esta vez será diferente –lo dijo con tanta certeza que en cualquier otro momento ella le habría reprochado su arrogancia.

—No puedes saber eso.

—Ni tú puedes saber lo contrario —le acarició el pelo con manos fuertes y capaces.

—Los médicos dijeron que no podía quedarme embarazas. Si lo hubiera creído posible, te habría hecho utilizar protección.

—Creo que esta vez no nos fiaremos de esos médicos —sin soltarla, sacó el teléfono del bolsillo. Marcó un número, habló rápidamente en italiano y colgó—. Ya te dije que había investigado. Encontré a alguien con mucha experiencia en casos como el tuyo. Voy a pedirle que venga lo antes posible.

—¿Y si él no puede verme?

—Es ella, y si no puede venir, iremos a verla.

Por primera vez desde que había descubierto su embarazo, Laurel sintió que se relajaba un poco.

—Estabas en mitad de una reunión. Me parece increíble que hayas venido.

—¿De veras pensabas que no lo haría?

—Hoy era muy importante para ti —sintió una oleada de culpabilidad—. Lo he arruinado todo.

—Nada de eso. Pero ¿por qué no me pediste que viniera cuando dejaste el mensaje? Dijiste mi nombre con desesperación y luego me deseaste suerte. Me dejaste jugando a las adivinanzas.

—Había olvidado lo de la reunión. Cuando la prueba dio positivo, sentí pánico y te llamé. Estaba desesperada por hablar contigo. Cuando saltó el contestador recordé dónde estabas y lo que hacías, y que por eso habías apagado el teléfono.

—No lo apagué. Estaba hablando con Santos cuando llamaste.

—Eso no se me ocurrió. Me di cuenta de que estaba siendo injusta contigo y te deseé suerte.

–Escuché el mensaje otra vez y noté la diferencia de voz entre el principio y el final –inspiró con fuerza–. Me alegro muchísimo de que me llamaras.

–¿Te alegra que haya arruinado el negocio más importante de toda tu carrera?

–Eso no importa. Lo importante es que tenías problemas y recurriste a mí. Es una buena noticia. En cuanto a la otra buena noticia... –puso la mano sobre su abdomen y sonrió–. ¿No te advertí que volvería a dejarte embarazada? Soy superviril, ¿no?

–Superarrogante –dijo ella con una leve sonrisa.

–Es un hecho. Te he dejado embarazada.

–Supongo que opinas que soy una mujer afortunada –Laurel, riendo, le golpeó en el hombro.

–Eso no hace falta decirlo. Y yo soy un hombre afortunado porque me has dado el mayor regalo posible. Me llamaste. Confiaste en mí.

–Y tú viniste.

–Siempre vendré. Siempre estará disponible para ti y para nuestra familia. No volverás a necesitar ese inhalador porque me tendrás a mí.

–Eres demasiado protector.

–Siciliano –la besó–. Y loco de amor por ti.

Epílogo

LA TERRAZA se iba llenando de gente. Desde el dormitorio, Laurel observaba los lujosos coches que llegaban al castillo por el camino, ya libre de baches. Lo único que no había cambiado era la vieja llave oxidada que él le había dado. La guardaba en un cajón, junto a la cama.

—¿Qué haces aquí? –preguntó Cristiano, a su espalda–. Te esperan en la terraza.

—Subimos a buscar el conejito de peluche de Elena, y se ha quedado dormida –miró con cariño a su hija, en el centro de la cama, que lucía un vestido amarillo pálido, regalo de su abuela. Intento mantenerla limpia para la fiesta.

—Una batalla perdida, diría yo –Cristiano conocía el espíritu aventurero de su hija–. Dani y Raimondo han llegado con Rosa. Está deseando ver a su prima.

—A Elena le pasa lo mismo. Son muy amigas.

—Hablando de amigas... –Dani entró en la habitación, sonriente, y abrazó a Laurel–. Predigo que celebrarán su cumpleaños juntas el resto de su vida. ¿Qué hacéis aquí? Tendríais que estar abajo, recibiendo a vuestros invitados.

—He delegado esa tarea en Santo... –Cristiano besó a su hermana, se inclinó y recogió un peluche de debajo de la cama–. ¿Buscabais esto?

Elena abrió los ojos y bostezó. Cristiano alzó a su hija en brazos y le dio el conejito.

–¿Rosa? –Elena miró a su alrededor.

–Venga, vamos a buscar a tu prima –Laurel sonrió–. Es hora de que empiece la fiesta.

–Dámela, por favor –Dani extendió los brazos hacia su sobrina–. Tu prima Rosa ya ha encontrado la fuente de chocolate, dudo que ese vestido siga siendo amarillo pálido por mucho tiempo.

–Feliz cumpleaños –Laurel besó a su hija–. Ve con tu tía. Bajaremos enseguida.

Elena se fue con Dani, a buscar a su prima.

–¿Puedes creer que sólo tenga dos años? Se la ve tan segura y feliz... –Laurel sabía que era porque se sentía arropada y querida por su familia–. ¿Qué es eso? –preguntó, al ver que Cristiano tenía una carpeta en la mano.

–Es lo que hemos estado esperando –Cristiano dejó la carpeta en la cama y agarró sus manos.

–¿En serio? ¿Es posible? –el corazón le dio un bote–. No me atrevía ni a pensarlo. No quería ni preguntar cómo iba, por si traía mala suerte.

–Todo está firmado y aprobado. Está hecho.

Habían hecho falta dos años, un montón de papeleo y el poder e influencia de Cristiano, pero su persistencia por fin iba a tener recompensa.

En alguna residencia italiana, una niña llamada Chiara iba a pasar su última noche sin familia.

–¿Cuándo podemos recogerla?

–Mañana –acarició su mejilla–. Sabes que no será fácil, ¿verdad? Me preocupa que esperes que todo vaya como la seda; habrá muchos baches, al menos al principio.

–Sé que no será fácil. La vida no lo es, pero los baches nos ayudan a descubrir quiénes somos, y nos dan valentía –alzó la vista hacia él, maravillada por lo mucho que había cambiado. «Gracias a él», pensó. Él hacía que se sintiera segura, y saberse amada le daba el valor para expresarse con libertad–. Durante un tiempo me preocupó que, como habíamos conseguido tener a Elena, no quisieras seguir con esto.

–No me lo planteé ni una sola vez.

–¿Alguna vez deseas que hubiéramos poder tenido más hijos de nuestra sangre? –preguntó ella, apoyando la cabeza en su pecho.

–¿La verdad? No. No podría hacerte volver a pasar por eso, y yo tampoco lo soportaría. La preocupación casi acabó conmigo –la abrazó con fuerza–. Tenemos una hija sana y preciosa, nos tenemos el uno al otro y otra hija viene de camino. Siempre dejo de jugar cuando voy ganando.

–Escucha –abajo se oían los gritos y risas de niños y niñas jugando–. ¿Sabes lo que es eso?

–¿Qué?

–Podría equivocarme –Laurel sonrió y agarró su mano–, pero parece el sonido de un final feliz.

–O eso, o un montón de niños a punto de poner fin a la paz de la piscina –ironizó él. De la mano, fueron a dar la bienvenida a la familia.

BIANCA™

SARAH MORGAN

UNA NOCHE CON EL ENEMIGO

HARLEQUIN™

Capítulo 1

SE HIZO un silencio de asombro en la mesa de juntas. A Santo Ferrara le hizo gracia la reacción y se reclinó en la silla.

–Estoy seguro de que todos coincidiréis en que es un proyecto emocionante –dijo con tono irónico–. Gracias por vuestra atención.

–Has perdido la cabeza –quien rompió el silencio fue su hermano mayor, Cristiano, que últimamente había cedido algunas responsabilidades en la empresa para pasar más tiempo con su familia–. No puede hacerse.

–¿Porque tú no lo conseguiste? No te culpes. Es muy frecuente que un hombre pierda el olfato cuando está distraído con su mujer y sus hijas –Santo habló con tono simpático. Estaba disfrutando de aquel breve interludio tras unas semanas tan largas y duras.

Y aunque sentía una punzada de envidia por que su hermano tuviera tanto éxito en su vida personal como en los negocios, se dijo a sí mismo que solo era cuestión de tiempo que a él le sucediera lo mismo.

–Es como ver caer a un gran guerrero. No te tortures. Vivir con tres mujeres puede volver a un hombre blando.

Los demás miembros de la junta intercambiaron miradas nerviosas, pero decidieron sabiamente guardar silencio.

Cristiano clavó la mirada en la suya.

–Sigo siendo el presidente del consejo de esta empresa.

–Precisamente por eso. Te has sentado en la fila de atrás mientras cambiabas pañales. Ahora déjanos las buenas ideas a los demás.

Estaba mostrándose deliberadamente combativo y Cristiano se rio sin ganas.

–No voy a negar que tu propuesta es excitante. Puedo ver el potencial empresarial de adaptar el hotel para acomodarlo a un espectro más amplio de deportes que atraigan a la gente joven. Incluso estoy de acuerdo en que expandirnos por la costa oeste de Sicilia sería bueno para conseguir un tipo de turistas más selectivos.

Hizo una pausa y miró fijamente a Santo a los ojos.

–Pero el éxito de tu proyecto radica en que consigas la tierra extra de la familia Baracchi y el viejo Baracchi te dispararía en la cabeza antes de vendértela.

Las bromas bien intencionadas dieron paso a la tensión. Las personas que estaban alrededor de la mesa bajaron la vista. Todo el mundo estaba al tanto de la historia entre las dos familias. Todo Sicilia lo sabía.

–Yo me encargaré de ese problema –afirmó Santo en tono frío.

Cristiano emitió un sonido de impaciencia mientras se levantaba de la silla y se acercaba al inmenso ventanal que daba al Mediterráneo.

–Desde que tomaste las riendas del día a día de la empresa has demostrado mucho. Has hecho cosas que nunca creía que harías –se dio la vuelta–. Pero esto no podrás conseguirlo. Solo conseguirás reavivar la llama de una situación que lleva candente casi tres generaciones. Deberías dejarlo estar.

–Voy a convertir el Ferrara Beach Club en nuestro hotel de más éxito.

–Fracasarás.

Santo sonrió.

–¿Quieres apostar?

Por una vez, su hermano no le devolvió la sonrisa ni recogió el guante del reto.

—Esto va más allá de la rivalidad entre hermanos. No puedes hacerlo.

—Ya ha pasado bastante tiempo como para dejar las ofensas a un lado.

—Eso depende de la gravedad de la ofensa —afirmó Cristiano.

Santo sintió cómo la ira empezaba a bullir en su interior, y junto a ella los oscuros sentimientos que cobraban vida cada vez que se nombraba el apellido Baracchi. Era una reacción visceral, una respuesta condicionada reforzada por toda una vida de animadversión entre ambas familias.

—Yo no soy responsable de lo que le ocurrió al nieto de Baracchi. Tú sabes la verdad.

—Aquí no se trata de la verdad o de la lógica, se trata de la pasión y los prejuicios. Prejuicios muy arraigados. Ya he hecho algunos acercamientos. Le he hecho varias y generosas ofertas. Baracchi preferiría ver a su familia pasar hambre antes que vender su tierra a un Ferrara. Las negociaciones están cerradas.

Santo se puso de pie.

—Entonces es hora de volver a abrirlas.

Uno de los hombres se aclaró la garganta.

—Como vuestro abogado es mi deber advertiros de...

—No me des negativas —Santo levantó la mano para acallar al hombre con los ojos clavados en su hermano—. Así que tu objeción no es hacia el desarrollo comercial, que según has reconocido te parece bien, sino hacia la interacción con la familia Baracchi. ¿Crees que soy un cobarde?

—No, y eso es lo que me preocupa. Tú utilizas la razón y el coraje, pero Baracchi no tiene ninguna de las dos. Eres mi hermano —a Cristiano se le quebró un poco la voz–. Guiseppe Baracchi te odia. Siempre ha sido un viejo irascible. ¿Qué te hace pensar que te escuchará antes de arremeter contra ti con ese temperamento suyo?

–Tal vez sea un viejo irascible, pero también es un viejo irascible con problemas económicos.

–Apuesto a que no son tan graves como para que acepte dinero de un Ferrara. Y los viejos asustados pueden ser peligrosos. Hemos mantenido el hotel ahí porque a mamá le dolería vender el primer hotel de papá, pero he estado hablando con ella hace poco y...

–No vamos a vender. Voy a reformarlo por completo, pero para eso necesito toda la tierra. La bahía entera –Santo percibió la agitación del abogado pero le ignoró–. No quiero solo la tierra para los deportes de agua. Quiero La Cabaña de la Playa. Ese restaurante tiene más clientes que todos nuestros restaurantes del hotel. Los huéspedes se van a comer a La Cabaña de la Playa para ver el atardecer.

–Lo que nos lleva al segundo problema de este ambicioso plan tuyo. El restaurante lo lleva su nieta, una mujer que seguramente te odie más todavía que su abuelo –Cristiano le miró a los ojos–. ¿Cómo crees que se va a tomar Fia la noticia de que quieres hacer una oferta sobre los terrenos?

No tenía que pensarlo. Ya lo sabía. Lucharía contra él con todas sus fuerzas. Se enfrentarían. Los ánimos se caldearían. Y enredada en la tensión del presente estaría el pasado.

No solo la antigua rencilla sobre la tierra, sino su propia historia personal. Porque Santo no había sido completamente sincero con su hermano. En una familia en la que nadie tenía secretos, él tenía uno. Un secreto que había enterrado con la suficiente profundidad como para asegurarse de que no volviera a salir a la luz.

La repentina oleada de oscuros sentimientos le pilló

por sorpresa. Frunció el ceño con gesto impaciente y miró por la ventana hacia la playa que quedaba al otro lado. Pero no vio el mar ni la arena, sino a Fiammetta Baracchi con sus largas piernas y su fuerte temperamento.

Cristiano seguía mirándole.

—Ella te odia.

¿Era odio? Lo cierto era que no habían hablado de sentimientos. No habían hablado de nada. Ni siquiera cuando se arrancaron la ropa el uno al otro y sus cuerpos se buscaron apasionadamente. No habían intercambiado una sola palabra durante aquella salvaje, erótica y descontrolada experiencia.

Y el instinto le decía que ella ocultaba el secreto tan profundamente como él. Y por su parte así iba a seguir. El pasado no tenía cabida en aquella negociación.

—Bajo su dirección, la cabaña ha pasado de unas cuantas mesas en la playa a ser el restaurante de moda en Sicilia. Los rumores dicen que ella es la talentosa chef.

Cristiano sacudió lentamente la cabeza.

—Estás metiéndote en una situación explosiva, Santo. Como mínimo va a ser un desastre.

Carlo, el abogado, dejó caer la cabeza entre las manos.

Santo les ignoró a ambos como ignoró la oleada de calor y los oscuros recuerdos que había despertado.

—Esta rencilla ha durado demasiado. Es hora de seguir adelante.

—No es posible —la voz de Cristiano sonó dura—. El nieto mayor de Guiseppe Baracchi, su único heredero varón, murió al estrellarse contra un árbol con un coche. Tu coche, Santo. ¿Esperas que te estreche la mano y te venda su tierra?

—Guiseppe Baracchi es un hombre de negocios y este acuerdo tiene mucho sentido empresarial.

—¿Vas a contárselo antes o después de que el viejo te dispare?

—No me va a disparar.

—Seguramente no le haga falta —Cristiano sonrió con tristeza—. Conociendo a Fia, ella te disparará primero.

Y eso, pensó Santo sin asomo de emoción, sí que era enteramente posible.

—Este es el último pargo —Fia sacó el pescado de la plancha y lo puso en el plato. El calor del fuego le sonrojó las mejillas—. ¿Y Gina?

—Gina está fuera mirando al conductor del Lamborghini que acaba de aparcar en la puerta del restaurante. Ya sabes que le gustan los hombres de ese tipo. Yo me llevaré esto —Ben agarró los platos—. ¿Qué tal está tu abuelo esta noche?

—Cansado. No es él mismo. Ni siquiera tiene energía para meterse con la gente —Fia pensó en ir a ver cómo estaba cuando volviera a tener una tregua—. ¿Puedes con todo ahí fuera? Dile a Gina que deje a los clientes en paz y trabaje.

—Díselo tú. Yo soy demasiado cobarde —Ben esquivó con pericia a la camarera, que acababa de entrar a toda prisa en la cocina.

—Nunca adivinaríais quién acaba de entrar —comenzó a decir la joven.

Fia le lanzó una mirada a Ben mientras se centraba en la siguiente orden.

—Sirve la comida o se quedará fría, y yo no sirvo comida fría.

Consciente de que Gina estaba temblando de emoción, Fia decidió que sería más rápido y más eficaz dejarla hablar. Añadió sazón y aceite de oliva a unas vieiras frescas y las dejó caer sobre una sartén. Eran tan frescas que solo necesitaban unas gotas del mejor aceite para que saliera todo el sabor.

–Debe de ser alguien muy especial porque nunca te he visto babear tanto, y eso que por aquí han pasado bastantes famosos.

Por lo que a Fia se refería, un cliente era un cliente. Iban allí a comer y su trabajo era alimentarles. Y lo hacía bien. Les dio la vuelta a las vieiras con pericia y añadió hierbas frescas y alcaparras a la sartén.

Gina miró de reojo hacia el restaurante.

–Es la primera vez que le veo en persona. Es impresionante.

–Sea quien sea espero que tenga reserva porque en caso contrario vas a tener que decirle que se vaya –Fia agitó la sartén con frenesí–. Esta noche estamos llenos.

–No vas a decirle que se vaya –Gina parecía fascinada–. Es Santo Ferrara. En carne y hueso.

Fia dejó de respirar. Se sintió débil y empezó a temblar como si le hubieran inyectado algo mortal. La sartén se le cayó de la mano y fue a caer al fuego. Se olvidó de las maravillosas vieiras.

–No vendría aquí –no se atrevería.

Estaba hablando para sí misma. Tratando de tranquilizarte. Pero no era posible. Nunca había sabido cuáles eran las motivaciones de Santo Ferrara.

–¿Por qué no iba a venir? –Gina parecía intrigada–. A mí me parece lógico. Su empresa es la dueña del hotel de la puerta de al lado y tu comida es exquisita.

Gina no era del lugar, en caso contrario sabría la historia entre las dos familias. Todo el mundo la sabía. Y Fia también sabía que el Ferrara Beach Club, el hotel con el que compartía la curva perfecta de la playa, era el más pequeño e insignificante del grupo hotelero Ferrara. No había ninguna razón para que Santo le dedicara su atención personal. Desconcentrada, Fia se quemó el codo con la sartén. El dolor la atravesó y la devolvió al presente. Furiosa consigo mismo por haberse olvidado de las vieiras, las colocó cuidadosamente en un plato y se lo pasó a Gina funcionando en automático.

–Esto es para la pareja de la primera línea de playa –murmuró–. Es su aniversario y han reservado hace seis meses, así que asegúrate de tratarlos con reverencia. Esta es una gran noche para ellos y no quiero que se sientan decepcionados.

Gina la miró boquiabierta.

–Pero ¿no vas a...?

–¡Estoy bien! Solo es carne quemada –Fia apretó los dientes–. Lo pondré bajo agua fría ahora mismo.

–No estaba hablando de tu codo. Estaba pensando en que Santo Ferrara está en tu restaurante y a ti no parece importante –dijo la camarera–. Tratas a todos los clientes como si fueran miembros de la realeza y cuando llega alguien importante de verdad resulta que le ignoras. ¿No sabes quién es?

–Lo sé perfectamente.

–Pero, jefa, si ha venido a cenar...

–No ha venido a cenar –un Ferrara nunca se sentaría en la mesa de un Baracchi por temor a ser envenenado. No sabía por qué estaba allí y eso le resultaba frustrante porque no podía luchar contra lo que no entendía.

Y junto con el shock y la ira se mezclaba el miedo.

Había entrado con audacia en su restaurante a hora punta. ¿Por qué? Tenía que tratarse de algo muy, muy importante.

El terror se apoderó de ella. «No», pensó angustiada. «No puede ser por eso».

Porque él no lo sabía. No podía saberlo.

Gina la miró una última vez con curiosidad y salió a toda prisa de la cocina. Fia se echó agua fría en el codo quemado y trató de tranquilizarse diciéndose que se trataba de una visita rutinaria. Otro intento de la familia Ferrara de agitar la bandera blanca. Había habido otras, y su abuelo las había roto todas por la mitad. Desde la muerte de su hermano no había habido nada. Ningún acercamiento. Ningún contacto.

Hasta ahora.

Funcionando en automático, buscó una cabeza de ajos fresca por encima de la cabeza. Los cultivaba ella misma en su huerta, junto con las verduras y las hierbas, y ese proceso le gustaba tanto como cocinar. La calmaba. Le proporcionaba una sensación de hogar y de familia que nunca había conseguido de la gente que la rodeaba. Agarró su cuchillo favorito y empezó a cortarlo tratando de pensar en cómo habría reaccionado en circunstancias diferentes. Si no tuviera miedo. Si no hubiera tanto en juego.

Se mostraría fría. Profesional.

–*Buonasera*, Fia.

Una voz masculina se escuchó en el umbral y ella se dio la vuelta blandiendo el cuchillo como si fuera un arma. Lo más curioso era que no conocía su voz. Pero conocía sus ojos y ahora mismo la estaban mirando. Eran dos lagos negros peligrosamente oscuros. Brillaban inteligentes y duros. Eran los ojos de un hombre que triunfaba en el ambiente de las altas finanzas. Un hombre que sabía lo que quería y no tenía miedo de ir a por ello. Eran los mismos ojos que brillaron mirando a los suyos en la oscuridad tres años atrás mientras se arrancaban la ropa con deseo salvaje.

Aquellos tres años habían añadido un par de centímetros a la anchura de sus hombros y más músculo del que recordaba. Aparte de eso estaba exactamente igual. La misma sofisticación innata pulida hasta que brillaba como la pintura de su Lamborghini. Era un metro ochenta y cinco de sensual virilidad, pero Fia no sentía nada de lo que se suponía que debía sentir una mujer al mirar a Santo Ferrara. Una mujer normal no sentiría aquella furia, aquel deseo descontrolado de arañarle la cara y golpearle el pecho. No era capaz de darle siquiera las buenas noches. Lo que quería era que se fuera al infierno y se quedara allí.

Era su mayor error.

Y teniendo en cuenta el brillo frío y cínico de sus ojos, al parecer él la consideraba a ella el suyo.

—Vaya, qué sorpresa. Los hermanos Ferrara no suelen bajar de su torre de marfil para mezclarse con los mortales. ¿Estás conociendo a la competencia? —adoptó su tono más profesional aunque la ansiedad crecía en su interior y las preguntas se le agolpaban en la cabeza.

¿Lo sabía?

¿Lo había descubierto?

Una media sonrisa tocó sus labios y el movimiento la distrajo. Todo en aquel hombre era oscuro y sensual, como si estuviera diseñado especialmente para atraer a las mujeres a su guarida. Si los rumores eran ciertos, lo hacía con abrumadora frecuencia.

Fia no se dejó engañar por su pose aparentemente relajada ni por su tono suave.

Santo Ferrara era el hombre más peligroso que había conocido en su vida. Había caído en sus garras sin intercambiar ni una sola palabra con él. Incluso ahora, años después, no entendía qué había sucedido aquella noche. Primero estaba sola con su angustia y un instante después él le puso la mano en el hombro y todo sucedió en medio de una nebulosa. ¿Se habría tratado simplemente de consuelo? Seguramente, aunque el consuelo implicaba una dulzura que aquella noche no hubo.

Santo la observó ahora con expresión neutra.

—He oído hablar muy bien de tu restaurante. He venido a ver si lo que dicen es verdad.

«No lo sabe», pensó ella. «Si lo supiera, no estaría bromeando conmigo».

–Todo lo que dicen es verdad, pero me temo que no puedo satisfacer tu curiosidad. Estamos llenos –dijo mientras su mente trataba de averiguar la verdadera razón de su visita. No podía tratarse de una comprobación sobre la competencia. Santo Ferrara delegaría esa tarea en alguien.

–Los dos sabemos que puedes encontrarme una mesa si quieres.

–Pero no quiero –Fia apretó con más fuerza el cuchillo–. ¿Desde cuándo cena un Ferrara en la misma mesa que un Baracchi?

Él clavó la mirada en la suya. A Fia le latió el corazón con un poco más de fuerza. Su mirada ardiente le recordó que una vez no solo habían cenado, se habían devorado hasta que no quedó nada del otro. Y todavía recordaba su sabor; podía sentir el poder de su cuerpo contra el suyo mientras se entregaban a aquel placer oscuro y prohibido cuyo recuerdo nunca la había abandonado.

Santo sonrió. No fue la sonrisa de un amigo, sino la de un conquistador observando la inminente rendición de un prisionero.

–Cena en mi mesa, Fia.

La forma en que pronunció su nombre sugería una familiaridad que no existía y que la dejó descolocada, lo que sin duda era su intención. Santo era un hombre que siempre tenía el control. Lo tuvo aquella noche, y hubo algo aterrador en la fuerza de la pasión que desató.

Ella le había tomado porque necesitaba desesperadamente consuelo humano.

Él la había tomado a ella porque podía hacerlo.

–Estamos hablando de *mi* mesa –afirmó Fia con voz clara–. Y tú no estás invitado.

Tenía que librarse de él. Cuanto más tiempo se quedara allí, más riesgos corría ella.

–Tienes tu propio restaurante en la puerta de al lado. Si tienes hambre, seguro que podrán servirte algo, aunque admito que ni la comida ni las vistas son tan buenas como aquí, así que entiendo que encuentras carencias en ambas cosas.

Santo se quedó muy quieto, haciéndola sentir incómoda.

–Necesito hablar con tu abuelo. Dime dónde está.

Así que por eso estaba allí. Otra ronda inútil de negociaciones que no llevarían a nada una vez más.

–Debes de tener ganas de morir. Ya sabes lo que piensa de ti.

Santo la observó con los ojos entornados.

–¿Y sabe lo tú piensas de mí?

La retorcida referencia a lo sucedido aquella noche la impactó porque era algo que nunca antes habían mencionado. ¿Estaba amenazándola? ¿Iba a dejarla en evidencia? El alivio fue reemplazado por una sensación de terror mientras varios caminos horribles se abrían ante ella. ¿Era aquella la razón por la que lo había hecho? ¿Para tener algo contra ella en el futuro?

–Mi abuelo es un hombre mayor y no se encuentra bien. Si tienes algo que decirle, me lo puedes contar a mí. Si quieres hablar de negocios, habla conmigo. Yo llevo el restaurante.

–Pero la tierra es suya –su tono suave de voz era un millón de veces más perturbador que una explosión de furia, y ese control la preocupaba porque ella no se sentía controlada a su lado.

Pensó en lo que había leído sobre Santo Ferrara ocupando el lugar de su hermano en la dirección de la empresa. Y de pronto se dio cuenta de lo idiota que había sido al pensar que el Beach Club era demasiado insignificante para interesarle al gran jefe. Precisamente por ser tan pequeño le había llamado la atención. Quería hacerlo crecer, y para eso necesitaba...

—¿Quieres nuestra tierra?

—Antes era nuestra —afirmó con sequedad—. Hasta que uno de tus muchos parientes sin escrúpulos utilizó el chantaje para quitarle la mitad de la playa a mi bisabuelo. A diferencia de él, yo estoy dispuesto a pagar un precio justo y generoso por recuperar lo que siempre fue de mi familia.

Era una cuestión de dinero, por supuesto. Los Ferrara pensaban que todo podía comprarse. Y eso la asustaba. El alivio inicial había dado paso al temor. Si Santo estaba empeñado en explotar aquellas tierras, entonces ella nunca estaría a salvo.

—Mi abuelo nunca te las venderá, así que, si esa es la razón de tu visita, estás perdiendo el tiempo. Ya puedes volver a Nueva York, a Roma o donde quiera que vivas ahora y escoger otro proyecto.

—Vivo aquí —Santo levantó el labio superior—. Y le estoy dedicando a este proyecto toda mi atención.

Aquella era la peor noticia que podía darle.

—No se encuentra muy bien. No permitiré que le molestes.

—Tu abuelo es fuerte como un roble. No creo que necesite tu protección —su duro tono de voz le dejó claro que estaba hablando en serio—. ¿Sabe que estás llevándote deliberadamente a los clientes de mi hotel?

—Si por «deliberadamente» quieres decir a través de la buena cocina y las excelentes vistas, entonces sí soy culpable.

—Esas vistas excelentes son precisamente la razón por la que estoy aquí.

Así que eso era. No la noche que habían compartido. No la preocupación por su bienestar ni nada personal. Solo negocios.

Si no fuera por el alivio que sintió al ver que no había una razón más poderosa, se habría sentido abrumada por su insensibilidad. Aunque hubiera pasado lo que pasó, entre ellos había trazada una línea de muerte. Se había derramado sangre.

Pero una muerte inconveniente no bastaba para interponerse en el camino de un Ferrara, pensó algo aturdida.

—Esta conversación ha terminado. Tengo que cocinar, estoy en medio de las cenas.

Lo cierto era que ya había terminado, pero quería que se marchara de allí. Pero por supuesto no lo hizo, porque los Ferrara solo hacían lo que querían.

En lugar de irse se apoyó contra el quicio de la puerta con gesto seguro de sí mismo y aquellos ojos negros clavados en ella.

—¿Tan amenazada te sientes por mí que tienes tener un cuchillo en la mano para hablar conmigo?

—No me siento amenazada. Estoy trabajando.

—Podría desarmarte en menos de cinco segundos.

—Podría clavarte el cuchillo hasta el hueso en menos tiempo —era una bravuconería, por supuesto. En ningún momento había subestimado la fuerza de Santo.

—Si esta es la bienvenida que dispensas a tus clientes, me sorprende que haya gente aquí. No es precisamente calurosa, ¿no crees?

—Tú no eres un cliente, Santo.

—Entonces dame de comer y lo seré. Prepárame la cena.

«Prepárame la cena». A Fia le temblaron las manos un instante. Santo se había ido sin mirar atrás. Eso podía soportarlo, porque aparte de aquella única noche de

sexo inconsciente no habían compartido nada. El hecho
de que apareciera constantemente en su sus sueños no
era culpa de Santo. Pero que apareciera allí y le orde-
nara que le hiciera la cena como si su regreso fuera algo
que había que celebrar...

Su audacia le cortó la respiración.

—Lo siento. El becerro de bienvenida no está en el
menú esta noche. Y ahora lárgate de mi cocina, Santo.
Gina se encarga de las reservas y esta noche estamos
llenos. Y mañana por la noche también. Y cualquier
otra noche en la que quieras cenar en mi restaurante.

—¿Gina es la rubia guapa? Me he fijado en ella al entrar.

Por supuesto que se había fijado, eso no era ninguna
sorpresa. Lo que la sorprendió fue la punzada que sintió
en el pecho. No quería que le importara a quién se llevara aquel hombre a la cama. Nunca había querido que
fuera así, y el hecho de que sí le importara la aterrorizaba más que nada. Había crecido sabiendo que sentir
algo por alguien significaba dolor.

«Nunca te enamores de un siciliano», fueron las últimas palabras que su madre le dijo antes de salir por la
puerta para siempre. Fia tenía entonces ocho años.

Asustada por sus sentimientos, se dio la vuelta y terminó de cortar el ajo, pero lo hizo con movimientos in-
seguros.

—Es peligroso sostener un cuchillo cuando te tiem-
blan las manos.

Santo estaba de pronto detrás de ella, demasiado
cerca para su comodidad. Y sintió cómo se le aceleraba
el pulso porque aunque no la estuviera tocando sentía
su poder y cómo su cuerpo respondía a él. Era algo inmediato y visceral y estuvo a punto de gritar de frustración porque no tenía sentido. Era como salivar ante una
comida que sabía que le sentaría mal.

–No estoy temblando.

–¿No?

Una mano fuerte y bronceada cubrió la suya y Fia se vio trasladada al instante a la oscuridad de aquella noche, a su boca quemando sobre la suya, sus dedos expertos recorriéndola sin piedad mientras la volvía loca.

–¿Piensas en ello?

No necesitó preguntarle a qué se refería. ¿Que si pensaba en ello? Dios mío, no sabía cuánto. Lo había intentado absolutamente todo para borrar de su mente el recuerdo de aquella noche, pero siempre estaba con ella. Era una cicatriz sensual que nunca se curaría.

–Levanta tu mano de la mía ahora mismo.

Santo apretó con más fuerza los dedos.

–Dejas de servir cenas a las diez. Hablaremos entonces.

Era una orden, no una invitación. Y la seguridad con que la dio alimentó las llamas de su ira.

–Mi trabajo no termina hasta que el restaurante cierra. Trabajo muchas horas, y cuando acabo me voy a la cama.

–¿Con ese chico de ojos de cachorro que trabaja para ti? ¿Ahora juegas a no arriesgarte, Fia?

La pregunta le pilló tan de sorpresa que se dio la vuelta para mirarle y el movimiento la acercó a él. El suave roce de su piel contra la dureza de su muslo desencadenó una respuesta aterradora.

–A quien invite a mi cama no es asunto tuyo.

Sus ojos se encontraron un instante, como si reconocieran en privado lo que nunca habían hecho público. Fia observó cómo su mirada se volvía más oscura. Un sentimiento dormido empezó a despertar dentro de ella, una respuesta que no quería sentir por aquel hombre.

Nunca supo lo que podría haber sucedido en ese instante porque Gina entró y cuando Fia vio a quién traía estuvo a punto de gritar en señal de advertencia. Pero ya era demasiado tarde. La suerte estaba echada. Porque Santo ya se había dado la vuelta con el ceño fruncido para localizar la fuente de la interrupción.

—Ha tenido una pesadilla —dijo Gina acariciando al niño pequeño que sollozaba en sus brazos—. Le dije que le traería con su mamá porque ya has terminado de cocinar por esta noche.

Fia se puso recta, incapaz de hacer nada excepto esperar a que los acontecimientos se desencadenaran.

En otras circunstancias se habría alegrado de ver a un Ferrara en estado de shock. Pero se jugaba demasiado, así que retuvo el aire en los pulmones mientras observaba el rápido cambio de registro en el rostro de Santo.

Su inicial irritación dio paso al asombro mientras miraba al niño que lloraba con hipidos extendiendo los bracitos hacia Fia.

Y ella lo tomó en brazos, por supuesto, porque su bienestar le importaba más que cualquier otra cosa.

Y entonces ocurrieron dos cosas.

Su hijo se quedó mirando con curiosidad al desconocido alto y moreno que estaba en la cocina y dejó de llorar al instante.

Y el desconocido alto y moreno se quedó mirando aquellos ojos oscuros casi idénticos a los suyos y palideció como un fantasma.

Capítulo 2

DIOS MÍO –murmuró con voz ronca.
Santo dio un paso atrás y se dio contra algunas sartenes apiladas cuidadosamente para guardarse. Sobresaltado por el repentino ruido, el niño dio un respingo y ocultó la cara en el cuello de su madre. Consciente de que él era la causa de su ansiedad, Santo trató de mantener el control. Tuvo que hacer uso de toda su fuerza de voluntad para mantener a raya la ira que amenazaba con salir a flote.

Desde la seguridad de los brazos de su madre, el niño le miró asustado, escondiéndose instintivamente del peligro y a la vez sintiéndose intrigado por él.

Ella también se escondería si pudiera, pensó Santo, pero no tenía dónde. Todos sus secretos estaban al descubierto.

Ni siquiera tenía que hacer la pregunta obvia.

Incluso sin aquel momento de reconocimiento lo habría sabido por su actitud. Su ansiedad resultaba visible.

Había ido allí a negociar la compra de la tierra. Ni por un segundo había imaginado algo así. Desde el momento en que entró en la cocina había estado intentando librarse de él y ahora entendía por qué. Había dado por hecho que su historia pasada era la responsable. Y por supuesto que lo era. Pero no del modo en que él creía.

Santo se enfrentó a unas sensaciones nuevas para él. No era solo furia, sino también un primitivo deseo de protección.

Tenía un hijo.

Pero en el momento en que aquella idea le cruzó por la cabeza, también pensó que las cosas no debían haber sido así. Siempre imaginó que terminaría por enamorarse de alguien, que se casaría y tendría hijos. Era un hombre tradicional. Había visto la felicidad de su hermano y la de su hermana y dio por hecho que la misma experiencia le aguardaba a él.

Se lo había perdido todo, pensó con amargura. El nacimiento, los primeros pasos, las primeras palabras... atormentado por aquellos pensamientos, soltó un gruñido. El niño abrió los ojos asustado al percibir el cambio en el ambiente. O tal vez había detectado el pánico de su madre. En cualquier caso, Santo sabía lo suficiente sobre niños como para saber que aquel se iba a echar a llorar.

Poniendo a prueba de nuevo su fuerza de voluntad, hizo un esfuerzo por ocultar sus sentimientos.

—Es muy tarde para que un niño tan pequeño esté levantado —su tono sonó con la dosis justa de dulzura y se centró en el niño en lugar de en la madre.

Mirarle le provocó una punzada de dolor en el pecho. Tuvo que hacer un esfuerzo físico por no agarrarle, sentarle en el Lamborghini y largarse de allí con él.

—Debes de estar muy cansado, chico. Deberías estar en la cama.

Fia se puso tensa, estaba claro que se lo había tomado como una crítica.

—A veces tiene pesadillas.

La noticia de que su hijo tenía pesadillas no ayudó a mejorar el mal humor de Santo. ¿Qué le provocaba esas pesadillas? Al recordar lo disfuncional que era aquella familia, la rabia se convirtió en miedo.

—Gina. Te llamas Gina, ¿verdad? —miró a la guapa camarera y se las arregló para componer aquella sonrisa que nunca le fallaba–. Verás, necesito hablar con Fia a solas...

–¡No! –el tono de Fina rozaba la desesperación–. Ahora no. ¿No ves que es un mal momento?

–Oh, no pasa nada –Gina se sonrojó bajo la mirada de Santo–. Yo me lo puedo llevar. Soy su niñera.

–¿Niñera? –la palabra se le quedó atorada a Santo en la garganta. Nadie de su familia había utilizado nunca ayuda externa para cuidar de sus hijos–. ¿Tú cuidas de él?

–Es un trabajo en equipo –aseguró Gina con alegría–. Somos como una manada. Cuidamos de los pequeños. Solo que en este caso solo hay uno, así que está muy mimado. Yo cuido de él cuando Fia está trabajando, pero sabía que ya había terminado de cocinar esta noche, así que pensé en traerlo para que le consolara. Ahora que se ha calmado se quedará dormido en cuanto vuelva a dejarlo en la cuna. Ven con la tía Gina –sacó al adormilado niño de los reacios brazos de Fia y lo atrajo hacia su pecho.

–Todavía quedan clientes...

–Ya casi han terminado todos –aseguró Gina para ayudar–. Solo estamos esperando a que la mesa dos pague la cuenta. Ben lo tiene todo bajo control. Tú puedes quedarte charlando, jefa –ajena a la tensión, Gina le dirigió una última mirada de admiración a Santo y salió de la cocina.

Se hizo el silencio.

Fia se mantuvo erguida con las mejillas pálidas bajo su cabello oscuro y sombras bajo los ojos.

Las palabras eran la munición más mortal de armamento de Santo. Las utilizaba para negociar acuerdos imposibles, para calmar las situaciones más difíciles, para contratar y despedir. Pero, de pronto, cuando las necesitaba más que nunca, le fallaban.

Solo consiguió preguntar:

–¿Y bien?

A pesar de lo emocional de su estado, o tal vez debido a ello, Santo habló con suavidad, pero ella se estremeció como si le hubiera levantado la voz.

–¿Bien qué?

–Ni se te ocurra decirme nada más que la verdad. Estarías gastando saliva.

–En ese caso, ¿para qué preguntas?

Santo no sabía qué decir. Ella no sabía qué decir. La situación era dolorosamente difícil.

Hasta aquella noche nunca habían hablado realmente. Durante su único y turbulento encuentro no intercambiaron ni una palabra, solo hubo sonidos. La ropa rasgada, el roce de la piel, la respiración agitada... pero ni una palabra.

Santo seguía sin entender qué había sucedido aquella noche. ¿Habría actuado la naturaleza prohibida de su encuentro como alguna especie de poderoso afrodisíaco? ¿El hecho de que sus familias hubieran sido enemigas durante casi tres generaciones le había añadido emoción a aquello que les había unido como animales en la oscuridad?

–¿Por qué diablos no me lo contaste? –su tono se hizo más agresivo.

–Haces preguntas muy estúpidas para ser un hombre supuestamente inteligente.

–Nada de lo sucedido entre nuestras familias debería haber evitado que me contaras *esto* –señaló con la mano hacia la puerta abierta.

«Esto» había desaparecido en la noche con Gina, y perderle de vista había sido una de las cosas más duras que Santo había tenido que hacer en su vida. Pronto, prometió. Pronto no volvería a perder de vista al niño nunca. Era lo único que tenía claro en aquella tormenta de incertidumbre.

–Tendrías que habérmelo contado.

–¿Para qué? ¿Para exponer a mi hijo a la misma rencilla amarga que ha coloreado toda nuestra vida? ¿Para que le utilizaras como un peón en tus juegos de poder? Tengo que protegerle de todo eso.

–Nuestro hijo –le corrigió Santo con tono grave–. También es hijo mío. Es de los dos.

–Es la consecuencia de una noche en la que tú y yo fuimos...

–¿Fuimos qué?

A ella no le tembló la mirada.

–Fuimos idiotas. Perdimos el control. Cometimos una estupidez. Algo que no tendríamos que haber hecho nunca. No quiero hablar de ello.

–Pues lo siento, porque vas a tener que hacerlo. Tendrías que haberlo hecho hace tres años cuando supiste que estabas embarazada.

–¡No seas ingenuo! –Fia se irritó tanto como él–. No fue un romance tranquilo que tuviera consecuencias inesperadas. Era más complicado.

–No es tan complicado decirle a un hombre que es el padre de tu hijo, por el amor de Dios –abrumado por la magnitud de los sucesos a los que se enfrentaba, dejó escapar un largo suspiro y se pasó la mano por la nuca para intentar tranquilizarse sin conseguirlo–. No puedo creer que esto esté pasando. Necesito tiempo para pensar.

Sabía que las decisiones que se tomaban en caliente nunca eran buenas, y él necesitaba que lo fueran.

–No hay nada que pensar.

Santo recordó aquella noche, una noche en la que nunca se había permitido pensar porque lo bueno estaba irrevocablemente mezclado con lo malo y era imposible separarlo.

–¿Cómo sucedió? Utilicé...

–Al parecer hay cosas que ni siquiera un Ferrara

puede controlar –aseguró Fia con frialdad–. Y esta es una de ellas.

Santo la miró con frialdad. La noche entera emergió de él. Era imposible distinguir los detalles. Había sido una locura salvaje, un deseo animal como nunca antes había experimentado.

Fia estaba triste. Él le puso la mano en el hombro. Ella se giró hacia él... y no hizo falta nada más. La chispa se convirtió en un fuego salvaje.

Y luego, antes incluso de que el calor se enfriara, Fia recibió aquella llamada en la que le dijeron que su hermano había muerto. Aquella trágica llamada que había atajado su encuentro amoroso con la fuerza de una guillotina. Y después llegó la caída. Las recriminaciones y la especulación.

El joven camarero apareció en el umbral y clavó los ojos en Fia.

–¿Va todo bien? He visto que Luca estaba despierto, lo que me ha alegrado porque he podido acunarle, pero luego he oído voces –miró a Santo con recelo.

Santo le miró con más recelo todavía. La noticia de que al parecer todo el mundo acunaba a su hijo excepto él le enfureció más de lo que ya estaba. Así que su hijo se llamaba Luca.

El hecho de haber sabido su nombre a través de aquel hombre hizo que perdiera el control.

¿Cuál era exactamente su relación con Fia?

–Esta es una conversación privada. Fuera de aquí –dijo con tono afilado.

–Está bien, Ben –murmuró Fia suspirando–. Sal, por favor.

Al parecer Ben no sabía lo que le convenía porque se quedó en el umbral.

–No voy a marcharme hasta asegurarme de que estás bien.

Era como un spaniel retando a un rottweiler. Miró a
Santo, que habría admirado su coraje si no fuera porque
se trataba de un hombre que le ponía ojitos a la mujer
que unos instantes antes tenía a su hijo en brazos.

—Voy a darte una oportunidad más para que te vayas
y luego te sacaré yo mismo de aquí.

—Vete, Ben —Fia parecía desesperada—. Le estás
dando otra razón para tratar de amedrentarnos.

Ben le lanzó una última mirada desconfiada antes
desaparecer en la oscuridad de la noche, dejándoles solos.

La tensión creció. El aire estaba muy cargado. Santo
podía saborearlo y sentía su peso sobre los hombros.

Su cabeza era un hervidero de preguntas. ¿Cómo era
posible que nadie se hubiera preguntado la identidad del
padre de aquel niño? No entendía cómo Fia había podido ocultar algo así.

—Sabías que estabas embarazada y aun así me
echaste de tu vida.

—Nunca estuviste en mi vida, Santo. Ni yo en la tuya.

—Tenemos un hijo en común —bramó.

Fia reculó como si hubiera recibido un golpe físico.

—Tienes que calmarte. En solo diez minutos has
asustado a mi hijo, prácticamente has seducido a su niñera y has sido imperdonablemente rudo con alguien
que me importa.

—No he asustado a nuestro hijo —aquella acusación
le molestó más que las otras—. Eres tú la que ha provocado esta situación.

Y todavía no entendía cómo había logrado mantener
el secreto. Su mente, habitualmente hábil, se negaba a
trabajar.

—¿Esta es la idea de venganza que tiene tu abuelo?
¿Castigar a los Ferrara escondiendo al niño?

—¡No! —jadeó ella—. Adora a Luca.

Santo alzó las cejas sin dar crédito.

—¿Adora a un niño que es medio Ferrara? ¿Quieres hacerme creer que la edad ha vuelto tolerante a Baracchi? —Santo se interrumpió, alertado por algo que vio en sus ojos.

Y de pronto entendió la verdad, y la realidad fue como otro golpe en su ya dolorido estómago.

—Dios, no lo sabe, ¿verdad?

Era la única explicación, y quedó confirmada por la expresión de su mirada.

—Santo...

—Contéstame —su voz no parecía la suya—. Dime la verdad. No se lo has dicho, ¿verdad?

—¿Cómo iba a decírselo? —bajo la desesperación de Fia se adivinaba un profundo cansancio, como si fuera un peso que llevara cargando desde hacía demasiado tiempo—. Odia todo lo relacionado con tu familia y te odia a ti más que a nadie en este mundo, no solo porque te apellidas Ferrara, sino por...

No terminó la frase, y Santo dejó el tema porque iniciar una conversación sobre la muerte de su hermano significaría apartarse de su propósito y se negaba.

Tenían un hijo. Un hijo que era mitad Ferrara y mitad Baracchi. Una mezcla inimaginable. Un hijo nacido de una única noche que había terminado en tragedia. Y el viejo no lo sabía.

Se preguntó cómo era posible que el abuelo de Fia no hubiera visto lo que él vio al instante.

Ella le miraba con el rostro pálido como la cera. Santo estaba impactado por la enormidad del secreto que había guardado. ¿Cómo lo había hecho? Seguramente se preguntaría todas las mañanas si aquel iba a ser el día que la descubrirían. El día en que llegaría un Ferrara a llevarse al niño argumentando que era uno de los suyos.

—*Madre de Dio*, no puedo creerlo. Cuando el niño

tuviera edad para preguntar sobre su padre, ¿qué pensabas decirle? Pensándolo mejor, no me contestes –afirmó Santo–. No estoy preparado para escuchar la respuesta.

Él sabía mejor que nadie que la vida no era un cuento de hadas, pero por sus venas corría la creencia en la santidad de la familia. Era la tabla de salvación que te mantenía a flote en mares turbulentos, el ancla que evitaba que te ahogaras, el viento en las velas que te impulsaba hacia delante. Él era el fruto de un matrimonio feliz y tanto su hermano como su hermana habían encontrado el amor y habían creado su propia familia. Dio por hecho que a él le pasaría lo mismo. Nunca consideró que tendría que luchar por el derecho a ser el padre de su propio hijo. Y nunca imaginó que su hijo crecería en una familia como la de los Baracchi. No le habría deseado eso a nadie. Era una pesadilla demasiado dolorosa para pensar siquiera en ella.

Fia respiraba con dificultad.

–Por favor, tienes que prometerme que dejarás que yo me encargue de este asunto. Mi abuelo es muy mayor y no se encuentra bien –se le quebró la voz.

Pero Santo no sintió ninguna compasión por ella. Estaba furioso.

–Has tenido tres años para encargarte de este asunto. Ahora me toca a mí. ¿De verdad has pensado que iba a permitir que mi hijo se criara en tu familia? ¿Y sin un padre? Los Baracchi no saben lo que es la familia –se pasó los dedos por el pelo con nerviosismo–. Cuando pienso en lo que ha debido de pasar el niño...

–Luca es feliz y está bien cuidado.

–Sé como ha sido tu infancia –Santo dejó caer la mano a un costado–. He visto cómo fueron las cosas para ti. Tú no sabes cómo debería ser una familia.

Fia palideció todavía más.

–La infancia de Luca no se parece en nada a la mía.

Y, si sabes cómo fue mi infancia, entonces deberías saber también que nunca querría algo así para mi hijo. No te culpo por tu preocupación, pero estás equivocado. Sé lo que debería ser una familia. Siempre lo he sabido.

—¿Cómo? ¿De dónde lo has aprendido? Desde luego en tu casa no.

Su casa era un hogar desestructurado, revuelto y absolutamente inseguro, porque la familia Baracchi no solo se peleaba con sus vecinos, también entre ellos.

Cuando la conoció formalmente ella tenía ocho años y se escondía en el extremo lejano de la playa. En el lado de los Ferrara, donde se suponía que no podía estar ningún Baracchi. Se había refugiado en una cabaña de pescadores abandonada, entre tablones de madera rotos y un fuerte olor a aceite. Santo tenía catorce años y no sabía qué hacer con aquella intrusa de pelo revuelto. ¿Se suponía que tenía que retenerla como prisionera? ¿Pedir un rescate? Al final no hizo ninguna de las dos cosas. Tampoco la había dejado sin escondite. Intrigado por su osadía, había permitido que se ocultara allí hasta que ella decidió volver a su casa.

Unas semanas más tarde supo que el día que se había escondido en la cabaña fue el día que su madre se marchó, dejando al violento padre de Fia con dos niños que nunca había querido tener. Santo recordó que le había sorprendido no verla llorar. Eso fue años antes de darse cuenta de que Fia nunca lloraba. Se guardaba todos sus sentimientos y nunca esperaba consuelo. Seguramente porque había aprendido que no podía esperar nada de su familia.

Santo apretó los labios. Tal vez Fia dejara a la gente fuera, pero a él no iba dejarle fuera. Esta vez no.

—Tú tomaste una decisión sin tener en cuenta a nadie más. Ahora yo tomaré la mía —afirmó Santo con rotundidad sin permitir que su mirada suplicante alterara lo que sabía que tenía que hacer.

—¿Qué quieres decir?

—Cuando esté listo para hablar me pondré en contacto contigo. Y que no se ocurra escaparte porque, si lo haces, te perseguiré hasta dar contigo. No tienes dónde esconderte. No hay lugar en este planeta al que puedas llevarte a mi hijo sin que yo te encuentre.

—También es mi hijo.

Santo sonrió sin asomo de humor.

—Y eso nos plantea un reto interesante, ¿verdad? Seguramente sea la primera cosa que nuestras familias tengan en común. Cuando decida lo que voy a hacer al respecto te lo haré saber.

Mientras el fiero rugido del Lamborghini interrumpía el silencio de la noche, Fia se dirigió al baño y vomitó. Podía deberse al miedo, al estrés o a una combinación de ambos, pero odiaba la debilidad y la sensación de vulnerabilidad. Cuando terminó se sentó en el suelo con los ojos cerrados y trató de pensar en un plan, pero no había plan que Santo no lograra desbaratar.

Tomaría el control como siempre hacían los Ferrara. El desprecio que Santo sentía por su familia empujaría la decisión que tomara, y en parte Fia no podía culparle por ello. En su lugar ella habría hecho probablemente lo mismo porque ahora entendía lo que era querer proteger a un hijo.

Fia se llevó las rodillas al pecho y las abrazó. Santo no había querido escucharla cuando trató de explicarse. No la había creído cuando le dijo que se había asegurado de que la infancia de Luca no fuera en absoluto como la suya.

Ahora la misión de Santo era rescatar a su hijo de la familia Baracchi.

No habría piedad. Ni concesiones. En lugar de crecer en un ambiente tranquilo y cariñoso, Luca se vería expuesto a la presión del resentimiento y la animadversión. Se vería inmerso en una guerra emocional. Y esa era precisamente la razón por la que había escogido aquel camino particularmente difícil y había vivido durante tres años con las mentiras, la preocupación y la angustia para proteger a su hijo.

–Mamá está mala –Lucas estaba allí delante con su oso favorito en brazos y el oscuro cabello revuelto.

Las duras luces del baño le marcaban cada una de las facciones, y durante un instante Fia se quedó sin respiración porque vio en el rostro de su hijo a Santo. Su hijo había heredado aquellos ojos inolvidables, el mismo pelo oscuro y brillante. Incluso la forma de la boca le recordaba a la del padre de Santo, por no hablar de su vena obstinada...

Lo cierto era que habría sido solo cuestión de tiempo que su secreto saliera a la luz.

–Te quiero –estrechó impulsivamente a su hijo entre sus brazos y le besó la frente–. Siempre voy a estar aquí para ti. Y Gina y Ben también. Hay mucha gente que te quiere, nunca estarás solo –le abrazó con más fuerza que nunca. Le besó como nunca le había besado. Tal vez no fuera justo culpar a Santo Ferrara de dar por hecho que su hijo estaba creciendo en un ambiente tóxico. Él no sabía lo duro que ella había trabajado para asegurarse de que la infancia de Luca no fuera como la suya.

Y cuando el niño se apretó contra ella contento y tranquilo sintió que los ojos se le llenaban de lágrimas.

Se preguntó qué tenía ella de malo para que su madre no hubiera sentido el mismo y poderoso lazo. Nada en el mundo podría hacer que Fia abandonara a su hijo. No había precio ni promesa posible capaz de llevarla a hacer algo semejante.

Y no iba a permitir de ninguna manera que Santo se lo llevara.

Ignorando por suerte que sus vidas se asomaban a un peligroso abismo, Luca se apartó de sus brazos.

–Cama.

–Buena idea –Fia le tomó en brazos y le llevó de vuelta a la cama. Pasara lo que pasara le protegería del desastre. No iba a permitir que le hicieran daño.

–¿El hombre va a volver?

Ella sintió un nudo en el estómago.

–Sí, va a volver –de eso no le cabía la menor duda. Y cuando volviera lo haría con un arsenal legal. Los acontecimientos se habían puesto en marcha y no había forma de pararlos. Nada detenía a un Ferrara cuando quería algo.

Y Santo Ferrara quería a su hijo.

Fia se sentó en la cama y se quedó mirando a su hijo dormir. El amor que sentía por él era tan grande que la llenaba por completo. La fuerza de aquel lazo hacía que le resultara fácil imaginar los sentimientos de Santo. En su interior despertó la culpabilidad que tanto se había esforzado en acallar.

Nunca se había sentido cómodo con su decisión. La había perseguido en las oscuras horas de la noche cuando no tenía distracciones que le ocuparan la mente. No se arrepentía de haber optado por aquel camino, pero había aprendido que podía sentirse mal aun habiendo tomado la decisión correcta. Y luego estaban los sueños. Sueños que distorsionaban la realidad. Sueños de una vida que no existía. Apartando de sí las imágenes de unas pestañas oscuras y sedosas y una boca dura y sensual, Fia se quedó hasta que el niño estuvo completamente dormido y luego fue a recoger la cocina. Tenía que hacerlo ella sola porque le había dicho a todo el mundo que se fuera a casa, pero el trabajo la ayudó a calmar el nudo del estómago. Volcó la ansiedad en el trapo hasta que toda la superficie de la cocina brilló, hasta que el sudor le perló la frente, hasta que estuvo demasiado cansada como para sentir algo más que no fuera dolor físico por el trabajo duro. Entonces sacó una cerveza fría de la nevera y se dirigió al pequeño muelle de madera del restaurante.

Los barcos de pesca se balanceaban en silencio en la oscuridad. Normalmente aquel era un momento de paz, pero ahora el habitual ritual nocturno no consiguió el efecto deseado.

Fia se quitó los zapatos y se sentó en el muelle con los pies colgando y rozando el agua fría. Miró hacia las luces del Ferrara Beach Club, situado al otro lado de la bahía. El ochenta por ciento de sus clientes de aquella noche venían del hotel. Tenía reservas hechas con varios meses vista. Quitó la chapa de la botella y se la llevó a los labios pensando que al hacer bien su trabajo había atraído sin darse cuenta al enemigo.

El éxito la había colocado bajo el radar. En lugar de ser irrelevante para los todopoderosos Ferrara, se había significado. Todo era culpa suya, pensó con amargura. Al perseguir su objetivo de cuidar de su hijo, le había expuesto inadvertidamente.

—¡Fiammetta!

El ladrido de su abuelo la sobresaltó. Se puso de pie al instante y corrió hacia la casa de piedra que había pertenecido a su familia desde hacía seis generaciones. Tenía una sensación de miedo en el estómago.

—*Come stai?* —mantuvo un tono de voz calmado—. Es muy tarde para estar despierto, *nonno*. ¿Te encuentras bien?

—Todo lo bien que puede estar un hombre al ver a su nieta trabajando hasta la extenuación —torció el gesto al ver el botellín de cerveza que tenía en la mano—. A los hombres no les gusta ver a una mujer bebiendo cerveza.

–Entonces me alegro de no tener un hombre del que preocuparme –bromeó, aliviada al ver que todavía tenía energía para reprenderla.

Así era su relación. Así era el amor de los Baracchi. Fia se dijo que el hecho de que su abuelo no lo expresara no significaba que no lo sintiera.

–¿Qué estás haciendo? Deberías estar en la cama durmiendo.

–Luca estaba llorando.

–Ha tenido una pesadilla. Solo quería uno poco de mimo.

–Tendrías que haberle dejado llorar –gruñó su abuelo con desaprobación–. Nunca se convertirá en un hombre si le sigues mimando así.

–Va a ser un gran hombre. El mejor.

–Es un niño mimado. Cada vez que le miro hay alguien abrazándole o besándole.

–Nunca es demasiado el amor que se le da a un niño.

–¿Acaso estaba yo tan encima de mi hijo como tú lo estás del tuyo?

«No, y mira cómo acabó».

–Creo que deberías irte a la cama, *nonno*.

–«¿Puedo cocinar para unas cuantas personas?». Eso fue lo que me dijiste –compuso una mueca de dolor mientras se acercaba hacia la orilla–. Y antes de que pudiera darme cuenta tenía la casa llena de desconocidos y tú estás sirviendo buena comida siciliana en platos elegantes y encendiendo velas para gente que no sabe diferenciar la buena comida de la comida rápida.

–La gente viene desde muy lejos para probar mi cocina. Dirijo un negocio de éxito.

–No deberías estar dirigiendo un negocio –su abuelo se sentó en su silla favorita cerca del agua. La silla en la que se sentaba cuando Fia era una niña.

–Estoy construyendo una vida para mí y un futuro para mi hijo.

Una vida que ahora había dado un vuelco. Un futuro que se veía amenazado. De pronto se dio cuenta de que ya no podía confiar en seguir guardando silencio.

–Iré a buscarte algo de beber. ¿Grappa?

Tenía que contarle a su abuelo lo de Santo, pero primero debía pensar en la manera de hacerlo. ¿Cómo se le decía a alguien que el padre de su amado nieto era el hombre que más odiaba sobre la tierra?

Fia entró en la cocina y agarró la botella y un vaso. Hacía mucho tiempo que su abuelo no mencionaba a los Ferrara. Y era por ella. Preocupada por Luca, Fia insistía en que, si no podía hablar positivamente de aquel apellido, mejor que no lo nombrara.

Al principio agradecía que se hubiera tomado seriamente la advertencia. Pero ahora se preguntaba si eso significaba que de verdad se había ablandado con el tiempo.

Ojalá fuera así.

Dejó el vaso en la mesa que tenía su abuelo delante y le sirvió.

–¿Por qué estás de mal humor?

–¿Aparte de por el hecho de que trabajes todas las noches como una esclava en esa cocina mientras alguien más cuida de tu hijo?

–A Luca le viene bien estar con otras personas. Gina le quiere –no tenía la familia que le hubiera gustado tener por su hijo, así que la había creado. Luca nunca estaría solo como lo estuvo ella. Siempre tendría gente con la que poder contar. Gente que le abrazara cuando la vida lanzara piedras.

–Querer –gruñó su abuelo con desprecio–. Le estás convirtiendo en una nenaza. Eso es lo que pasa cuando no hay un padre que enseñe a su hijo a ser un hombre.

Era el pie perfecto para que le contara lo que tenía que contarle. Pero no fue capaz de pronunciar las palabras. Necesitaba tiempo. Tiempo para descubrir cuáles eran las intenciones de Santo.

–Luca tiene influencias masculinas en su vida.

–Si te refieres al chico que trabaja contigo en el restaurante, tengo yo más testosterona en un dedo que él en todo el cuerpo. Lucas necesita un hombre de verdad a su lado.

–Tenemos ideas muy distintas respecto a lo que es un hombre de verdad.

Las líneas de la frente se le marcaron y los huesudos hombros cayeron un poco hacia abajo. En el último mes parecía haber envejecido una década.

–Esto no era lo que yo quería para ti.

–La vida no siempre sale como la planeamos, *nonno*. Si la vida te da aceitunas, haz aceite de oliva.

–¡Pero tú no haces aceite de oliva! –el anciano agitó una mano en gesto de frustración–. Les envías nuestras aceitunas a los vecinos y son ellos los que fabrican nuestro aceite.

–Que luego utilizo en mi restaurante. El restaurante del que todo el mundo habla en Sicilia. La semana pasada salimos en el periódico.

Pero la emoción que había experimentado por aquel instante fugaz de éxito había desaparecido. Los últimos acontecimientos lo habían reducido a la nada.

–Lo estoy haciendo bien. Soy buena en mi trabajo.

–Las mujeres deben trabajan solo hasta que encuentren un marido.

Fia dejó la botella sobre la mesa.

–No digas eso. Luca empezará a entenderlo todo muy pronto y no quiero que crezca con esa opinión.

–¡Los hombres te piden salir! ¿Pero tú dices que sí? No. Morenos, rubios, altos, bajos... siempre es «no». No dejas entrar a nadie, y así ha sido desde lo del padre de Luca –la miró fijamente.

Fia apretó con más fuerza la botella.

–Cuando conozca a un hombre que me interese le diré que sí –pero sabía que eso no iba a suceder. Solo había habido un hombre en su vida y ahora mismo la despreciaba. Y peor todavía, pensaba que no era una buena madre.

Para no pensar en eso se concentró en su abuelo y sintió una punzada de preocupación al verle frotarse el pecho con aire ausente. Fia se acercó impulsivamente para tomarle la mano. Él la apartó al instante y ella trató de que no le importara. No era un hombre cariñoso, resultaba absurdo por su parte intentarlo. No la abrazaba nunca ni tampoco a Luca.

–¿Qué te pasa? ¿Te duele otra vez?

–No hagas un drama –se hizo un largo silencio mientras él la miraba fijamente.

Fia sintió un nudo en el estómago. ¿Era su conciencia culpable, o...?

–No ibas a contármelo, ¿verdad?

La sequedad de su tono la desconcertó.

–¿Contarte qué? –el corazón le latía de pronto como la batería de un grupo de rock.

–Ha estado aquí esta noche. Santo Ferrara –dijo su nombre como si le supiera mal en la boca.

Fia soltó la botella antes de que se le resbalara de la mano.

–*Nonno...*

–Sé que me prohibiste mencionar su nombre, pero, si un Ferrara entra en mi propiedad, eso me da derecho a hablar de él. Tendrías que haberme dicho que estaba aquí.

¿Cuánto sabía? ¿Qué había oído?

–No te lo dije porque sabía que reaccionarías así.

Él dio un puñetazo en la mesa.

–Le advertí a ese chico que no volviera a poner los pies en mi territorio.

Fia pensó en los anchos hombros de Santo. En la sombra de barba incipiente en la mandíbula.

–No es un chico. Es un hombre.

Un hombre poderoso que ahora dirigía una empresa multinacional. Un hombre con el poder de arrebatarle lo que más quería en el mundo. Un hombre que se había ido para hablar con sus abogados sobre el futuro de su hijo.

Oh, Dios...

Los ojos de su abuelo brillaron de rabia.

–Ese hombre entró en mi casa sin ningún respeto por mis sentimientos.

–*Nonno*...

–¿No tenía valor para enfrentarse a mí?

–¡Cálmate! –Fia se puso de pie. La emoción le quemaba en la base de las costillas. Si su abuelo estaba así de disgustado ahora, ¿cómo se pondría cuando supiera la verdad? Volvería a empezar otra vez, solo que en esta ocasión Luca estaría en medio.

–¡No quería que te viera, y esta es la razón! Te estás poniendo furioso.

–¡Por supuesto! ¿Cómo no iba a estar furioso después de lo que ha hecho? –tenía el rostro pálido bajo la luz parpadeante de la vela.

–Cuando Luca nació me prometiste que dejarías el pasado atrás.

Él se la quedó mirando un largo instante.

–¿Por qué le defiendes? ¿Por qué no se me permite decir nada malo sobre un Ferrara?

Fia sintió que el calor se le agolpaba en las mejillas.

–Porque no quiero que Luca crezca con esa animadversión. Es horrible.

—Les odio.

Fia aspiró con fuerza el aire.

—Ya lo sé.

Claro que lo sabía. Y había pensado en ello cada día desde que sintió los primeros aleteos en el abdomen. Y cuando dio a luz a su hijo y le miró por primera vez, y cada vez que le daba un beso de buenas noches. Había días en los que sentía que no podía seguir cargando con aquel peso.

Los ojos de su abuelo echaban chispas de furia.

—Por culpa de Ferrara estaréis solos en el mundo cuando yo muera. ¿Quién cuidará de vosotros?

—Yo lo haré.

Fia sabía que culpaba a Santo por la muerte de su hermano. También sabía que era inútil recordarle que su hermano apenas había sido capaz de cuidar de sí mismo, así que mucho menos de otros. Había sido su propia irresponsabilidad lo que le mató, no Santo Ferrara.

Su abuelo se puso de pie con cierta torpeza.

—Si Ferrara se atreve a volver por aquí y yo no estoy, puedes darle un mensaje de mi parte.

—*Nonno*...

—Dile que sigo esperando a que actúe como un hombre y se responsabilice de sus actos. Y, si se atreve a volver a poner los pies en mi propiedad, pagará por ello.

Capítulo 3

SANTO estaba sentado esperando en su despacho del Ferrara Beach Club, una oficina que el director del hotel había mandado vaciar precipitadamente para él. Si necesitaba alguna indicación de por qué aquel hotel tenía menos éxito que los demás del grupo, la tenía allí mismo, en el escritorio. La falta de disciplina y organización era visible por todas partes, desde el papel deteriorado de la pared a la planta moribunda que yacía medio caída en una esquina. Más tarde se ocuparía de aquello. Ahora mismo tenía otras cosas en mente. En la pared, mofándose de él, había una foto grande del director del hotel posando con su mujer y dos niños pequeños.

La típica familia siciliana.

Santo se quedó mirando la foto malhumorado. Sentía deseos de romperla. Nunca se había considerado un idealista, pero ¿era idealista dar por hecho que algún día tendría una familia parecida a la de la foto?

Al parecer sí.

Consultó su reloj. No dudaba ni por un instante que Fia aparecería. No solo porque tenía fe en su sentido de la justicia, sino porque ella sabía que, si no lo hacía, iría a buscarla.

Esperó con gesto impávido a que la oscuridad diera paso a los primeros rayos de luz cuando el sol se levantó por encima del mar iluminando la brillante superficie.

Había enviado el mensaje de madrugada, en un momento en que la mayoría de la gente estaría durmiendo. No se le había ocurrido intentar dormir. No había habido descanso para él y sabía que para Fia tampoco.

Tenía la mente agotada, pero al mismo tiempo las cosas muy claras. Por lo que a él se refería, la decisión estaba clara. Ojalá fuera tan fácil lidiar con los sentimientos de igual manera.

Volvió a comprobar su teléfono y encontró un mensaje de su hermano, otra persona que también solía estar despierta al amanecer. Eran solo tres palabras: *Dime qué necesitas.*

Apoyo incondicional. Lealtad incuestionable. Todas las cosas que la familia debería ofrecer y que la suya ofrecía. Había crecido con aquel apoyo, rodeado de amor. A diferencia de su hijo, que había pasado sus primeros años en el equivalente a un nido de víboras.

La frente se le perló de sudor. Apenas podía pensar en cómo debió de haber sido la vida de su hijo. ¿Cuál sería el impacto emocional a largo plazo de criarse en un desierto emocional? ¿Y si el maltrato no hubiera sido solo emocional? Aunque él era muy pequeño, recordaba los rumores sobre la familia Baracchi. Y recordaba haber visto a Fia muchas veces con moratones.

Escuchó un levísimo toque a la puerta. Entornó los ojos y sintió una descarga de adrenalina, pero se trataba de una camarera que le llevaba más café.

—*Grazie.*

El repiqueteo de la taza y la lechera y la mirada nerviosa de la camarera le hicieron saber que se le notaba el mal humor en la cara aunque seguramente nadie sabría interpretar la causa. Todo el mundo en el hotel estaba nervioso por su visita. No podían saber que su humor actual no tenía nada que ver con el trabajo. La reorganización del hotel era lo último que tenía en mente en aquel momento.

La camarera se marchó, pero unos instantes después se escuchó de nuevo cómo llamaban con los nudillos y supo que esta vez se trataba de ella. La puerta se abrió y allí estaba Fia con aquellos ojos verdes brillando como joyas en un rostro tan pálido como la neblina matinal. Nada más mirarla supo que no había descansado tampoco.

Parecía agotada y estresada. Y dispuesta a luchar. Sus miradas se cruzaron.

Habían sido amantes. Habían compartido la intimidad total, pero eso no iba a ayudarles a navegar por las traicioneras aguas en las que ahora se encontraban porque no habían compartido nada más. No tenían ninguna relación. Esencialmente eran unos desconocidos.

—¿Dónde está mi hijo? —le espetó Santo.

Ella se apoyó contra la puerta y le miró.

—Dormido en la cama. En su casa. Si se despierta Gina, estará allí, y también mi abuelo.

La ira se apoderó de él como una bestia salvaje dispuesta a hacerle jirones su frágil autocontrol.

—¿Se supone que eso debe tranquilizarme?

—Él quiere a Luca.

—Creo que tenemos conceptos diferentes de lo que significa esa palabra.

—No —los ojos de Fia echaban chispas—. No es así.

Santo apretó los labios.

—¿Y seguirá queriéndole cuando descubra la identidad de su padre? Creo que los dos conocemos la respuesta a eso —se levantó de la silla y vio que ella extendía la mano hacia el picaporte de la puerta.

—Si sales de esta habitación, tendremos esta conversación en público —le advirtió entornando los ojos—. ¿Es eso lo que quieres?

—Lo que quiero es que te calmes y seas racional.

—Oh, soy muy racional, querida. He estado pensando con mucha claridad desde el momento que vi a mi hijo.

La atmósfera se hizo más densa. El aire se volvió demasiado caluroso.

—¿Qué quieres que te diga? ¿Que lo siento? ¿Que no hice lo correcto?

Su voz sonaba suavemente ronca y Santo dirigió los ojos hacia su boca. Había sido solo una noche, pero el recuerdo le había dejado cicatrices profundas en los sentidos. Sabía cómo sabía porque lo recordaba vivamente. Conocía su sabor porque también lo recordaba. No solo la suavidad de su piel, sino también la de su gloriosa melena. Liberada ahora de las horquillas que se la sujetaban mientras cocinaba, le caía ahora sobre la espalda como una llama oscura que reflejaba el amanecer. Recordó el día que su padre se lo había cortado en un arrebato de ira con las tijeras de la cocina. Santo, horrorizado, presenció la escena y trató de intervenir, pero al verle Baracchi se había enfurecido todavía más.

Recordó que Fia se había quedado sentada muy quieta sin decir nada mientras los largos mechones le caían sobre el regazo. Después fue a esconderse a la cabaña y le desafió con la mirada para que no dijera una palabra al respecto. Y por supuesto, Santo no lo hizo porque su relación no incluía intercambios verbales.

Y fue en aquella cabaña, en una noche que terminó de forma tan trágica, cuando su relación pasó de nada a todo.

Santo aspiró con fuerza el aire y resistió el impulso salvaje y primitivo que le urgía a sujetarla contra la pared y arrancarle las respuestas que buscaba.

—¿Cuándo supiste que estabas embarazada?

—¿Qué importa eso?

—Soy yo el que hace las preguntas, y vas a contestar a todo lo que quiera preguntarte.

Fia cerró los ojos y apoyó la cabeza contra la puerta.

—No lo supe durante mucho tiempo. Después de... no

lo recuerdo bien. Todo es muy confuso. Primero fue el hospital, luego el funeral. Y mi abuelo... –el silencio hablaba más que las palabras. Respiraba con dificultad–. Era un caos. En lo último en que pensaba era en mí.

Sí, había sido un caos. Un pandemonio. Una salvaje mezcla de culpabilidad, dolor y rabia. El frenesí por salvar una vida que ya se había perdido. Un momento de intimidad perdido en un mar de crueles rumores. Al recordarlo Santo sintió que se le ponían todos los músculos en tensión y supo que ella estaba sintiendo lo mismo.

–Entonces, ¿cuándo lo supiste?

–No lo sé, supongo que un par de meses más tarde. O quizá más –se pasó los dedos por las sienes–. Fue un momento muy difícil. Seguramente tendría que haberme dado cuenta antes, pero en aquel entonces pensé que todo formaba parte del shock. Tenía náuseas todo el tiempo, pero creí que era por la tristeza. Y cuando por fin lo descubrí fue...

–¿Un problema más? –Santo apretó los puños.

–¡No! –Fia sacudió la cabeza con firmeza–. Iba a decir que fue como un milagro –bajó el tono de voz–. Lo mejor que me ha pasado en la vida llegó a través de la peor noche de mi vida.

No era la respuesta que esperaba, y durante un instante Santo se quedó desconcertado.

–Debiste ponerte en contacto conmigo cuando lo supiste.

–¿Para qué? –preguntó Fia con tono angustiado–. ¿Para que mi abuelo y tú os matarais? ¿Crees que quería exponer a Luca a algo así? Tomé la mejor decisión para mi hijo.

–Nuestro hijo –la corrigió él con énfasis–. Y a partir de ahora tomaremos las decisiones juntos.

Santo vio el pánico reflejado en sus ojos y supo que esa angustia era la responsable de sus ojeras.

–Luca es feliz. Entiendo cómo te sientes, pero...

–Tú no entiendes cómo me siento –la interrumpió él con furia–. Estamos hablando de mi hijo. ¿De verdad crees que quiero que crezca como un Baracchi? –Santo se preparó para la pregunta que le quitaba el sueño–. ¿Le ha pegado alguna vez?

–¡No! –la respuesta de Fia fue instantánea y sincera–. Nunca permitiría que nadie le pusiera la mano encima a Luca.

–¿Y cómo le defiendes? Tú nunca te defendías –tal vez fuera un golpe bajo por su parte, pero se dijo que el bienestar de su hijo era más importante que los sentimientos de Fia–. Solo lo soportabas.

–¡Tenía ocho años! –el dolor y el reproche se reflejaron en sus ojos.

Santo se sintió como un animal por haberse lanzado así contra ella.

–Te pido disculpas por el comentario –murmuró sacudiendo la cabeza.

–No hace falta. No te culpo por tratar de proteger a tu hijo –habló con voz pausada, como si se hubiera resignado hacía tiempo al hecho de que nadie se preocupara por ella–. Y sí, crecí en una familia violenta, pero esa violencia venía de mi padre, no de mi abuelo. Te aseguro que Luca nunca ha estado en peligro. Está teniendo una infancia pacífica y llena de amor.

–Sin padre.

Fia se estremeció como si la hubiera abofeteado.

–Sí.

–Por supuesto, me alivia saber que está a salvo, pero eso no cambia el hecho fundamental que estamos tratando aquí. La familia es lo más importante para mí. Soy un Ferrara, y nosotros cuidamos de los nuestros. Bajo ninguna circunstancia abandonaría a mi propio hijo.

Sus palabras fueron otro golpe bajo, porque eso era exactamente lo que había hecho la madre de Fia. Se marchó cuando ella tenía ocho años. Su rostro perdió el poco color que le quedaba, y Santo se preguntó por un instante lo que debía de ser ver cómo tu madre te abandonaba dejándote solo para afrontar el peligro.

Conocía la historia, igual que todo el mundo. La madre de Fia era una turista inglesa que se había enamorado del encanto y el aspecto físico de Pietro Baracchi para descubrir después de la boda que era un mujeriego incurable con un temperamento violento. Tras recibir demasiadas palizas, la madre de Fia le dio la espalda a Sicilia y a sus dos hijos y poco después su padre murió en un accidente de barco.

Ella le miró fijamente.

—No deberías juzgarme tan deprisa. ¿Te molestaste alguna vez en volver para comprobar si nuestra noche juntos había tenido consecuencias?

Aquel inesperado ataque le pilló desprevenido.

—Utilicé protección.

—Y funcionó bien, ¿verdad? —ironizó Fia inclinando la cabeza—. ¿Te preguntaste en algún momento cómo estaba después de aquella noche? ¿Cómo me estaba enfrentando al accidente que mató a mi hermano? ¿Te molestaste en venir a buscarme?

—No quería encender la situación —pero sus palabras habían despertado en él una punzada de culpabilidad. Tendría que haberse puesto en contacto con ella. La idea le resultaba incómoda, como si tuviera una china en el zapato.

—Así que admites que te preocupaba ponerte en contacto conmigo porque eso habría aumentado los problemas —la voz de Fia sonaba calmada—. ¿Cuánto más habrían aumentado si te hubiera dicho que estaba embarazada?

–El niño lo cambia todo.

–No cambia nada, solo lo hace todo más difícil –Fia se metió las manos en los bolsillos de los vaqueros.

Con el rostro limpio de maquillaje y el pelo suelto, parecía una quinceañera y no una exitosa mujer de negocios.

–Es una pérdida de tiempo regodearse en lo que ya está hecho. Hablemos del futuro. Por supuesto que quieres verle. Eso lo entiendo. Podemos arreglarlo.

Distraído por la longitud de aquellas piernas embutidas en vaqueros, Santo frunció el ceño.

–¿Qué se supone que quiere decir eso?

–Estoy diciendo que puedes ver a Luca. Llegaremos a un acuerdo siempre y cuando accedas a cumplir ciertas normas.

¿Ella le estaba imponiendo normas? Asombrado, apenas pudo acertar a responder.

–¿Qué normas?

–No toleraré que hables mal de mi abuelo delante de Luca. Ni denigrarás a ningún miembro de mi familia, incluida yo. Por muy enfadado que estés conmigo, no lo demostrarás delante de Luca. En lo que a él respecta, estamos unidos. Aunque no estemos juntos, quiero que piense que nos llevamos bien. Si accedes a eso, entonces te dejaré tener acceso pleno a él.

Estupefacto al comprobar lo profundamente equivocada que estaba, Santo sintió una oleada de exasperación.

–¿Acceso? ¿Crees que estoy hablando de derecho de visita? ¿Crees que quiero tener a mi hijo conmigo de vez en cuando?

–¿No quieres?

–Sí. Quiero acceso total –su tono era un reflejo de su estado de ánimo. Sombrío–. La clase de acceso que tiene un padre que ejerce a tiempo completo. Acceso a acostarle por las noches y levantarle por la mañana. Acceso a pesar todo el tiempo que quiera con él. Acceso a enseñarle en qué consiste una familia de verdad. Y así va a ser. Mis abogados están trabajando en el papeleo necesario para que sea reconocido como hijo mío. Mío.

Se hizo un silencio sepulcral.

Durante un instante Fia no dijo nada, pero luego cruzó la habitación para golpearle el pecho con los puños como una fiera salvaje.

—¡No te lo llevarás de mi lado! ¡No lo permitiré!

Estaba tan furiosa y él tan sorprendido por aquella repentina explosión que tardó unos segundos en agarrarle las muñecas y apartarla de sí.

—Pero tú sí lo apartaste de mí —afirmó marcando cada sílaba, arrojándole aquellas palabras a la cara.

—Yo soy su madre —la voz de Fia sonaba ronca—. No voy a permitir que te lo lleves. Encontraré la manera de evitarlo. Él me necesita.

Santo guardó silencio el tiempo suficiente para que Fia sufriera una fracción de lo que él había sufrido desde que descubrió la verdad. Luego le soltó las manos y se apartó de ella.

—Si estás tratando de impresionarme con tu dedicación maternal, no pierdas el tiempo. Tienes contratada a una niñera.

Fia dio un paso atrás con expresión confundida.

—¿Qué tiene que ver Gina en esto?

—No cuidas tú misma de él.

—Claro que sí —sus ojos reflejaban dolor—. Y hay razones para que tenga una niñera. Así puedo...

—No tienes que explicarte. Cuidar de un niño a tiempo completo es una experiencia muy exigente. Un niño pequeño es agotador, como tu madre descubrió. Ella decidió no hacerlo. Yo te estoy dando la oportunidad de hacer lo mismo.

Fia abrió los ojos de par en par.

—No entiendo lo que me dices.

—Estoy diciendo que asumo la responsabilidad completa de Luca.

—¿Me... me estás amenazando con quitarme a mi hijo?

—Te lo estoy ofreciendo —corrigió Santo mirándola de cerca—. Y, si quieres verle, por supuesto podemos arreglarlo. Así podrás recuperar tu vida. Y como estoy dispuesto a incentivar el acuerdo con una generosa cantidad económica, será una vida muy cómoda. Es una buena oferta. Acéptala. No tendrás que volver a trabajar nunca.

Fia se llevó las manos a las mejillas y soltó una carcajada amarga.

—Tú no sabes nada de mí, ¿verdad? Quiero a mi hijo, y si has pensado por un momento que te lo entregaría fueran cuales fueran las circunstancias, entonces no sabes con quién estás tratando —dejó caer las manos y apretó los puños—. Haría cualquier cosa por proteger a mi hijo.

Sin inmutarse por la furia de sus ojos, Santo asintió.

—Tu madre hubiera tomado el dinero y se habría marchado. Dice mucho a tu favor que no hagas lo mismo.

—Entonces, ¿esto era una especie de prueba? —Fia gimió—. Eres un enfermo, ¿lo sabías?

—Está en juego el futuro de nuestro hijo. Haré cualquier cosa para protegerlo. Y, si para eso tengo que ofenderte, lo haré también.

—No soy como mi madre —aseguró ella cruzándose de brazos—. Yo nunca abandonaría a Luca.

—En ese caso buscaremos otra solución —y solo se le ocurría una.

—¿Crees que no he intentado buscarla? —su tono desgarrado era una muestra de su desesperación—. No existe solución. No quiero que Luca esté en medio de nosotros y absorba todos los malos sentimientos que hay entre nuestras familias. Ha crecido en una atmósfera de felicidad y de paz.

–Me resulta imposible creer eso conociendo a tu abuelo.

–Mi abuelo ha aceptado mis normas. Desde el momento en que nació Luca insistí en que, si se mencionaba el apellido Ferrara en nuestra casa, tenía que hacerse de manera positiva. No quería que mi hijo creciera en el mismo ambiente envenenado que yo.

Santo alzó las cejas genuinamente sorprendido.

–¿Y cómo conseguiste ese milagro?

–Le amenacé con llevarme a su nieto lejos si no accedía a mis términos.

La sorpresa dio paso al impacto. Así que era más fuerte de lo que parecía.

–Tú te someterás a la misma regla –continuó Fia–. No hablarás mal de mi familia delante de Luca, y lo sabré porque ahora mismo es una grabadora que repite todo lo que oye.

Impresionado por su negativa a verse envuelta en las hostilidades de los Baracchi y los Ferrara, Santo se tomó su tiempo antes de responder.

–En primer lugar, los malos sentimientos están en vuestro lado –aseguró con voz pausada–. Nosotros hemos intentado varios acercamientos que han sido rechazados sin excepción. En segundo lugar, serás testigo de todo lo que digo porque estarás delante. En tercer lugar, nuestras familias van a fusionarse, así que esto deja de ser relevante.

–¿Fusionarse? –Fia se apartó nerviosamente el pelo de la cara–. ¿Lo dices porque Luca es de los dos?

–Lo digo porque tengo intención de casarme contigo.

Se hizo el silencio en la habitación, y durante un instante Santo se preguntó si le habría oído. Entonces ella emitió un extraño sonido gutural y dio un paso atrás.

–¿Casarme contigo? –murmuró en un susurró–. Debes de estar de broma.

–Disfruta del momento, cariño. Hasta ahora las mujeres han esperado en vano que les pidiera matrimonio.

Fia parecía haber sufrido un grave shock.

–¿Te estás declarando?

–En un sentido práctico, sí. En el romántico, no. Así que, si estás esperando a que hinque una rodilla, olvídalo.

Ella se llevó la mano al cuello y le miró como si estuviera loco.

–Aparte de que hace tres años que no nos hemos visto y que apenas nos conocemos, nuestras familias nunca lo aceptarían.

–Supongo que te refieres a la tuya, porque la mía me apoyará en cualquier decisión que tome. Eso es lo que hacen las familias. La reacción de la tuya no me interesa –se encogió de hombros con indiferencia–. Y en cuanto al hecho de que apenas nos conocemos, eso va a acabar pronto porque no voy a perderte de vista ni un instante.

Fia se acercó a la ventana caminando como si estuviera sonámbula.

–La semana pasada vi una foto tuya en la alfombra roja con una mujer del brazo. Tienes a un millón de mujeres detrás de ti.

–Entonces tienes suerte de que estuviera esperando a esa persona especial y no me haya comprometido todavía con nadie.

–No puedo aceptar tu proposición –la voz de Fia perdió algo de fuerza–. No lo necesito. Dirijo un negocio de éxito y...

–No estamos hablando de ti, sino de Luca. Si de verdad piensas en sus intereses, harás lo que es bueno para él –Santo se acercó a ella por detrás.

Fia sacudió vigorosamente la cabeza.

–No sería bueno para él tampoco.

–Lo que no es bueno es que mi hijo crezca en una familia que no conoce el significado de esa palabra –afirmó él con frialdad–. Es un Ferrara y tiene derecho a todo el amor y la seguridad que ese apellido supone. Y voy a utilizar todos los medios a mi disposición para asegurarme de que así sea.

–Estás haciendo esto para castigarme –Fia abrió los ojos horrorizada.

Sabía cuánto poder tenía. Sabía lo que podría conseguir si se empeñaba en ello.

–Luca merece crecer en una familia sólida y fuerte, aunque no espero que lo entiendas.

Otro golpe bajo. Pero Fia no se inmutó.

–Lo entiendo. Entiendo que la familia ideal es aquella que te quiere y de apoya sin condiciones. Admito que yo no la tenía, así que la he creado. Quería que Luca estuviera rodeado de gente que le quisiera y le apoyara. Y necesitaba ayuda porque quería ser capaz de mantenerle sin necesidad de apoyarme en mi abuelo.

–Es la justificación más rebuscada para tener una niñera que he oído en mi vida.

–Eres muy despectivo con las niñeras porque tú tienes tías y primas que ayudan a cuidar a los niños. Yo no tengo nada de eso, así que encontré a una joven cariñosa en la que confío. Está con nosotros desde que Luca nació, igual que Ben, porque quería que tuviera un buen modelo masculino –se mordió el labio–. Soy consciente de que mi abuelo no es fácil ni cariñoso. Nunca da abrazos. Y yo quería que Luca recibiera muchos. No tenía una familia como la tuya, pero he tratado de crear una para él.

Santo pensó en lo que había visto. En la cantidad de afecto que había presenciado en el escaso tiempo que estuvo con su hijo.

—Si eso es cierto, entonces es definitivamente un punto a tu favor. Pero ya no es necesario. Luca no necesita una familia falsa. Puede tener una de verdad.

—No estás pensando con la cabeza —afirmó Fia con sorprendente fuerza—. Mi padre se casó con mi madre porque la dejó embarazada. Soy testigo de primera mano de que ese tipo de acuerdos no funciona. ¿Y tú sugieres que nosotros hagamos lo mismo?

—Lo mismo no —aseguró él con frialdad—. Nuestro matrimonio no será como el de tus padres, eso te lo aseguro. Llevaban vidas separadas y sus hijos eran la consecuencia de su visión egoísta de la vida, por no mencionar el mal carácter Baracchi. Nuestro matrimonio no será así.

Fia se frotó la frente con los dedos y le miró con desesperación.

—Estás enfadado y no te culpo, pero, por favor, piensa en Luca. Te estás precipitando...

—¿Precipitando? —al pensar en todo lo que se había perdido de la vida de su hijo le hacía desear pegar un puñetazo a algo—. Luca tiene un tío y una tía. Primos con los que jugar. Tiene una familia entera a la que no conoce. Nunca se sentirá solo ni abandonado. Nunca tendrá que esconderse en una cabaña de pescadores porque su familia esté en crisis.

—Malnacido... —susurró.

Sus ojos eran dos profundos lagos de dolor, pero la única emoción que sentía Santo era la ira.

—Me ocultaste a mi hijo. Le arrebataste el derecho a tener una familia cariñosa y a mí me robaste algo que nunca podré recuperar. ¿Que si tengo intención de imponer mis términos a partir de ahora? Así es. Y, si eso me convierte en un malnacido, viviré encantado con ese nombre. Piensa en ello —se dirigió hacia la puerta—. Y mientras lo piensas, tengo trabajo que hacer.

Fia sacudió la cabeza.

—Necesito tiempo para decidir qué es lo mejor para Luca.

Santo abrió la puerta.

—Tener un padre y formar parte de la familia Ferrara es lo mejor para Luca. Tienes hasta esta noche para pensártelo. Y te sugiero que le cuentes a tu abuelo la verdad o lo haré yo por ti.

Capítulo 4

NO HABÍA nada más cruel que la distorsión de
un sueño.

¿Cuántas veces se había quedado mirando al
otro lado de la bahía envidiando la vida familiar de los
Ferrara? ¿Cuántas veces había deseado formar parte de
ella? No era una coincidencia que en los momentos difíciles escogiera esconderse en su cabaña, como si por
el simple hecho de estar allí pudiera recibir algo de su
calor.

La cabaña se convirtió en su lugar de escondite habitual. Desde allí podía observar a los Ferrara y ver las
diferencias entre ellos y su propia familia. Envidiaba
los picnics familiares, sus juegos en la playa.

Algunas niñas de su clase soñaban con descubrir de
pronto que eran princesas. El sueño infantil de Fia era
despertarse un día y descubrir que era una Ferrara, que
había terminado en la familia equivocada por un fallo
en el hospital.

Ten cuidado con lo que deseas.

Le dolía la cabeza por la falta de sueño, el estómago
le ardía por el encuentro con Santo. Fia devolvió la
mente al presente y trató de pensar en qué hacer a continuación. Tenía hasta aquella noche para encontrar la
manera de decirle a su abuelo que el hombre que odiaba
más que a nadie en el mundo era el padre de Luca.

Cuando hubiera solucionado aquel problema pasaría
al siguiente. Cómo responder a la proposición de ma-

trimonio de Santo. La sugerencia se le hacía completamente ridícula.

¿Qué mujer en su sano juicio accedería a casarse con un hombre que sentía lo que Santo sentía por ella?

Por otro lado, no podía culparle por luchar por su hijo cuando se había pasado la vida deseando que sus padres hubieran hecho lo mismo por ella. ¿Cómo iba a discutirle que quisiera que su hijo fuera un Ferrara si ella había formado su pequeña familia imitándoles?

Si accedía a sus condiciones, Luca crecería como un Ferrara. Tendría la vida que ella había anhelado de niña. Estaría protegido en un nido de amor y paz. Y Fia tendría que pagar un alto precio por aquel privilegio.

Tendría que formar parte también de la familia, pero a diferencia de su hijo ella nunca sería una más. Tendrían que tolerarla y estaría relegada.

Y se pasaría el resto de su vida con un hombre que no la quería. Que estaba furioso con la decisión que ella había tomado.

Eso no podía ser bueno para Luca.

Tenía que hacerle entender a Santo que nadie se beneficiaría de un acuerdo semejante.

Con la decisión tomada, llegó a la Cabaña de la Playa y encontró la cocina en plena ebullición.

–Hola, jefa, me preguntaba dónde estarías. He ido esta mañana al barco y me he llevado las gambas. Tienen un aspecto estupendo –Ben estaba colocando una caja de provisiones en la cocina–. Las he puesto en el menú. ¿*Gamberi e limone con pasta*? –captó la expresión preocupada de Fia y frunció el ceño–. Pero si prefieres otra cosa...

–Está perfecto –funcionando en automático, Fia comprobó la calidad de la fruta y las verduras que le habían llevado los proveedores locales–. ¿Han llegado los aguacates?

–Sí. Tienen muy buena pinta –Ben se detuvo con la caja apretada contra el pecho–. ¿Estás bien?

Fia no estaba preparada para hablar con nadie del asunto.

–¿Dónde está mi abuelo?

–Creo que todavía en casa –Ben frunció el ceño mirando detrás de ella–. Ha venido pronto a comer, ¿verdad? Y demasiado bien vestido.

Fia se dio la vuelca y vio a un hombre grueso vestido de traje merodeando por el restaurante.

Sintió una oleada de ira. Santo le había prometido esperar hasta aquella noche, pero ya estaba haciendo sentir su presencia.

–Tú sigue con lo tuyo, Ben –se apresuró a decir–. Yo me encargaré de esto –sacó el móvil del bolsillo y marcó mientras andaba–. Póngame con Ferrara. Me da igual que esté reunido. Dígale que soy Fia Baracchi. Ahora mismo.

La adrenalina le corría por las venas. Unos instantes después escuchó su voz masculina al otro lado del teléfono.

–Más te vale que sea importante.

–Tengo a un hombre que parece sacado de una película de la mafia merodeando por mi restaurante.

–Bien. Eso significa que está haciendo su trabajo.

–¿Y cuál es exactamente su trabajo?

–Está a cargo de la seguridad del Grupo Ferrara. Tiene una misión importante.

–¿Una misión importante?

–Utiliza la cabeza, Fia.

Por el tono cortante, se dio cuenta de que había gente delante y no quería propagar sus asuntos personales. Pronto todo el mundo sabría que Santo Ferrara tenía un hijo, pensó angustiada. Y cuando eso ocurriera...

–Quiero que se vaya de aquí. Asustará a mis clientes.

—El bienestar de tus clientes no es asunto mío.

Fia utilizó la única carta que podía influirle.

—Va a asustar a Luca.

—Luigi es un padre de familia al que se le dan muy bien los niños. Y forma parte de nuestro acuerdo. Tú ve a cumplir tu parte. Díselo a tu abuelo o lo haré yo. Y no vuelvas a llamarme a menos que sea urgente.

Colgó, y Fia se acercó al hombre. Estaba furiosa y se sentía tan impotente como un pez atrapado en una red.

—En dos horas tendré el restaurante lleno de clientes. No quiero que piensen que hay algún problema.

—Mientras yo esté aquí no habrá ningún problema.

—No quiero que esté aquí —Fia tragó saliva—. Mi hijo ha llevado una vida muy tranquila hasta ahora. No quiero que se asuste.

Esperaba que el hombre discutiera, que mostrara la misma rigidez que su arrogante jefe. Pero para su sorpresa, la miró con simpatía.

—Estoy aquí solo para protegerle. Si encontramos la manera de ser discretos, a mí me parece bien.

Fia alzó la barbilla en gesto desafiante.

—Puedo proteger a mi propio hijo.

—Sé que lo cree —afirmó Luigi en voz baja—. Pero no es solo hijo suyo.

Desgraciadamente, el padre de Luca era uno de los hombres más poderosos de Sicilia, y aquello le convertía en blanco potencial para todo tipo de hombres sin escrúpulos.

—¿Corre un peligro real?

—Con la seguridad que tiene Santo Ferrara, no. Deme un minuto para pensar en esto —miró hacia el restaurante—. Podemos pensar en algo para que todo el mundo esté contento.

La respuesta fue tan inesperada que Fia sintió un nudo de emoción en la garganta.

–¿Por qué está siendo tan amable?

–Usted le dio trabajo a mi sobrina el verano pasado cuando tuvo problemas en casa –su voz sonaba neutra–. No tenía ninguna experiencia, pero usted la contrató.

–¿Sabina es su sobrina?

–La hija de mi hermana –Luigi se aclaró la garganta–. ¿Por qué no me da la silla de la esquina del restaurante? Moveré la mesa de un modo que me funcione y tardaré mucho en comer. Así me mezclaré con los clientes y nadie se dará cuenta de nada.

A Fia le pareció razonable.

–Puede sentarse en esa mesa. Y estaría bien que se quitara la chaqueta. Aquí somos muy informales, sobre todo a la hora de la comida.

–*Mamma!* –Luca entró corriendo en el restaurante y se abrazó a su madre, mirando a Luigi con curiosidad.

–Este es Luigi –dijo ella con voz ronca–. Y va a comer hoy con nosotros en el restaurante.

Luigi le guiñó un ojo a Luca y se dispuso a reacomodar las mesas mientras Fia volvía al trabajo.

La hora de la comida se transformó en una noche de locura en la que apenas salió de la cocina. Tuvo tiempo de ir a ver cómo estaba su abuelo un instante, pero no para embarcarse en una conversación que iba a ser dura. No pensaba en otra cosa mientras preparaba la cena, era muy consciente de que se le estaba acabando el tiempo.

Cuando Gina y Ben se marcharon y todo quedó en silencio, Fia estaba hecha un manojo de nervios. Preparándose para la guerra, entró en la cocina para terminar con los preparativos para el día siguiente y vio la frágil figura de su abuelo tirada en el suelo.

–*Nonno!* Oh, Dios, por favor, no... –cayó a su lado de rodillas y le agitó el hombro con manos temblorosas–. Háblame...oh, Dios, no me hagas esto...

–¿Respira? –dijo Santo a su espalda mientras cruzaba con fuerza la cocina. Tenía el teléfono en la mano y estaba dando instrucciones rápidas–. He llamado a emergencias. Van a enviar un helicóptero –se acercó al hombre y le puso los dedos en el cuello–. No hay pulso.

Incapaz de pensar con propiedad, Fia tomó la mano de su abuelo y se la acarició.

–*Nonno*...

–No puede oírte. Tienes que echarte a un lado para que pueda proceder a reanimarle.

Fia escuchó unos pasos corriendo y Luigi apareció en la cocina con una caja pequeña.

–Tenga, jefe.

–Desabróchale la camisa, Fia –le pidió Santo abriendo la caja y encendiendo un botón.

–¿Qué estás haciendo? –preguntó ella desabrochándole la camisa con dedos temblorosos.

Santo murmuró algo entre dientes, le apartó las manos y abrió la camisa de su abuelo de un fuerte tirón.

–Apártate –quitó la protección de dos cables acolchados y presionó con ellos sobre el pecho de su abuelo.

Había tomado el control como siempre hacían los Ferrara, pensó Fia aturdida. Sin vacilar.

–¿Sabes utilizar ese cacharro?

–Es un desfibrilador. Y sí, sé como utilizarlo –ni siquiera la miró. Tenía toda la atención en su abuelo mientras una voz daba instrucciones desde la máquina.

Poco después llegaron los servicios de emergencia. Hubo mucha actividad mientras estabilizaban a su abuelo y se lo llevaban rápidamente en helicóptero. Y durante todo el proceso Santo mantuvo la calma y se encargó de todo: de llamar a un cardiólogo importante y quedar con él en el hospital y de acomodarlos a ella y a Luca, que no se despertó a pesar del jaleo, en el todoterreno de Luigi.

Fue Santo el que condujo, y por una vez Fia agradeció la tendencia de los sicilianos a correr. Hicieron el trayecto en silencio y cuando se detuvo en la puerta de urgencias se quedó un instante allí sentado agarrando con fuerza el volante. Fia se desabrochó el cinturón.

–No te dejarán estar con él por ahora, así que no tiene sentido salir corriendo. Puedes quedarte aquí un rato esperando –Santo apagó el motor. Tenía una expresión adusta–. La espera es la peor parte.

Fia recordó que su padre había muerto repentinamente de un ataque al corazón.

–Tengo que darte las gracias –murmuró–. Por traerme y por los primeros auxilios. Me alegro de que llegaras en aquel momento, aunque no sé qué estabas haciendo allí...

Y de pronto se dio cuenta. Había ido a cumplir con la amenaza de contárselo a su abuelo.

–Al parecer no se ha tomado bien la noticia –dijo él.

–No se lo había contado. Iba a hacerlo y al entrar le vi ahí en el suelo. ¿Cómo es que tienes una de esas máquinas?

–¿El desfibrilador? Lo tenemos en todos nuestros hoteles. Uno en recepción y otro en el gimnasio. A veces también en el campo de golf. Nuestro personal está entrenado para utilizarlo. Nunca se sabe cuándo podrían salvar una vida.

Hubo algo en su tono de voz que la llevó a mirarle más detenidamente, pero su perfil no revelaba lo que estaba pensando.

–Santo...

–Pensándolo mejor, ¿por qué no vamos a ver si alguien puede contarnos algo? –Santo abrió la puerta y frunció el ceño al darse cuenta de que Luca estaba dormido–. No hay necesidad de despertarle. Luigi puede quedarse con él y avisarnos cuando se despierte.

Se acercó al Lamborghini que había llevado Luigi y tras hablar con él, el hombretón se sentó al lado de Luca.

–No se preocupe. En cuando el pequeño mueva un músculo la llamaré.

Dividida en sus responsabilidades, Fia permitió que Santo la guiara hacia urgencias.

Cuando atravesaron las puertas de cristal de la entrada le escuchó respirar con dificultad. Le miró de reojo y vio la tensión en sus anchos hombros. Ahora estaba segura de que estaba pensando en su padre. No conocía los detalles, solo que fue de repente y que resultó devastador para la familia Ferrara. Santo estaba en el colegio, y su hermano mayor, Cristiano, en la universidad en Estados Unidos.

Y ahora Santo estaba otra vez en un hospital por culpa de las circunstancias. La entrada de un Ferrara en el hospital fue suficiente para que el personal entrara en ebullición. El cardiólogo había reunido a su equipo y quedaba claro por el nivel de actividad que no se iban a escatimar esfuerzos para salvar a su abuelo.

Fia recordó con tristeza que su hermano había sentido celos de la habilidad de los ricos y poderosos hermanos Ferrara para abrir puertas con solo una mirada. Lo que no entendía era que se habían ganado el estatus y la riqueza trabajando duro. No exigían el respeto de los demás, se lo habían ganado.

Y en aquel instante Fia estaba agradecida de su poder y su influencia. Significaba que su abuelo estaba siendo atendido por los mejores.

La conversación con el cardiólogo fue breve, pero bastó para confirmar sus sospechas. Su abuelo estaba vivo gracias a la intervención de Santo. Aquella certeza añadió confusión a su cerebro. No quería estar en deuda con él, pero al mismo tiempo una parte de ella se sentía orgullosa de que el padre de su hijo hubiera salvado una vida.

Les llevaron a una salita reservada para los familiares, y aquel ambiente impersonal y clínico acrecentó su sensación de desolación. Tal vez Santo lo sintiera también porque no se sentó, se quedó de pie dándole la espalda y mirando por la ventana hacia la ciudad.

Fia esperó a que se marchara, pero al ver que no lo hacía, la buena opinión que tenía sobre él empezó a resquebrajarse. El resentimiento fue creciendo a cada segundo que pasaba.

—No tienes por qué quedarte. No estará en posición de escucharte durante un tiempo.

Santo se dio la vuelta.

—¿Crees que me he quedado para poder darle la noticia? ¿Tan inhumano crees que soy?

La ferocidad de su tono de voz la sobresaltó.

—Di por hecho que... entonces, ¿por qué estás aquí?

Él la miró con ojos incrédulos.

—¿Tienes más familia para que te apoye?

Sabía que no. Aparte de su hijo, lo que quedaba de su familia estaba ahora luchando por sobrevivir en la unidad de cuidados intensivos.

—No necesito apoyo.

—El hombre con el que has vivido toda vida está al otro lado de aquellas puertas luchando por su vida, ¿y dices que no necesitas apoyo? —Santo se pasó la mano por la nuca y luego la miró a los ojos—. Tal vez te enfrentaras así antes a los momentos duros, pero ya no va a ser así, eso tenlo por seguro. No voy a dejarte aquí sola. A partir de ahora estaré a tu lado en los momentos importantes de la vida: nacimientos, muertes, la graduación de nuestros hijos... y también para los menos importantes. Así somos los Ferrara cuando tenemos una relación. Así va a ser nuestra relación, querida.

La palabra «relación» le recordó a Fia que, si su abuelo sobrevivía, tendría que darle la noticia. Y si no sobrevivía...

Sintió una punzada en el corazón.

—Tu presencia aquí no me ayuda, Santo. Me añade más estrés porque sé que estás esperando el momento adecuado para decírselo —de pronto sintió la necesidad de salir de allí, de estar lejos de la fuerza de su presencia—. Tengo que ir a ver cómo está Luca.

—Sigue dormido. En caso contrario Luigi me habría llamado. Confío en él.

—No es una cuestión de confianza. Luca no le conoce, no quiero que se despierte y se encuentre en un sitio desconocido. Se va a asustar.

Santo frunció el ceño y estaba a punto de contestar cuando se abrió la puerta y entró el médico.

El pánico se apoderó de Fia.

—¿Cómo está mi abuelo? ¿Está...?

—Tenía una arteria coronada obstruida. Sin un tratamiento rápido no estaría aquí. Sin duda el uso del desfribilador fue lo que le salvó la vida.

El médico siguió hablando sobre angioplastias y futuros factores de riesgo, pero lo único que Fia escuchó fue que su abuelo seguía vivo. Era Santo quien hacía las preguntas relevantes, quien hablaba de posibles tratamientos. Y ella se lo agradecía porque su cerebro parecía funcionar a cámara lenta.

Finalmente todas las preguntas quedaron contestadas y el médico asintió.

—Normalmente me negaría a que le viera porque necesita descansar, pero está claro que hay algo que le está provocando estrés. Está muy nervioso y necesita que le tranquilicen.

—Por supuesto —Fia se dirigió a toda prisa hacia la puerta, pero el médico la detuvo.

–Por quien ha preguntado es por Santo. Fue muy claro. Su abuelo quiere ver a Santo Ferrara.

Fia sintió que le temblaban las rodillas y miró a Santo horrorizada.

–¡No! Verte a ti le causará mucha angustia.

–Ya está angustiado. Al parecer hay algo que necesita decir –les dijo el médico–. Así que creo que sería de ayuda para él. Pero que sea breve y que no se estrese.

Santo iba a decirle que Luca era hijo suyo. ¿Cómo no iba a estresarse?

Sin tener al parecer ninguna de sus dudas, Santo cruzó la puerta.

–Vamos allá.

Fia salió corriendo tras él.

–No, por favor –mantuvo el tono de voz bajo–. Por favor, no se lo digas todavía. Espera a que esté más fuerte –estuvo a punto de tropezar al tratar de seguirle el paso.

¿Por qué había pedido su abuelo verle? En su estado no podía saber que Santo le había salvado la vida.

Entró en la sala y contuvo al aliento al ver las máquinas y los cables que rodeaban la frágil figura de su abuelo.

Durante un instante no fue capaz de moverse y luego sintió una mano cálida y fuerte sobre la suya y un apretón tranquilizador. Se distrajo ante la experiencia nueva que suponía sentirse consolada.

Y entonces escuchó un sonido en la cama y vio cómo su abuelo abría los ojos. Y se dio cuenta de que el contacto de Santo no era para consolarla, sino para manipularla.

Apartó al instante la mano.

–*Nonno* –trató de mirarle a los ojos para tranquilizarle, pero su abuelo no la estaba mirando a ella. Estaba mirando a Santo.

Y Santo no apartó la vista ni parecía en absoluto incómodo.

—Nos has dado un buen susto —murmuró acercándose a la cama con seguridad.

—Ferrara —la voz de su abuelo sonaba débil y temblorosa—. Quiero saber cuáles son tus intenciones.

Se hizo un largo silencio y Fia le dirigió a Santo una mirada suplicante, pero él no la estaba mirando. Dominaba la sala. El poder de su cuerpo atlético suponía un cruel contraste con la fragilidad del hombre que estaba en la cama.

—Tengo la intención de ser un padre para mi hijo.

El tiempo se detuvo. Fia no podía creer que hubiera dicho aquello.

—¡Ya era hora! —los ojos de su abuelo brillaron con furia en su pálido rostro—. Llevo años esperando que hagas lo correcto. Ni siquiera me estaba permitido pronunciar tu hombre —miró a Fia y luego tosió débilmente—. ¿Qué clase de hombre deja embarazada a una mujer y la deja sola?

—Un hombre que no lo sabía —respondió Santo con frialdad—. Pero que ahora pretende rectificar ese error.

Fia apenas oyó la respuesta. Estaba mirando fijamente a su abuelo.

—¿Qué? —le espetó él—. ¿Creías que no lo sabía? ¿Por qué crees que estaba tan enfadado con él?

Ella se dejó caer en la silla más cercana.

—Bueno, por...

—Creías que era por ese estúpido trozo de tierra. Y por tu hermano —su abuelo cerró los ojos—. No le culpo por eso. Me he equivocado en muchas cosas. En muchas. Ya está, ya lo he dicho. ¿Contenta?

Fia sintió que se le encogía el corazón.

—No deberías estar hablando de esto ahora. No es el momento.

–Siempre tratando de suavizar las cosas. Siempre buscando que todo el mundo se quiera y se lleve bien. No la pierdas de vista, Ferrara, o convertirá a tu hijo en una nenaza.

Su abuelo empezó a toser mucho y Fia llamó al timbre. La habitación se llenó de personal en un instante, pero él los echó a todos con impaciencia. Seguía teniendo la mirada clavada en Santo.

–Solo hay una cosa que quiero saber antes de que me inyecten más medicina y me quede grogui –murmuró con voz ronca–. Quiero saber qué vas a hacer ahora que lo sabes.

Santo no vaciló.

–Voy a casarme con tu nieta.

Capítulo 5

ODIABA los hospitales.

Santo apretó la taza de plástico con la mano y la dejó caer en la papelera. El olor a antiséptico le recordaba la noche en que su padre murió, y durante un instante se vio tentado a darse la vuelta sobre los talones y salir de allí.

Pero entonces pensó en Fia, que hacía guardia vigilando a su abuelo hora tras hora. Todavía estaba furioso con ella. Pero no podía acusarla de no ser leal a su familia. Y no podía dejarla sola en aquel lugar.

Maldiciendo entre dientes. Santo se dirigió a la unidad coronaria de cuidados intensivos que tan malos recuerdos le traía. Ella estaba sentada al lado de la cama con aquellos ojos verdes clavados en el anciano como si quisiera transmitirle energía por la mirada.

Nunca había visto una figura tan solitaria en su vida.

O tal vez sí, pensó con tristeza al recordar la primera vez que la vio en la cabaña de pescadores. Algunas personas buscaban automáticamente compañía humana cuando estaban tristes. Fia había aprendido a sobrevivir sola.

–¿Qué tal está?

–Le han dado un sedante y algo más, no sé qué. Dicen que las veinticuatro primeras horas son cruciales –tenía los delicados dedos entrelazados con los de su abuelo–. Si se despierta, se enfadará porque le esté tomando la mano. Nunca ha sido cariñoso.

Santo se dio cuenta entonces de que la vida de aquella mujer giraba en torno al hombre que estaba en la cama y al niño dormido en el coche.

—¿Cuándo comiste por última vez?

—No tengo hambre —Fia no apartó la mirada de su abuelo—. Voy a ir a ver cómo está Luca.

—Acabo de ir a verle. No se ha movido. Luigi y él están dormidos.

—Le traeré aquí y le acomodaré en esa butaca. Tú puedes irte a casa. Vendrá Gina y tengo que llamar a Ben para pedirle que me cubra mañana.

Santo sintió una irracional oleada de rabia.

—No hace falta. Ya he arreglado eso. Mi equipo se ocupará de llevar la Cabaña de la Playa por el momento.

Fia se puso tensa.

—¿Te estás aprovechando de la situación para hacerte con el control de mi negocio?

Santo se contuvo.

—Tienes que dejar de pensar como una Baracchi. Esto no es una cuestión de venganza. No quiero quedarme con tu negocio, solo quiero asegurarme de que siga en pie cuando vuelvas a casa. Pensé que no querrías dejar la cabecera de tu abuelo para cocinar calamares para unos desconocidos.

Fia palideció.

—Lo siento —volvió a dirigir la mirada hacia su abuelo—. Te lo agradezco. Es que di por hecho que...

—Deja de dar cosas por hecho —su fragilidad le descolocaba. Y no era lo único que le resultaba incómodo. La respuesta de su cuerpo resultaba igualmente perturbadora. Lo que sentía era completamente inadecuado dada la situación—. Ya no puedes hacer nada más aquí por esta noche. Tu abuelo se va a dormir y, si te vienes abajo, no servirá de ayuda para nadie. Nos vamos. Le diré al personal que me llamen si hay algún cambio.

–No puedo marcharme. Si algo ocurriera, estaría demasiado lejos de aquí para volver.

–Mi apartamento está solo a diez minutos. Si ocurre algo, yo te traeré. Si nos vamos ahora, todavía podrás dormir un poco y mi hijo se despertará en una cama.

Había estado tratando de no pensar en aquel lado de las cosas, dejando a un lado sus sentimientos para mantener el equilibrio en una situación que solo podía describirse como difícil. Tal vez fuera la lógica del argumento o la utilización de la expresión «mi hijo». En cualquier caso, Fia dejó de discutir y salió con él hacia el coche.

Diez minutos más tarde Luca estaba acostado en el centro de una inmensa cama doble en una de las habitaciones libres.

Santo observó cómo Fia colocaba unos cojines en el suelo al lado de la cama.

–¿Qué estás haciendo?

–A veces se gira. No quiero que caiga sobre el suelo de cerámica –murmuró ella–. ¿Tienes un intercomunicador para bebés?

–No. Deja la puerta entreabierta, así podremos oírle si se despierta –Santo salió de la habitación.

Fia le siguió recorriendo todos los detalles del apartamento con la mirada.

–¿Vives solo?

–¿Crees que tengo mujeres escondidas debajo del sofá?

–Solo digo que es muy grande para una sola persona.

–Me gusta el espacio y las vistas. Los balcones dan a la parte antigua de la ciudad. ¿Qué te preparo de comer?

–Nada, gracias –cansada y tensa, Fia se acercó a las puertas que daban al balcón y las abrió–. ¿No las tienes cerradas?

–¿Te preocupa mi seguridad?

–Me preocupa la seguridad de Luca –mordiéndose el labio, se asomó y deslizó el dedo por la barandilla de hierro–. Esto es un auténtico peligro. Luca tiene dos años. Su pasatiempo favorito es trepar. Se sube a todo lo que encuentra. Vamos a tener que cerrar con llave las puertas de los balcones.

Fia estaba siendo brusca, pero cuando pasó por delante de él, Santo aspiró el aroma de su cabello. Siempre olía a flores.

Molesto consigo mismo por dejarse distraer tan fácilmente, Santo la siguió al interior del apartamento. Esta vez Fia clavó la mirada en el enorme salón que formaba el eje central del lujoso apartamento.

–No te preocupes por el bienestar de mis sofás blancos. Mi sobrina ya ha derramado sobre ellos todo tipo de sustancias. No me importa. La gente es más importante que las cosas.

–Estoy de acuerdo. Y no estoy pensando en tus sofás, sino en Luca. Concretamente en el escalón que rodea el salón. Es una trampa para un niño que está empezando a andar. Se va a caer.

Santo alzó las manos en gesto de rendición.

–Así que este lugar no está hecho para un niño, lo acepto. Ya lidiaré con ello.

–¿Cómo? No puedes cambiar el apartamento, ¿verdad?

–Si es necesario, lo haré. Y mientras tanto le enseñaré a tener cuidado con el escalón.

Santo trató de ocultar su exasperación. Por muy enfadado que estuviera, era consciente de que Fia acababa de vivir las veinticuatro horas más estresantes de su vida, y sin embargo no había mostrado ninguna emoción. Estaba aterradoramente tranquila. La niña pequeña que se había negado a derramar una lágrima se había conver-

tido en una mujer con la misma restricción emocional.
La única señal de que estaba sufriendo era la rígida tensión de sus estrechos hombros.

−¿Siempre eres así? No me extraña que Luca sea un manojo de nervios viviendo contigo.

−Primero me acusas de no cuidar bien de tu hijo y luego de ocuparme demasiado de él. Ponte de acuerdo −Fia agarró un fino jarrón de cristal y lo subió a un estante más alto.

−No te estoy acusando de nada. Solo digo que estás exagerando.

−Tú no tienes ni idea de lo que es vivir con un niño que empieza a andar.

Sus palabras hicieron estallar algo dentro de él.

−¿Y de quién es la culpa? −Santo se dirigió hacia la cocina para no decir algo de lo que luego pudiera arrepentirse.

−Lo siento −dijo la voz de Fia desde el umbral.

−¿Qué sientes? −Santo abrió un armarito−. ¿Haber mantenido a mi hijo lejos de mí o dudar de mi capacidad como padre?

−No dudo de tu capacidad. Solo estaba señalando los peligros que puede tener un niño de esa edad en un apartamento de soltero.

Fia tenía un aspecto imposiblemente frágil allí de pie con el cabello cayéndole en suaves ondas sobre los hombros. Santo no quería sentir nada más que ira, pero era consciente de que sus sentimientos resultaban mucho más complicados. Sí, la ira estaba allí, y también el dolor. Y con ellos se mezclaba algo mucho más difícil de definir pero igual de poderoso.

−Tenemos que comer, Fia −dijo sacando unos platos−. ¿Qué te preparo?

−Nada, gracias. Creo que me voy a ir a acostar. Dormiré con Luca. Así no se asustará cuando se despierte.

Santo colocó un trozo de pan fresco en el centro de la mesa.

–¿Quién está asustado, querida, él o tú? –la miró con intención–. ¿Crees que, si no duermes en su cama, tendrás que dormir en la mía?

Fia clavó sus ojos verdes en él y se le sonrojaron las mejillas. Santo se acercó a la nevera, abrió la puerta y pensó que debería meter todo el cuerpo dentro. Le daba la sensación que aquella sería la única manera de enfriarlo. Sacó un plato de queso de oveja con aceitunas y lo puso sobre la mesa.

–Come –le ordenó.

–Ya te he dicho que no tengo hambre.

–Tengo por norma resucitar solo una persona al día, así que come a menos que quieras que te alimente por la fuerza –cortó una trozo de pan, añadió el queso, puso por encima una cuentas aceitunas y empujó el plato hacia ella–. Y no me digas que no te gusta. De las pocas cosas que sé de ti es que te gusta el queso de oveja.

Fia frunció ligeramente el ceño mientras miraba el plato y luego otra vez a él.

Santo suspiró.

–Cuando te escondías en la cabaña de pescadores siempre llevabas la misma comida.

–No quería tener que volver a casa para comer.

–No querías volver a tu casa para nada.

–Es verdad –Fia se rio con tristeza y apartó el plato–. Esto es ridículo, ¿no te parece? Lo único que tú sabes de mí es que me gusta el queso de oveja con aceitunas, y lo único que yo sé de ti es que te gustan los deportivos y rápidos. Y aun así estás sugiriendo que nos casemos.

–No lo estoy sugiriendo. Insisto en que nos casemos. Tu abuelo lo aprueba.

–Mi abuelo está chapado a la antigua, yo no –le miró

a los ojos–. Dirijo un negocio de éxito. Puedo mantener a mi hijo. No ganaríamos nada casándonos.

–Luca ganaría mucho.

–Viviría con dos personas que no se quieren. ¿Qué tiene eso de bueno? Me estás castigando porque estás enfadado, pero al final serás tú quien acabe sufriendo. No somos compatibles.

–Sabes que somos compatibles en lo que importa –aseguró Santo con voz ronca–. En caso contrario no nos veríamos en esta situación.

A Fia se le sonrojaron las mejillas.

–Tal vez seas siciliano, pero eres lo bastante inteligente como para no pensar que un matrimonio solo necesita buen sexo.

Santo se sentó frente a ella.

–Supongo que debería estar agradecido de que al menos reconozca que fue sexo del bueno.

–Es imposible hablar contigo.

–Al contrario, es muy fácil. Digo lo que pienso, y eso ya es más de lo que tú haces. No toleraré el silencio, Fia. El matrimonio es compartir. Todo. No quiero una mujer que no comparta sus sentimientos, así que dejemos esto claro desde el principio. Lo quiero todo de ti. Todo lo que eres me lo vas a dar.

Estaba claro que Fia no esperaba aquella respuesta por su parte porque palideció.

–Si eso es lo que quieres, entonces está claro que necesitas una mujer diferente.

–Tú te has forzado a ser así. De ese modo has sobrevivido y te has protegido a ti misma. Pero en el fondo no eres así. No me interesa la dama de hielo. Lo que quiero es la mujer que tuve en mi cabaña aquella noche.

–Esa no era yo –murmuró Fia.

–Claro que sí. Durante unas horas perdiste el control de la persona que has construido. Era tu verdadero yo, Fia. Lo que es fingido es el resto.

–Aquella noche fue todo una locura –Fia se retorció las manos–. No sé cómo empezó, pero sí sé cómo terminó.

–Terminó cuando tu hermano me robó el coche y se estrelló contra un árbol –Santo confiaba en que el enfoque directo la sacaría de su rígido control, pero ni siquiera aquel brusco comentario penetró el muro que había construido a su alrededor.

–Era demasiado rápido para él. Nunca había conducido nada semejante antes.

–Ni yo tampoco –afirmó Santo con frialdad–. Me lo habían entregado dos días antes.

–Qué comentario tan tremendamente insensible y falto de tacto.

«Entonces demuestra alguna emoción».

–Tan insensible y falto de tacto como la implicación de que yo fui en cierto modo responsable de su muerte.

Se hizo un incómodo silencio.

–Yo nunca he dicho eso.

–No, pero lo has pensado. Y tu abuelo también. Dices que no me conoces, así que te voy a decir algo sobre mí. No se me dan bien los trasfondos ni la gente que oculta lo que piensa, y desde luego no voy a alimentar esa maldita rencilla con la que los dos hemos crecido. Termina aquí y ahora –aseguró con determinación–. Y, si lo que me has dicho esta mañana es verdad, supongo que tú también quieres lo mismo.

–Por supuesto. Pero podemos acabar con ese rencor sin necesidad de casarnos. Hay muchas formas de ser familia.

–Para mí no. Mi hijo no crecerá yendo de un padre a otro. Nunca hemos hablado de esa noche, así que hagámoslo ahora. Quiero que me digas lo que piensas con sinceridad. Me culpas de que tu hermano se llevara mi coche. Y sin embargo sabes lo que sucedió. Estaba contigo. Y teníamos otras cosas en mente, ¿no es verdad?

–Nunca te he culpado.

Santo esperó a que elaborara más la respuesta, pero por supuesto no lo hizo. Su incapacidad para atravesar sus barreras le desesperaba porque no le gustaba fallar. Apretó las mandíbulas y suspiró.

–Es tarde y has tenido una noche horrible. ¿A qué hora se despierta Luca?

–A las cinco.

Era la hora a la que él solía levantarse también para ir a trabajar.

–Si no vas a comer nada, entonces vete a la cama. Te dejaré una de mis camisas.

Una leve sonrisa rozó los labios de Fia.

–Entonces, ¿no tienes un armario lleno de camisones de seda para las invitadas que se quedan a pasar la noche? El mundo se sentiría decepcionado si lo supiera.

–No le pido a las invitadas que se queden a dormir. Pueden echar raíces con rapidez –la miró fijamente–. Por esta vez te dejo batirte en retirada. Aprovéchalo porque cuando estemos casados no podrás ocultarte. De eso puedes estar segura.

–No vamos a casarnos, Santo.

–Ya hablaremos de eso mañana. Pero mantengo todo lo que te dije en el despacho. Admiro tus esfuerzos por crear para Luca la familia que no tenías, pero mi hijo no necesita empleados pagados que cumplan con ese papel. Él tiene una familia real. Es un Ferrara, y cuanto antes lo hagamos legal, mejor para todos.

–¿De verdad? –la voz de Fia pareció recuperar fuerzas–. ¿De verdad crees que es mejor para él crecer con unos padres que no se conocen el uno al otro?

Santo apretó los labios.

–Vamos a conocernos, querida. Vamos a intimar todo lo que pueden intimar un hombre y una mujer. Voy a derribar esas barreras que has construido. Y ahora vete a dormir. Vas a necesitar estar descansada.

«Vamos a intimar todo lo que pueden intimar un hombre y una mujer».

¿Qué tenía de íntima aquella frase fría y carente de sentimiento? Santo estaba furioso. ¿Cómo pensaba que iban a llegar a alcanzar ninguna intimidad en aquellas circunstancias?

No iba a casarse con él. Sería un error. Cuando se calmara se daría cuenta. Llegarían a un acuerdo para compartir a Luca. Y tal vez pudieran pasar algo de tiempo los tres juntos. Pero no era necesario formar un vínculo legal.

La preocupación por su abuelo se mezcló con la preocupación por su hijo y Fia se acurrucó en la cama, pero no encontró descanso con el sueño. Tuvo pesadillas en las que veía a su madre acorralada en una esquina de la cocina tratando de encogerse lo más posible mientras su marido perdía el control. Y luego la vio marchándose y dejando atrás a su hija de ocho años. «Si te llevo conmigo, vendrá a buscarme». Después se vio al lado de su abuelo mientras enterraban a su padre tras el accidente de barco que le había costado la vida, sabiendo que se suponía que tenía que estar triste.

Cuando se despertó se vio sola en la cama. La punzada de miedo dio paso a un breve instante de alivio al escuchar a Luca riéndose. Entonces recordó que no estaban en casa, sino en aquella trampa mortal que era el apartamento de Santo.

Salió a toda prisa del dormitorio medio tropezándose

por las prisas para ir a buscar a su hijo, dispuesta a liberarle del peligro.

Esperaba encontrarse a Luca trepando por un armarito de la cocina o metiendo los dedos en algún aparato eléctrico de última tecnología, pero se lo encontró sentado en una de las sillas de la moderna cocina de Santo viendo cómo su padre cortaba un bizcocho en trozos.

Fia se detuvo en el umbral, aliviada y asombrada con lo que estaba viendo. Aunque fuera su padre, Santo era un desconocido para Luca. Un desconocido alto y fuerte que estaba de un humor peligroso desde que descubrió inesperadamente que tenía un hijo. Dio por hecho que esa rabia se revelaría en su interacción con el niño, pero Luca no solo parecía cómodo, sino muy entretenido y encantado con la atención masculina que estaba recibiendo junto con el desayuno.

Santo tenía el pelo mojado, lo que significaba que no hacía mucho que había salido de la ducha. Estaba descalzo y no llevaba camisa, solo unos vaqueros que se debía de haber puesto a toda prisa, incapaz de terminar de vestirse antes de que Luca exigiera su atención. Pero el cambio auténtico no estaba en su falta de ropa, sino en el modo en que se estaba comportando. No había ni rastro del intimidante hombre de negocios que se había pasado el día anterior dando órdenes. El hombre que estaba entreteniendo a aquel niño pequeño era cálido y cercano, y sonreía con indulgencia mientras le daba golpecitos a los dedos llenos de mantequilla del pequeño. Parecía como si lo hiciera todas las mañanas. Como si formara parte de su rutina diaria.

Mientras ella observaba, Santo se inclinó y besó a Luca. El niño se rio y él volvió a besarle.

Los ojos de Fia se llenaron de lágrimas y tuvo que apoyarse en el quicio de la puerta para sostenerse.

Al verles se le encogió el corazón. Luca nunca había

tenido algo así. Nunca había conocido el amor de un padre. Sí, le había rodeado de una «familia». Pero algún día Gina se marcharía, Ben se casaría y la «familia» de Luca se dispersaría.

El día anterior estaba convencida de que casarse con Santo sería perjudicial para su hijo. No veía en qué podría beneficiarle verse obligado a vivir con dos personas cuya única conexión era el hijo que tenían en común. Pero por supuesto que había un beneficio, y lo estaba viendo ahora mismo.

Si se casaban, Luca tendría a su padre. No en momentos concertados previamente, sino siempre.

Santo todavía no la había visto, le estaba hablando a su hijo en italiano. Fia contuvo la respiración cuando Luca respondió en el mismo idioma y experimentó una punzada de orgullo mezclado con algo que no supo reconocer. Se le formó un nudo en la garganta cuando Santo se inclinó para volver a besar a su hijo, indiferente a los dedos llenos de mantequilla que le agarraron del pelo.

Fia no recordaba que su padre le hubiera dado nunca un beso, desde luego su abuelo no.

–*Mamma* –Luca la había visto y extendió los brazos hacia ella.

Mientras levantaba a su hijo en brazos, Fia miró a Santo y vio un brillo en sus ojos. De pronto fue consciente de que ni siquiera se había peinado antes de entrar precipitadamente en la cocina.

Había algo inadecuado en saludarle con el pelo alborotado que le caía sobre los hombros y sin llevar puesto nada más aparte de la camisa que él le había dejado. El atuendo sugería una intimidad que no existía entre ellos, y Fia se sonrojó cuando Santo deslizó la mirada por su cuerpo y la clavó en sus piernas desnudas.

–*Buongiorno* –dijo con naturalidad, como si aquella

fuera una escena que se repitiera todas las mañanas–.
¿Hablas con Luca en italiano?

–No, mi abuelo le habla en italiano –respondió ella
dejando al niño otra vez en la silla.

–Entonces yo también lo haré –aseguró Santo asin-
tiendo–. Lo he hecho esta mañana y me ha parecido que
me entendía. Es muy inteligente –miró con orgullo a su
hijo mientras se levantaba.

La tela de los vaqueros se le ajustaba a las fuertes
piernas y Fia vio cómo los músculos de la espalda desnuda se le marcaban cuando sacaba una taza del armarito. Todo en él resultaba inconfundiblemente masculino. Era el hombre más atractivo que había conocido
en su vida, y eso hacía la situación más difícil.

Santo clavó la mirada en la suya mientras le preparaba el café. Le brillaban los ojos como si le hubiera
leído el pensamiento. Desesperada por romper aquella
conexión, Fia dijo lo primero que se le pasó por la cabeza.

–Me he quedado sin batería. ¿Puedo utilizar tu teléfono para llamar al hospital?

La sonrisa burlona de sus labios indicaba que sabía
que no estaba pensando en teléfonos ni en hospitales.
Ni tampoco él. Estar juntos en la misma habitación
creaba algo tan intenso que casi se podía tocar.

–Ya he llamado –Santo le puso el café en la mesa
sin preguntarle cómo lo tomaba–. Tu abuelo ha pasado
buena noche. Sigue dormido. El médico estará en el
hospital en media hora. Le he dicho que le veremos allí.

Fia vio cómo Lucas se bajaba de la silla y se abrazaba a las piernas de su padre. Santo le tomó en brazos.

–Ahora entiendo por qué estabas tan preocupada
anoche. Es extremadamente activo.

–Pero lo manejas muy bien –se apresuró a señalar
ella–. Así que puedes quedarte con él mientras yo voy

al hospital –necesitaba un respiro del estrés constante que suponía estar con él.

Sobre todo necesitaba un respiro de aquel constante asalto a los sentidos. El corazón le latía con demasiada fuerza.

Santo dejó a Luca en el suelo.

–Voy a ir contigo.

–Preferiría ir sola.

–Ya lo sé –sus ojos brillaron burlones–. Preferirías ir sola a todas partes, pero no aprenderás a comportarte de forma distinta si no practicas, así que puedes empezar esta mañana. Iremos juntos.

Fia se quedó mirando la taza de café.

–¿Tienes leche? Me gusta tomar el café con leche. No es que esperara que lo supieras, porque en realidad no sabes nada de mí. Ni yo tampoco de ti. Y por eso me resulta tan ridículo todo esto.

Pero ya no lo afirmaba con el acaloramiento de la noche anterior. Ya no estaba tan segura.

–Deja de pelearte. Voy a ganar yo.

Fia suspiró.

–De acuerdo, iremos juntos. Pero tengo que llamar a Ben y pedirle que recoja a Luca.

El cambio en Santo fue instantáneo. Desapareció cualquier atisbo de humor en él y se le oscureció la mirada.

–No vas a llamar a Ben.

–No quiero que Luca esté en el hospital.

–Estoy de acuerdo. Por eso lo he arreglado para... –se detuvo cuando ambos escucharon un ruido en la entrada del apartamento.

–¿Santo? –canturreó una voz femenina. Una chica muy guapa de cabello oscuro entró con seguridad en la cocina y besó ruidosamente a Santo–. Eres un chico muy malo –ronroneó dándole una palmadita en la cara.

Fia se quedó petrificada en el sitio al ver a aquella criatura tan bella interactuar con tanta familiaridad con Santo. Y para colmo él no parecía siquiera avergonzado. Se limitó a sonreír a la joven y a besarla en ambas mejillas.

–*Ciao, bellissima.*

Herida por su falta de sensibilidad, Fia se puso de pie bruscamente y estaba a punto de agarrar a su hijo y dejarles solos cuando la mujer se giró hacia ella. Y de pronto la abrazó con efusividad.

Nadie la abrazaba nunca aparte de Luca. Se quedó rígida por el shock, pero antes de que pudiera imaginar quién era aquella mujer, la soltó y centró su atención en Luca, llenándole de besos y hablándole en italiano.

El niño parecía encantado con la atención y respondió a la mujer con gorgojeos y risas. Fia quería arrancar a su hijo de los brazos de aquella mujer, que sin duda era una de las muchas amantes de Santo. Estaba a punto de hacer un comentario desagradable cuando una niña un poco mayor que Luca entró en la cocina y se agarró a las piernas de Santo.

–¡Aúpa!

–Supongo que quieres decir «aúpa, por favor», pero tus deseos son órdenes para mí –Santo subió a la niña en brazos y miró a la mujer–. Gracias por venir.

–Es un placer –la morena dejó a Luca en el suelo con un sonrisa, puso el bolso en una silla y miró a Fia–. Siento mucho lo de tu abuelo. Debes de estar muy preocupada, pero ese hospital es estupendo. Y no tienes que preocuparte por Luca. Yo cuidaré de él hasta que podáis recogerle. Estoy deseando conocerle mejor.

Fia sintió una oleada de furia. ¿Santo esperaba que dejara a su hijo con una de sus amantes?

–De ninguna manera voy a...

–Dani es mi hermana, ¿sabes? Daniela Ferrara. Aunque ahora ya no se apellida así desde que se casó con Raimondo –la interrumpió Santo dejando a la niña en el suelo–. Y esta es Rosa, su hija. La prima de Luca.

¿Prima? Fia miró asombrada a Dani, que también la miró.

–No te había reconocido –murmuró Fia.

–Oh, no, entonces habrás pensado... –Dani se encogió de hombros–. Qué horror. Por cierto, Raimondo está aparcando. Hemos pensado que sería mejor llevarnos a Luca a casa porque allí están todos los juguetes de Rosa y será más fácil –captó la mirada angustiada de Fia y sonrió–. Sé que estás pensando que no puedes dejarle con una desconocida. Yo pensaría lo mismo en tu lugar. Pero se lo va a pasar mejor con nosotros que en un hospital o aquí. El apartamento de Santo es una trampa mortal. Podéis pasar el tiempo que necesitéis en el hospital y luego ir a cenar o algo así. Algo romántico. No tengáis prisa.

–¡Dios mío, toma aire, Dani! –Santo miró a su hermana con desesperación–. Deja hablar a los demás.

–Bueno, nadie está diciendo nada –le espetó ella molesta.

–¿Acaso hemos tenido oportunidad? No sé cómo Raimondo te aguanta. Yo te habría estrangulado ya.

–Yo te habría estrangulado a ti primero –Dani se giró hacia Fia–. No dejes que te amedrente. Enfréntate a él. Es la única manera de lidiar con Santo, sobre todo cuando se pone a amenazar. Te vi alguna vez de pequeña en la playa, pero está claro que no te acuerdas de mí.

Sí que se acordaba. Pero no la había reconocido, y ahora no sabía qué decir. ¿Qué sabía Daniela? ¿Qué le había contado exactamente Santo a su familia? Tendría que haber sido un momento incómodo. Dani se inclinó para decirle algo en italiano a la niña, que miró a Luca y decidió que podía jugar con él. Así que se lo llevó al salón y dejó a los adultos a solas.

–¿Ves? Ya se han hecho amigos –Dani salió tras ellos–. Les vigilaré –una vez en la puerta les miró de reojo–. Así podréis hablar de los detalles de la boda. Una cosa, Santo: por muy precipitada que sea una boda, una mujer tiene que estar guapísima, así que deberías llevar a Fia de compras. O mejor todavía, déjame tu tarjeta y yo la llevaré porque todos sabemos que tú odias ir de compras.

La expresión de Santo pasó de irritada a peligrosa.

–Tu ayuda con Luca es bienvenida. Tu injerencia en otros aspectos de mi vida, no.

–Solo porque lo hayáis hecho en el orden incorrecto no significa que no pueda ser algo romántico –insistió Dani–. Una mujer quiere algo romántico el día de su vida. No lo olvides.

Desapareció para supervisar a los niños y Fia se quedó con la cara ardiendo.

¿Romanticismo? ¿Qué tenía de romántico que un hombre se viera obligado a casarse con una mujer que ni siquiera le caía bien?

Santo se acabó el café y dejó la taza con fuerza sobre la mesa.

–Disculpa a mi hermana –murmuró–. Todavía no ha aprendido dónde están los límites. Pero nos facilita mucho que hoy cuide de Luca.

No había absolutamente nada que pudiera facilitar aquella situación. La tensión entre ellos era como una tormenta oscura preparándose.

Santo la miró fijamente.

–Me alegro de que se haya llevado a Luca porque tenemos que hablar.

Fia pensó en los besos y los abrazos que le había

dado Santo a su hijo. Pero él interpretó su silencio como una negativa.

—Puedes poner todos los obstáculos que quieras entre nosotros —aseguró—. Los derribaré todos. Puedes decir que no de mil modos y yo encontraré mil modos de decirte que estás equivocada.

—No estoy diciendo que no.

—*Scusi?*

—Estoy de acuerdo contigo. Creo que, si nos casamos, será lo mejor para Luca —no hablaba con tono muy firme—. Anoche no estaba segura de ello, pero esta mañana os he visto juntos y bueno... Creo que sería lo mejor para él.

Oh, Dios, ya lo había dicho. ¿Y si se había equivocado?

Se hizo el silencio entre ellos.

—Entonces, ¿estás haciendo esto porque crees que es lo mejor para Luca?

—Por supuesto, ¿por qué si no?

Santo cruzó la cocina hacia ella. Fia hizo un esfuerzo por no moverse esperando que se detuviera, pero no lo hizo hasta que la tuvo acorralada contra la pared. Santo apretó las mandíbulas y puso una mano en cada lado para bloquearle la salida. Estaba atrapada en un muro de músculos duros y testosterona y como no quería mirarle clavó la vista en su pecho desnudo. Fue un error, porque todo en él le recordaba a aquella noche. No necesitaba un primer plano de su pecho para saber lo fuerte que era. Había sentido aquella fuerza.

¿Por qué diablos no se había puesto una camiseta? Sintió que le mundo se difuminaba a su alrededor. Olvidó que estaba en su cocina. Se olvidó de su abuelo en el hospital y de los grititos de alegría de su hijo, que estaba jugando en el salón. Se olvidó de todo.

El mundo se redujo a aquel hombre.

–Mírame –le ordenó Santo.

Ella alzó la vista y la mirada que compartieron abrió la puerta a algo oscuro que había enterrado en lo más profundo de su ser. Algo que no se atrevía a examinar por miedo.

Lo que sentía por él.

Se quedó mirando jadeando aquellos ojos oscuros que cambiaban de color según su estado de ánimo.

–Esto no se trata solo de Luca. Necesito que lo sepas porque no quiero a una mártir en mi cama –inclinó la cabeza colocándole la boca lo más cerca posible de la suya pero sin tocarla–. Si hacemos esto, tenemos que hacerlo bien.

Si Fia se humedecía los labios ahora, le tocaría. Y sabía lo que sentiría. Aunque habían pasado más de tres años, no lo había olvidado.

–Sí. Vamos a hacerlo bien. Tenemos... tenemos que conocernos mejor.

–Yo ya sé muchas cosas de ti –aquella boca sensual tenía la suya prisionera–. Tal vez no sepa cómo te gusta el café, pero sé otras cosas. ¿Quieres que te lo recuerde?

–No –no necesitaba que se lo recordaran. No había olvidado nada. Ni cómo sabía Santo ni cómo la tocaba. Y ahora le había abierto la puerta a aquellos recuerdos y sintió cómo se derretía, cómo el calor de su excitación se derramaba por su cuerpo.

Santo le sujetó el rostro con una mano. Eran los mismos dedos que sabía cómo volverla loca.

–¿Segura? Porque, si esto va a funcionar para Luca, tiene que funcionar también para nosotros –la boca de Santo estaba a un milímetro de la suya–. Tengo que llegar a saberlo todo de ti, sobre todo lo que ocultas. Y tú tienes que conocerme a mí entero, cariño. Entero.

D URANTE los siguientes días Fia fue testigo de toda la potencia y la fuerza de la maquinaria Ferrara. Su abuelo fue trasladado a una habitación privada para pasar la convalecencia. Su milagrosa recuperación había que atribuirla a la rápida intervención de Santo, pero también a sus asombrosas ganas de vivir. Y esas ganas de vivir, según creían los médicos, provenía de su deseo de ver a su nieta casarse. Y Santo alimentaba aquella determinación manteniéndole al día de los planes de boda... planes en los que Fia tenía muy poco que decir.

—Si tienes algún requerimiento dímelo —dijo Santo una mañana cuando volvían del hospital—. Nos casaremos en el Ferrara Spa Resort, nuestro mejor hotel. Tiene licencia para celebrar bodas y está en un enclave muy bonito, justo en la playa. Mi intención es que sea algo íntimo.

Por supuesto. No se trataba de una boda para celebrar por todo lo alto, ¿verdad?

—Me gustaría invitar a Ben y a Gina.

Santo se puso algo tenso al escuchar el nombre de Ben. Fia esperaba que se negara, pero asintió.

—Sí. Son una parte importante de la vida de Luca. Deben estar allí. Yo me encargo.

Se estaba encargando de todo. O mejor dicho, su equipo. Había sido su insistencia en que uno de sus mejores chefs se ocupara de la Cabaña de la Playa lo que le había permitido a Fia pasar con su abuelo todo el tiempo que necesitaba aquellos días. Quería enfadarse con él por haberse adueñado de la situación, pero lo cierto era que Santo había convertido un momento angustioso y terrible en lo más llevadero posible para ella. Gracias a él su abuelo se estaba recuperando, su negocio estaba a salvo y su hijo feliz.

Y cada vez que dudaba sobre su decisión no tenía más que ver cómo se portaba con Luca.

—Mi equipo ha entrevistado y contratado a tres enfermeras con excelentes referencias para que se ocupen las veinticuatro horas de tu abuelo cuando esté en casa —Santo se manejaba entre el tráfico con la pericia de un siciliano nativo—. Trabajarán por turnos para que tu abuelo nunca esté solo.

—No puedo permitirme esos cuidados.

—Pero yo sí. Y soy el que voy a pagarlos.

—No quiero tu dinero. Puedo cuidar yo misma de él.

—Aunque no fueras a casarte conmigo, sería una idea insostenible. No puedes cuidar de un niño, llevar un negocio y ser enfermera a tiempo completo.

—Mucha gente lo hace.

—Según mi experiencia, la gente que lo hace todo se pone en peligro de sufrir una crisis nerviosa —Santo le tocó el claxon al coche que se había detenido delante de él para que bajara una persona—. Quiero una esposa, no un saco de nervios, así que contrataremos la ayuda adecuada y así te quedará energía para las partes importantes.

—Supongo que por «partes importantes» te refieres a tu cama.

—Aunque te parezca extraño, no me refería a eso. Estaba hablando de la energía necesaria para cuidar de un niño pequeño. Pero sí, el sexo también te va a tener ocu-

pada. Soy un hombre exigente, cariño. Tengo necesidades –el motor rugió cuando adelantó al otro coche cam-
biando de marcha–. Y, si vas a satisfacer esas necesidades, tendrás que dormir mucho.

Fia tenía la sensación de que la estaba provocando,
pero no le conocía lo suficiente como para estar segura.
Solo había utilizado palabras y sin embargo el deseo
apareció con tal fuerza que la sobresaltó. Nunca se había sentido así con ningún otro hombre y no quería sen-
tirlo con este.

Como no quería pensar en sexo, cambió de tema hacia algo que él había comentado antes.

–Te has olvidado de algo. No me has hecho firmar
ningún acuerdo prematrimonial.

Santo se rio.

–No vamos a necesitarlo.

–No estés tan seguro. Eres un hombre muy rico. ¿No
te da miedo que te quite hasta el último penique?

–Un acuerdo prematrimonial solo es necesario en
caso de divorcio. Yo soy muy tradicional. Creo que el
matrimonio es para siempre. No nos vamos a divorciar.

–Tal vez sí lo hagas. Quizá no encuentres muy entretenido estar casado conmigo.

–Siempre y cuando te centres en un entretenimiento
en particular todo irá bien.

Fia decidió que la estaba provocando y le miró.

–Si te interesa tanto el sexo, ¿cómo puedes estar seguro de que el matrimonio es lo tuyo? Puede que te
vuelvas loco al estar solo con una mujer.

–¿Has estado leyendo lo que ha escrito la prensa sobre mí? –la miró divertido–. Puedes estar tranquila, no
tienes motivos para sentirte celosa. Tengo intención de
centrar toda mi atención en ti, querida.

Su tono ronco le puso muy nerviosa. O tal vez fueran una vez más sus palabras. El modo en que inyec-

taba cada palabra con una letal promesa. Bajo aquella capa de control presentía emociones más oscuras que las que Santo presentaba al mundo. Fia le había visto pasar de niño a hombre. Sin que él la viera, había observado cómo aprendía a hacer windsurf y a navegar. Admiraba aquella determinación suya que nunca le permitía dejar de hacer algo hasta que lo tuviera dominado. Y luego llegaron las mujeres. Chicas de cabello dorado que se pavoneaban por la playa con la esperanza de atraer la atención de alguno de los hermanos Ferrara.

No era de extrañar que fuera tan seguro de sí mismo, pensó Fia. Nadie le había dicho nunca que no. Nadie había puesto en entredicho su supremacía. Y de pronto no pudo evitarlo.

–Tal vez tú no seas suficiente para mí –afirmó con voz pausada, decidida a jugar su propio juego–. Yo también tengo necesidades. Y son tan poderosas como las tuyas. Tal vez no seas capaz de satisfacerme.

Santo alzó sus oscuras cejas, pero el tenue brillo de sus ojos sugería que no apreciaba la broma.

–¿Crees que no?

–No. No sé por qué los hombres piensan siempre que tienen el monopolio de las necesidades sexuales. Solo digo que tal vez sea yo quien tenga que buscar en otro lado.

Santo detuvo el coche tan bruscamente que el cinturón de seguridad le dio un tirón. Sin hacer caso a la sinfonía de cláxones que sonaron detrás de ellos, se giró para mirarle y el corazón empezó a latirle con fuerza bajo su mirada, porque había desaparecido de ella el buen humor.

–No lo he dicho en serio –murmuró. Se dio cuenta de que había sido una estupidez retarle de ese modo–. Me estabas desafiando y yo he hecho lo mismo. Por el amor de Dios, Santo. Mi padre le fue infiel a mi madre durante todo su matrimonio. ¿De verdad crees que yo haría algo así?

Él aspiró lentamente el aire.

—No es una broma graciosa.

—No, pero... —Fia vaciló— ya que está conversación se ha vuelto seria, soy muy consciente de que vas a casarte conmigo por Luca, así que no puede decirse que nos haya unido el amor, ¿verdad? No soy una chica dócil y obediente que vaya a quedarse sentada en una esquina mientras tú vas con otras mujeres. ¿Qué ocurrirá si te enamoras de alguien?

Santo se la quedó mirando durante un largo instante antes de volver a centrarse en la conducción y desbloquear aquel tremendo tráfico.

—Me aburriría a los cinco minutos con alguien sumiso y obediente. No quiero que te quedes sentada en una esquina. Al ser mi esposa tendrás que destacar inevitablemente. Y aparte del pasado, te respeto como a la madre de mi hijo y eso es suficiente para unirnos. Y en cuanto a tu padre —endureció el tono—, su comportamiento fue vergonzoso. Y nunca trataría de ese modo a la madre de mis hijos. No tienes que preocuparte. Y no tienes por qué estar celosa.

Humillada por haber revelado tanto, giró la cabeza y miró por la ventanilla, ajena a todo excepto a sus sentimientos. Se dio cuenta de no sabía siquiera dónde estaban.

—No estoy celosa.

—Sí lo estás. Te preocupa que vaya a engañarte, y eso demuestra que estás comprometida —aseguró adelantando a otro conductor—. Si me dijeras que tuviera aventuras, me preocuparía. Sé que tienes sentimientos fuertes y eso me gusta. Solo necesito convencerte para que los expreses. A partir de ahora está prohibido esconderse en la cabaña de pescadores. Y lo digo en sentido figurado y también literal.

Hacía años que no regresaba a aquella cabaña. En el pasado fue su refugio, su escondite secreto. Pero no había vuelto desde aquella noche.

Santo giró hacia la entrada de un precioso *palazzo* y Fia le miró sorprendida.

—¿Dónde estamos?

—En la casa de mi hermano Cristiano. Vas a escoger tu vestido de novia. Dani está también aquí, así como Laurel, la esposa de Cristiano. Te caerá bien. Es más tranquila que Dani.

—Se habían separado —Fia frunció el ceño tratando de recordar—. Lo leí en el periódico.

—Pero han vuelto con más fuerza que nunca. Tienen una hija, Elena, que es de la misma edad que Rosa, la hija de Dani, y una hija mayor, Chiara, a la que adoptaron hace un año —Santo apagó el motor—. Así que ya ves, la familia de Luca crece por momentos.

—Leí que iban a divorciarse.

—Ya no —Santo sonrió mientras le quitaba el cinturón de seguridad—. Como te dije, cuando te casas con un Ferrara es para siempre. Recuérdalo.

Fia vivió la ceremonia de la boda diciéndose que se estaba casando por amor. No por amor a Santo, sino por amor a su hijo. Y las dudas que podía tener quedaron disipadas al ver la bienvenida que la numerosa y bulliciosa familia Ferrara le había dispensado a Luca. Estaba encantado con la atención, adoraba jugar con sus primos y no perdía a su padre de vista. Y Fia no pudo evitar enternecerse con la madre de Santo, que la abrazó con fuerza para darle la bienvenida a la familia. No se guardaban nada, pensó. No racionaban el amor.

La prensa, cansada del interminable pesar de la crisis económica, devoró aquella historia feliz. Gracias a los pocos y escogidos detalles proporcionados por la maquina publicitaria de los Ferrara, compusieron un cuento romántico que no guardaba ningún parecido con la realidad. Según la prensa, habían llevado su relación en secreto debido al conflicto entre sus familias, pero ahora la habían hecho pública y los titulares decían: *El amor puede con todo*.

Pero tal vez lo que más le gustó a la prensa fue ver a su abuelo y a Cristiano Ferrara estrechándose la mano y hablando largamente, acabando por fin con las hostilidades.

—Me preocupa que todo esto sea demasiado para ti, *nonno* —Fia tomó asiento en una silla al lado de su abuelo—. Todavía estás convaleciente.

—No hagas un drama. Ferrara tiene a medio hospital de guardia —gruñó su abuelo—. ¿Qué puede ocurrir?

Pero Fia sabía que estaba impresionado por los cuidados y las atenciones de Santo, y si ella no hubiera estado tan nerviosa al pensar lo que iba a ocurrir a continuación, también se hubiera sentido agradecida. Miró de reojo al hombre que ahora era su marido y sintió un escalofrío de emoción. Le parecía muy bien que dijera que el matrimonio era para siempre, pero aparte del momento en que intercambiaron los votos, no había vuelto a mirarla. Ni una vez. Era como si estuviera tratando de posponer el momento de enfrentarse a la realidad. ¿Qué sucedería cuando los invitados se marcharan y ellos se quedaran a solas?

Su abuelo sonrió, algo poco frecuente en él.

—Mira a Luca. Así es como debe jugar un niño.

Fia miró y vio a su hijo muerto de risa mientras su padre le agarraba de los tobillos y le ponía cabeza abajo. Sintió un nudo en el estómago.

–Espero que no le deje caer al suelo.

Su abuelo le dirigió una mirada de impaciencia.

–Te preocupas demasiado.

–Solo quiero que sea feliz.

–¿Y qué me dices de ti? ¿Eres feliz?

Era la primera vez que su abuelo le hacía aquella pregunta y no supo qué responder.

Tendría que ser feliz por que Luca tuviera ahora a su padre y por que el eterno conflicto entre las dos familias hubiera tocado a su fin. Pero ¿podía ser feliz un matrimonio donde solo había amor hacia el hijo en común?

Su padre no ocultaba el resentimiento que sentía hacia sus hijos. Se había casado por la presión de su padre, el abuelo de Fia, y cuatro vidas habían resultado dañadas por su egoísmo.

Pero Santo no era como su padre, razonó. Estaba claro que sentía un amor incondicional hacia su hijo.

–Voy a regalarle la tierra como regalo de boda –su abuelo compuso una mueca–. ¿Satisfecha?

Ella sonrió débilmente.

–Sí. Gracias.

Su abuelo vaciló y luego le apretó la mano en una demostración de cariño sin precedentes.

–Has hecho lo correcto.

Sí, lo correcto para Luca. Pero ¿y para ella? De eso no estaba tan segura.

Finalmente los invitados empezaron a marcharse. Su abuelo, cansado pero menos gruñón de lo que le había visto en mucho tiempo, se marchó con las enfermeras y solo quedaron unos cuantos miembros de la familia.

Sintiéndose sola en medio de los Ferrara, Fia se dirigió incómoda a la esquina más lejana de la terraza donde se habían reunido.

–Toma –Dani le puso una copa de champán en la mano–. Tengo la impresión de que lo necesitas. Bienvenida a la familia. Estás espectacular. El vestido es perfecto –entrechocó su copa con la de Fia–. Por tu futuro, que va a estar muy bien a pesar de lo que estás pensando ahora mismo.

Fia se preguntó qué sabía. No estaba acostumbrada a confiar en la gente. Por otro lado, le agradecía a Dani que hiciera tantos esfuerzos por ser amable.

–¿Tanto se me nota?

–Sí –Dani estiró la mano y le apartó un mechón del hombro–. Sé que Santo y tú tenéis vuestros problemas. No me trago la historia que le ha contado a todo el mundo. Pero ahora que estáis casados todo va a salir bien. Conseguiréis que funcione. Hay algo fuerte entre vosotros. Lo noté la mañana que fui a cuidar a Luca.

Se trataba solo de química sexual, y Fia sabía que no podía construirse un matrimonio con esa base.

–Está enfadado conmigo.

–Santo es muy sentido –se limitó a decir Dani–. Sobre todo con el tema de la familia, igual que Cristiano. Pero ahora tú formas parte de ella.

–En realidad no quería casarse conmigo –dijo sin pensárselo–. Soy irrelevante.

–¿Irrelevante? –Dani se la quedó mirando un largo instante y luego sonrió–. Deja que te diga algo sobre mi hermano. No sé qué te habrán contado, pero es muy exigente con las mujeres y cree que el matrimonio es para siempre. No se habría casado contigo si no pensara que podría funcionar.

–No creo que haya pensado en nosotros en ningún momento. Todo esto es por Luca.

–Pero habéis creado a Luca juntos –afirmó Dani con simpatía–. Así que debe de haber algo. Y desde luego tú no eres irrelevante. Se ha pasado toda la noche tratando de no mirarte.

—¿Te has dado cuenta? —murmuró humillada.

Pero Dani sonrió.

—Es una buena señal. Tengo la sensación de que mi hermano se siente confundido por primera vez en su vida. Eso tiene que ser bueno.

—Yo me lo tomé como una señal de que le soy indiferente.

—No sé lo que siente, pero desde luego no es indiferencia.

Fia no tuvo oportunidad de preguntarle nada más porque alguien se llevó a Dani de allí hacia un grupo de primos y Fia se quedó otra vez sola. Ahora estaba casada con uno de los hombres más ricos de Italia, pero le gustaría estar en la Cabaña de la Playa recogiendo después del servicio de la cena con la perspectiva de darse un baño a primera hora de la mañana con su hijo. Habían acordado que Luca se quedaría a pasar la noche con Dani y su familia, y la idea de estar sin él le provocaba un nudo en la garganta. De pronto sintió deseos de agarrar a su hijo y volver corriendo a su antigua vida, donde los sentimientos eran algo predecible y seguro. Pero tuvo que despedirse de él con un abrazo y ver cómo se marchaba con su nueva familia. ¿Era egoísta por su parte desear que se hubiera puesto algo nervioso al dejarla? ¿Estaba mal esperar que le hubiera abrazado un poco más en lugar de sonreír ante la perspectiva de pasar más tiempo con sus primas? ¿Era una cobardía lamentar no tenerle allí, ya que era la única barrera efectiva entre Santo y ella?

—Estará bien, no te preocupes por él. Dani es una gran madre —aseguró Santo apareciendo a su lado.

Santo, que ahora era su marido en la pobreza y en la riqueza. Y desde luego era muy rico, pensó aturdida. A pesar de saber que la familia Ferrara era millonaria, seguía asombrada por el lujo de su nueva vida. Aquel era su hotel estrella y su cuartel general. Al final de la playa estaba Villa Afrodita, la joya de la corona. La familia la alquilaba de vez en cuando a estrellas del rock y miembros de la realeza, pero durante las próximas veinticuatro horas les pertenecería a ellos, y la idea de estar a solas con Santo en un lugar diseñado para el amor hacía que sintiera algo parecido al pánico.

Durante las últimas semanas había estado tan ocupada cuidando de Luca y yendo al hospital que había logrado no enfrentarse a la realidad de su noche de bodas. Pero ahora...

–No había necesidad de que se fuera –Fia mantuvo la mirada fija en la distancia, decidida a no mirarle–. Ni que estuviera entorpeciendo un momento romántico. Es absurdo convertir esto en algo que no es.

Su observación fue recibida con silencio. Fia le miró de rojo y se encontró con unos ojos negros como la noche que brillaban con intención.

–¿De verdad te hubiera gustado que estuviera aquí cuando finalmente liberáramos esto que hay entre nosotros? –Santo le deslizó la mano por detrás de la cabeza y atrajo su cara a la suya–. ¿Es eso lo quieres? –su voz estaba cargada de sensualidad–. Porque no tengo ninguna intención de contenerme. Lo llevo haciendo mucho tiempo y me está volviendo loco.

Fia se miró asombrada en aquellos ojos. Podía ver el brillo de la furia. Sentir el duro mordisco de sus dedos cuando se los enterró en el pelo. Y todo lo que Santo sentía lo sentía ella también. ¿Cómo podía ser de otra manera? La química era tan poderosa que la atravesaba. Sintió cómo se derretía. Tal vez podrían haber terminado con todo allí mismo en la terraza si alguien no se hubiera aclarado la garganta a su lado.

Esta vez se trataba de Cristiano, el hermano mayor de Santo. A diferencia de Dani, había estado frío con ella y Fia tenía la impresión de que no se lo iba a ganar con tanta facilidad como a ella.

Amor de hermano, pensó aturdida. Ella nunca lo había experimentado. Su hermano era egoísta e irresponsable.

Santo apartó a regañadientes la mano de su cuello.

–Enseguida vuelvo –se dirigió hacia su hermano.

Fia aprovechó la distracción para marcharse. No tenía intención de esperar. La atmósfera resultaba sofocante. Y además, ¿qué tenía Santo planeado? ¿Un paseo romántico por la playa? Lo dudaba mucho.

Unos focos de luz solar iluminaban el camino hacia la playa y Fia caminó rápidamente tratando de no pensar en que aquel era el lugar perfecto para un paseo de amantes. El sol se estaba poniendo y proyectaba un brillo de rubí por el oscuro horizonte. Habría sido el escenario idílico, pero le parecía tan inapropiado como el vestido de novia en seda color crema que Dani había escogido para ella.

Se acercó a la villa y se quedó un instante paralizada por la impresionante belleza de la enorme piscina y por la visión que la recibió. Estaba claro que habían preparado el lugar para una noche romántica. Las puertas estaban abiertas a la playa. Al lado de la cama había champán enfriándose, las velas brillaban por todas partes y habían desperdigado pétalos de rosa en el suelo en dirección al lujoso dormitorio.

Podría haber soportado el champán y las velas, pero la visión de los pétalos de rosa fue lo que le formó un nudo en la garganta.

Los pétalos de rosa indicaban romance, y allí no había nada de eso. Su relación no era romántica.

Las emociones que habían ido creciendo en su inte-

rior desde que Santo entró en su cocina por primera vez
hicieron explosión. Para tratar de destruir aquella atmósfera, se arrodilló y empezó a recoger los pétalos con
la mano.

–¿Qué diablos estás haciendo? –preguntó una voz
masculina desde la puerta.

Pero Fia no alzó la vista.

–¿Tú qué crees? Recoger las pruebas del retorcido
sentido del humor de alguien.

Antes de que pudiera seguir, Santo la levantó del
suelo.

–¿Qué tiene esto de retorcido?

–Es una burla –gimió–. Alguien está siendo deliberadamente cruel.

Santo frunció el ceño sin entender.

–Yo di instrucciones para que lo prepararan todo
como en las lunas de miel y las escapadas románticas.
Acabamos de casarnos, estamos de luna de miel. Hay
ciertas expectativas. He planeado esto de un modo romántico porque no quiero que haya rumores que hagan
daño a nuestro hijo.

Así que incluso los pétalos de rosa al lado de la cama
eran por Luca. Todo era por Luca.

–Pero él no está aquí, ¿verdad? Ni tampoco los pe-
riodistas. Así que podemos quitar los pétalos –a Fia le
castañeaban los dientes.

–¿Qué importancia tienen unos cuantos pétalos?
–Santo le sujetó con más fuerza los hombros.

–Precisamente por eso, no tienen ninguna importancia. No tienen cabida en nuestra relación, y, si no eres
capaz de ver eso, entonces eres el hombre más insensible que he conocido –se apartó de él–. He pasado por
esta farsa de boda aunque me hubiera gustado que fuera
algo íntimo.

–Ha sido íntimo.

Fia no le estaba escuchando.

–Me he mordido la lengua cuando la prensa empezó a compararnos con Romeo y Julieta. He pronunciado mis votos y te he entregado a mi hijo. He hecho todo eso no porque sienta algo por ti, sino por él y porque he visto que ya te quiere. Estoy preparada para hacer todo eso por mi hijo y ser una madre simpática cuando estemos todos juntos, pero cuando estamos solos será diferente.

De pronto se sentía agotada y se llevó los dedos a la frente, haciendo un esfuerzo por contener tantas emociones.

–¿Sabes qué? Te respetaba por no fingir que esto era algo más que un matrimonio de conveniencia. De tu conveniencia, para ser exactos. Pero nunca hemos hablado de... pétalos de rosa –jadeó.

–Dios, ¿puedes dejar la obsesión por los pétalos de rosa?

–No necesito pétalos de rosa en mi vida, ¿entendido? –estaba a punto de perder el control–. No importa cuántos pétalos encargues, nuestro matrimonio sigue siendo una farsa. Y ahora me voy a la cama. Y, si tienes alguna sensibilidad, tú dormirás en el sofá.

–Soy consciente de que soy un malnacido insensible, así que supongo que eso aclara la cuestión de dónde voy a dormir –aseguró–. Y no se te ocurra pensar en salir corriendo porque te traeré a rastras. Mírame.

Fia obedeció, y, si antes le costaba trabajo respirar, ahora era todavía peor. Cuando se miró en aquellos ojos oscuros y sensuales una parte de ella cobró vida. Estaba acostumbrada a controlar sus sentimientos. Lo había aprendido de niña. Solo una vez en su vida se dejó llevar, y había sido con aquel hombre. Aquella noche en la oscuridad, la noche en que concibieron a Luca.

El brillo de sus ojos no dejaba lugar a dudas. Y ella

no pudo disimular la instantánea respuesta de su cuero. Llevaba cociéndose desde la noche en que entró en su restaurante, pero ambos lo habían mantenido a raya.

Ahora no había nada que rompiera aquella poderosa conexión. No se trataba de velas ni pétalos de rosa, sino de una fuerza elemental más poderosa que ambos.

Santo estaba muy quieto, y su inmovilidad solo sirvió para acrecentar la tensión porque Fia sabía cómo iba a terminar aquello.

Se movieron al mismo tiempo, acercándose con una violencia cercana a la desesperación. Las manos de Santo le sujetaron el rostro y la besó con fuerza. Ella le abrió la camisa. Y luego le deslizó los dedos por la piel y gimió contra su boca, levantándole el vestido. Dejaron de besarse el tiempo suficiente para que se lo sacara por la cabeza, y entonces entrechocó su boca contra la suya y le hundió las manos en la melena apretando su poderoso cuerpo contra el suyo mientras los dos se dirigían marcha atrás hacia la pared. Seguían besándose mientras Fia le bajaba frenéticamente la cremallera de los pantalones. Se los bajó y cerró la mano sobre su dura virilidad. Santo soltó un gruñido salvaje mientras la desnudaba con manos osadas.

El deseo atravesó las venas de Fia, le calentó las venas y le debilitó las piernas. Estaba desnuda frente a él, pero no le importaba.

La boca de Santo encontró su pulso en la base del cuello y ella echó la cabeza hacia atrás con una excitación casi insoportable.

–Dios, te deseo –murmuró Santo deslizándole una mano entre las piernas y explorándola íntimamente.

–Por favor...

–Sí –sin vacilar, Santo la levantó de modo que se vio obligada a enredar sus piernas alrededor de su cuerpo. Volvió a besarla con fiereza.

Fia le puso las manos sobre los hombros y sintió el poder de su cuerpo y su fuerza mientras la recolocaba como si ella no tuviera voluntad, pero no le importó. Estaba perdida en la fuerza de las sensaciones que desataban juntos. Santo la besó como si fuera el día del fin del mundo. Sus dedos le separaron los muslos y Fia sintió la punta suave de su pene contra ella y un instante después le notó dentro, caliente, duro y masculino. Gritó su nombre y se arqueó, recibiéndole profundamente, atendiendo a las demandas de su cuerpo.

Y el cuerpo de Santo lo exigía todo, lo tomaba todo hasta que ella alcanzó el orgasmo y lo arrastró consigo en una experiencia salvaje de exquisito placer.

Fia se agarró de él con los ojos cerrados tratando de recuperar el aliento.

Santo la sujetó con un brazo mientras colocaba el otro en la pared que ella tenía detrás. Murmuró algo en italiano y apoyó la frente en el brazo.

–*Madre de Dio*, no era así como lo había planeado –levantó la cabeza y la miró con aquellos ojos sensuales y negros–. ¿Te he hecho daño? Te he clavado contra la pared...

–No lo recuerdo –se sentía mareada y débil–. Sigo de una pieza.

Sin contar con el corazón. Pero no iba a pensar en eso ahora. No tuvo tiempo de pensar en nada, porque Santo la bajó al suelo y en cuanto la soltó le fallaron las rodillas. Él la sujetó y la atrajo hacia sí, pero eso implicó que volvieran a tocarse y lo que comenzó como un apoyo se convirtió rápidamente en seducción. No podían evitarlo. Santo hundió la boca en su cuello. Ella le deslizó los brazos por los hombros y la atrajo hacia sí. Incluso después del explosivo clímax seguía duro y Fia exhaló un suave suspiro al sentir la fuerza de su erección.

–Santo...

–Me estás volviendo loco –le deslizó una mano por el cuello y atrajo su boca hacia la suya. La besó con frenesí. Luego le puso la otra mano entre las piernas.

–La cama... –murmuró Fia apretándose contra él.

–Está demasiado lejos –devorándole la boca con la suya, la levantó del suelo.

Fia apenas fue consciente de los pétalos que había sobre la cama cuando él la colocó de espaldas de modo que quedó a horcajadas sobre él. Se inclinó hacia delante para besarle y la boca de Santo jugueteó con la suya, atormentándola. Las manos de Fia se hicieron más audaces y codiciosas, recorriéndole el plano vientre y acercándose más a la dureza de su virilidad. No había señal de que hubiera necesitado tiempo de recuperación, y cuando le puso las manos en las caderas y la atrajo hacia sí, ella se detuvo un instante retrasando el momento. Sintió su mirada ardiente clavada en ella y entonces empezó a mover las caderas y lo tomó profundamente.

–Dios mío –Santo apretó las mandíbulas y la embistió.

Fia era la que debía tener el poder, pero no era así. Sintió su dureza dentro y el mordisco de sus dedos en los muslos y se dio cuenta de que era él quien tenía todo el poder. Santo la controlaba. Y esta vez, cuando sus sentidos hicieron explosión, colapsó contra su pecho y sintió cómo la abrazaba con fuerza.

Se quedaron un instante quietos y luego él torció el gesto.

–Esto es muy incómodo. Deberíamos movernos.

Fia no se creía capaz de moverse, pero él se apoyó lentamente en un codo y entonces frunció el ceño.

–¡Estás sangrando!

Ella se miró el brazo.

—Es un pétalo de rosa. Tú también tienes alguno pegado.

Santo la apartó suavemente de él y se sentó quitándose los pétalos con impaciencia.

—¿Por qué se les considera algo romántico?

—Lo son... en determinadas circunstancias —aunque no en aquellas, por supuesto.

Los pétalos formaban parte de la imagen que Santo quería crear.

—Por mucho que me atraiga la idea de quitarse los pétalos de rosa del cuerpo, creo que una ducha será más rápido —se puso de pie y la ayudó a levantarse para ir al cuarto de baño.

Santo estaba muy relajado cuando la metió en la ducha y apretó un botón en la pared.

Fia seguía mirando la musculosa perfección de su bronceada espalda cuando él se dio la vuelta.

—Si sigues mirándome así, no vamos a llegar a la cama en los próximos dos días —le advirtió estrechándola contra sí y hundiendo las manos en su pelo.

Los chorros de agua la cubrían y Fia jadeó cuando le cayeron sobre el pelo y la cara, mezclándose con el calor de sus besos. Tenía el cuerpo húmedo y pegado al de Santo. Él le frotó los pétalos de rosa del cuerpo y ella hizo lo mismo con él.

Santo le apretó la espalda contra la pared de azulejo, lejos de los chorros de agua, y le besó lentamente el cuerpo. El deslizar de su lengua por los pezones la hizo arquearse, y él le sujetó las caderas con las manos para sostenerla mientras le besaba todo el cuerpo. No dijo nada, y Fia tampoco. Lo único que se escuchaba era el sonido del agua y los suaves gemidos de ella mientras Santo se tomaba todas las libertades que quería, primero con los dedos y luego con la boca, haciendo que Fia se sintiera demasiado vulnerable. Le agarró del pelo con la intención de detenerle, pero entonces él utilizó la boca, atormentándola hasta que se vio envuelta en una oleada oscura de placer que amenazaba con acabar con ella. Quería que se detuviera y al mismo tiempo que siguiera. Se moría de deseo, y cuando sintió el deslizar de sus dedos sabios en el interior susurró su nombre y sintió cómo su cuerpo se dirigía hacia la plenitud.

—Por favor —desesperada, movió las caderas.

Santo se incorporó, le levantó el muslo para tener acceso y se adentró en aquel cuerpo excitado y tembloroso. Estaba duro, caliente y la embistió con tal placentera intensidad que Fia gritó y le clavó los dedos en los hombros desnudos.

Le sintió estremecerse dentro de ella, sintió cómo les llevaba a ambos más y más lejos con embates seguros y fuertes hasta que el placer hizo explosión y ella apretó los músculos y las contracciones de su cuerpo enviaron a Santo al mismo pico de excitación sexual.

Saciada, Fia dejó caer la cabeza sobre su húmedo hombro, asombrada ante la intensidad del placer que acababa de experimentar. Santo le apartó el cabello mojado de la cara, le acarició la mejilla con suavidad y murmuró algo en italiano que ella no entendió.

En aquel momento se sintió más cerca de él que nunca.

Tal vez todo saliera bien, pensó desconcertada. Tal vez aquel grado de intimidad sexual no fuera posible sin algo de sentimiento. Tal vez, si el sexo fuera bueno, lo demás también lo sería.

La suave caricia de sus dedos en la cara hizo que su interior se derritiera de un modo distinto. Se suavizó. La parte congelada de su interior que evitaba que se acercara demasiado a alguien se derritió un poco. Sintiéndose increíblemente vulnerable, alzó la cabeza para mirarle. No sabía qué decir, pero seguro que a él se le ocurría algo, porque Santo Ferrara siempre sabía qué decir. Sosteniéndola de un brazo, cerró el chorro de agua.

Fia contuvo el aliento y esperó. Sentía como si estuviera a punto de vivir un momento que cambiaría su vida para siempre. Como si lo que Santo iba a decir ahora fuera a cambiar la dirección de su relación.

—Cama —dijo con voz ronca—. Esta vez vamos a llegar a la cama, cariño.

. Sus frágiles expectativas se hicieron añicos, y Fia palideció.

—¿Eso es lo único que se te ocurre decir?

Santo alzó las cejas con indolencia.

—Estaba pensando en tu comodidad —aseguró—. Hasta ahora hemos tenido sexo contra la pared, sexo en el suelo y sexo en la ducha. Estaba pensando en que el sexo en la cama sería un avance, pero, si quieres probar otra cosa, estoy dispuesto.

—Tú... —Fia estaba tan disgustada que no pudo terminar la frase.

Había pasado de la esperanza a la desesperación en cuestión de segundos, y estaba furiosa consigo misma por ser tan ingenua como para haber pensado que podría sentir algo por ella.

—Te odio, ¿lo sabías? En este momento te odio de verdad, Santo Ferrara —pero nada más pronunciar aquellas palabras supo que no eran ciertas. Y eso la molestaba. Estaba completamente confundida respecto a sus sentimientos. Apenas le conocía y sin embargo le había permitido...

Fia cerró los ojos avergonzada, excitada y humillada, todo a la vez.

Santo la miró con repentino recelo.

—El sexo muy intenso puede volver emocionales a las mujeres.

–No es el sexo lo que me vuelve emocional, eres tú. Eres arrogante, frío y un...

–¿Un dios del sexo?

–¡Una basura! –el corazón le latía con fuerza y le temblaba todo el cuerpo. Aspiró varias veces el aire tratando de calmarse.

Y lo hubiera conseguido si Santo no se hubiera encogido de hombros con indiferencia.

–Estaba bromeando –aseguró–. Pero tú te has puesto muy seria de pronto. La química sexual que hay entre nosotros es muy poderosa y está claro que eso te inquieta. Pero no debería. Tendrías que agradecer que al menos esa parte de nuestra relación sea un éxito espectacular. Nos da una base sobre la que poder construir. El sexo es importante para mí y está claro que no vamos a tener problemas en el dormitorio. Ni en el baño. Ni en el suelo...

Su indolente sentido del humor fue la gota que colmó el vaso.

–¿Crees que no? Pues tengo una noticia para ti. Vamos a tener muchos problemas. El sexo es solo sexo, no se puede construir nada sobre él. Y menos con el tipo de sexo olímpico que tú buscas. Contigo se trata solo de algo físico, sin parte emocional.

–Ese «algo físico» te ha tenido jadeando y suplicando durante las últimas tres horas –pasó por delante de ella y agarró una toalla–. Si lo que querías era una actuación olímpica, yo diría que hemos ganado la medalla de oro.

–Apártate de mí –le puso las manos en el pecho bronceado y le empujó, pero él se mantuvo firme en su gloriosa desnudez–. No quiero sexo contra la pared, ni en el suelo ni en la cama. ¡No quiero sexo! No quiero que me vuelvas a tocar nunca más –pasó por delante de él y agarró su propia toalla.

Se dio cuenta de que los pétalos de rosa se habían convertido en papilla por el agua de la ducha.

Por fin algo que simbolizaba su relación, pensó furiosa.

Estropeada y hecha trizas.

Capítulo 7

MAMMA!

Santo observó cómo Lucas se soltaba de brazos de Dani y corría por la arena hacia Fia. Ella le levantó del suelo y le abrazó con fuerza. Su rostro se iluminó con una sonrisa.

—¡Cuánto te he echado de menos! ¿Te has portado bien?

Santo apretó los dientes al observar aquella demostración de amor y afecto. Una hora antes había estado sentado frente a ella mientras Fia desayunaba en frío silencio. No le había mirado ni una sola vez. Cualquier intento por su parte de iniciar una conversación había sido recibido con respuestas monosilábicas. Incapaz de comprender cómo podía estar tan malhumorada después de una noche de sexo espectacular, Santo se fue poniendo de peor humor cada vez.

Estaba claro que la noche no había cumplido con ninguna expectativa romántica, pero ¿qué esperaba? Él no era un hipócrita ni iba a fingir que su matrimonio era una maravillosa unión por amor. Esa era la historia que le había contado a la prensa para que le dejaran en paz y asegurarse de que Luca quedaba protegido de los rumores.

Sus pensamientos quedaron interrumpidos por el delicioso sonido de la risa de Luca. Se giró y les vio a los dos haciéndose cosquillas sobre la arena. Santo observó el lío de brazos y piernas con una mezcla de sentimientos. No cabía duda de que Fia quería a su hijo. Y Luca sacaba a relucir una parte de ella que Santo no había visto nunca.

Era una mujer distinta. Cálida, próxima y abierta, entregada a su hijo.

Su alegría resultaba contagiosa, y sin pensar en lo que hacía, se acercó para unirse a ellos, agachándose para hacerles cosquillas. Su hijo se retorció y se rio y la mano de Santo acarició de refilón uno de los senos de Fia.

El calor desapareció al instante de sus ojos y se puso de pie de un salto. Su expresión pasó de feliz a hostil en un abrir y cerrar de ojos.

—No te he visto llegar. Creí que estabas hablando por teléfono.

El repentino cambio de humor le puso furioso. Luca dejó de reírse y les miró confundido. Actuando por instinto, Santo tomó al niño en brazos y se inclinó para darle a Fia un beso largo y dulce en los labios. Sintió una oleada de calor, pero mantuvo a raya su propio deseo. Cuando levantó la cabeza tenía las mejillas sonrojadas y la mirada tan confundida como la de su hijo.

—Nunca vuelvas a mirarme con esa furia delante de nuestro hijo —murmuró Santo en voz baja.

—*Mamma* —dijo Luca feliz.

Santo le sonrió aunque podía sentir los rayos de furia saliendo de Fia.

—Sí, es tu *mamma*. Y ahora es hora de ir a casa.

Ella se apartó de sus brazos y dio un paso atrás.

—No voy a volver a tu apartamento. Hoy voy a ir al restaurante, y Luca se viene conmigo.

—Estoy de acuerdo —Santo dejó al niño en la arena—. Tienes que volver al trabajo y yo también. Y Luca tiene una buena relación con Gina, así que me alegra que le cuide mientras tú estás trabajando.

–¿Te alegra que...?

Santo le cubrió los labios con los dedos para evitar que siguiera.

–Luego podrás agradecerme que haya evitado que dijeras lo que querías decir delante de nuestro hijo –murmuró en voz baja–. Tu animadversión es muy incómoda, cariño, así que a partir se ahora moderarás tus emociones a menos que estemos solos. Esa regla es tuya, por cierto. Consuélate sabiendo que estoy más que dispuesto a pelearme contigo al nivel que quieras y sobre la superficie que prefieras cuando Luca esté en la cama.

A Fia se le oscureció la mirada. Santo vio cómo tragaba saliva y luego miraba a Luca, que les observaba a los dos fijamente.

–Tu apartamento no es el lugar adecuado para criar a un niño de esta edad. No te comas eso –le dijo al niño quitándole la arena de la mano y tomándole en brazos.

–Estoy de acuerdo contigo, y por eso no vamos a vivir en el apartamento.

–Has dicho que nos íbamos a casa.

–Tengo cinco casas –Santo se preguntó cómo podía seguir deseándola tanto después de una noche de sexo ardiente–. Estoy de acuerdo en que el apartamento no es adecuado para nuestras necesidades inmediatas, así que vamos a trasladarnos a la casa de la playa.

–¿La casa en la que pasaste la infancia?

–La ubicación es perfecta y la estructura sólida. Llevo seis meses reformándola y con unos cuantos ajustes quedará perfecta para una familia. Tiene muchas cosas que sé que te van a gustar –hizo una pequeña pausa–. Por ejemplo, la cabaña de pescadores.

Esperaba que se pusiera contenta. Se había pasado media infancia escondida allí, así que estaba claro que le gustaba.

Pero no vio en ella ningún atisbo de gratitud. Al contrario, sus mejillas perdieron el poco color que les quedaba y se quedó mirando hacia la bahía tratando de recuperar el control. Cuando finalmente habló lo hizo sin mirarle.

–Viviremos donde tú quieras, por supuesto.

Estaba dando a entender que viviría allí de mala gana. Santo, que esperaba gratitud, sintió una oleada de frustración. Había crecido en una familia en la que todos decían siempre lo que pensaban. Las reuniones familiares eran muy bulliciosas. Todo el mundo tenía una opinión y no vacilaba en expresarla, normalmente en voz muy alta y hablando a la vez que los demás. No estaba acostumbrado a tener que leerle el pensamiento a una mujer.

–Pensé que te gustaría –afirmó con tirantez–. Al vivir allí podrás seguir ocupándote de tu negocio, visitando a tu abuelo y durmiendo en mi cama.

Aquel comentario hizo que Fia se sonrojara, pero siguió sin mirarle.

Consciente de que Luca estaba allí, Luca se tragó el comentario que le quemaba la lengua.

–Nos iremos en veinte minutos. Estate preparada.

Confundida e incómoda, Fia se centró en el trabajo. Trató de apartar de sí el recuerdo de aquel último y tierno beso diciéndose que había sido por el bien de su hijo. No había ternura en lo que Santo y ella compartían. Solo había deseo. Era algo físico, nada más.

Aliviada al tener algo con lo que distraerse, no sabía si sentirse complacida o desilusionada al descubrir que la Cabaña de la Playa había florecido en su ausencia.

–El chef que Ferrara nos envió era bueno. Mantuvo el mismo menú, jefa –Ben dejó en el suelo una cesta de

brillantes berenjenas púrpura–. Tienen muy buena
pinta. Las pondremos en el menú del día con pasta, ¿te
parece bien?

–Sí –a Fía le resultaba frustrante descubrir que el trabajo no le proporcionaba la distracción que necesitaba.
Hiciera lo que hiciera, su cerebro regresaba una y otra
vez al momento en que los dos acabaron contra la pared. Durante años había anhelado vivir una experiencia
lo suficientemente poderosa como para borrar el recuerdo de la noche en que concibieron a Luca, y ahora
la había multiplicado por diez.

–¿Estás bien? –Ben le dio un codazo–. Porque no
pareces concentrada, y eso es peligroso cuando estás
cocinando con fuego. Podrías quemarte.

–Estoy bien –contestó desabrida–. Solo un poco cansada. Necesito concentrarme, nada más –furiosa consigo mismo, murmuró algo en italiano.

Ben agarró los platos que ella había preparado y se
retiró hacia la seguridad del restaurante. Gina fue menos sensible. Quería detalles.

–Leí en el periódico que habéis estado enamorados
en secreto desde que erais pequeños –suspiró–. Eso es
muy romántico.

«No», pensó Fia friendo trozos de berenjena hasta
que se volvieron marrones y blandos. Pero no podía decir la verdad por el bien de Luca, así que guardó silencio y siguió con aquella farsa de amor eterno que parecía
tener cautivado a todo el país. Resultaba irónico. Era la
envidia de millones de mujeres, se había casado con un
hombre multimillonario y sexy. Se había casado con
un Ferrara.

El primer vistazo que le echó a su nueva casa la había dejado temblando. No estaba acostumbrada a vivir
con tanto lujo. Las reformas de Santo habían aprove-
chado al máximo la posición de la villa en la bahía. Los

enormes ventanales le proporcionaban un aire moderno y mostraban espectaculares vistas de la bahía y de la reserva natural que lindaba con su terreno. Nadie podría evitar enamorarse de aquella casa, pero la estancia favorita de Fia era la enorme y soleada cocina. No era un sitio para cocinar, sino también para vivir. El corazón de la casa. Tenía puertas de cristal que daban a una terraza rodeada por un huerto de frutales. Así que recoger naranjas frescas para el desayuno implicaba únicamente salir y tomarlas de alguno de los muchos naranjos. Era un lugar para celebraciones familiares, desayunos agradables y cenas íntimas. Era perfecto.

Se llevó a Luca a la villa a última hora de la tarde, le dio la merienda en la preciosa cocina y le dejó explorar. El descubrimiento de la que sin duda era su habitación le hizo gritar de alegría.

–¡Barco! –se subió a su nueva cama, que tenía forma de barco a juego con las cortinas imitando velas.

–Sí, es un barco –ver la felicidad reflejada en su cara le elevó el ánimo. Tenía que reconocer que la habitación era preciosa. El sueño de cualquier niño.

Había cestas llenas de juguetes y las estanterías tenían más libros que una librería.

–Tu padre no conoce el significado de la palabra «moderación» –murmuró Fia tomándole de la mano y llevándole a la habitación de al lado.

Al parecer se trataba de un cuarto de invitados. Era muy bonito, tenía un pequeño balcón con vistas a la cala privada que había bajo la villa.

–*Mamma* duerme aquí –dijo Luca encantando subiéndose a la cama y saltando sobre ella.

Fia se le quedó mirando un largo instante y luego sonrió.

–Sí –dijo despacio–. Mamá va a dormir aquí. Es una idea excelente.

No había razón para que tuvieran que compartir cama. Mientras Luca volvía corriendo a su habitación y empezaba a revolverlo todo, Fia sacó la ropa del dormitorio principal y la llevó al cuarto de invitados. Luego bañó a Luca, que tenía un cuarto de baño náutico a juego con su náutica habitación, le leyó un cuento y luego dejó que Gina se quedara con él para poder volver al restaurante y encargarse de las cenas.

La frenética actividad mejoró su humor. No había sabido nada de Santo en todo el día, seguramente porque estaría igual de ocupado con su proyecto para poner el Beach Club al nivel del resto del grupo. Tal vez aquello funcionara, pensó. Si tenía cuidado, ni siquiera le vería. Si se mantenía muy ocupada, tal vez dejara incluso de pensar en él cada segundo del día.

Dispuesta a poner a prueba aquella teoría, se enfrascó en el trabajo cocinando, hablando con los clientes e interactuando con el personal. Cuando terminó ya era muy tarde. Cruzó la playa en dirección a la villa y se detuvo un instante para observar la cabaña de pescadores que le había servido tantas veces de refugio siendo niña. Estaba al final de la playa privada, pero Fia no fue capaz de acercarse hasta allí. No podía enfrentarse a los recuerdos. Sabía lo que era la soledad, pero se estaba dando cuenta de que no había nada tan solitario como un matrimonio frío y vacío.

La villa estaba en silencio. Estaba claro que Gina se había retirado ya al apartamento para el servicio, situado en un anexo.

No había ni rastro de Santo.

Aliviada al no tener que enfrentarse a él, Fia se dirigió al cuarto de invitados. Se dio una ducha y se metió en la cama, que era grande y cómoda. Le dolían las piernas por el cansancio tras haberse pasado el día de pie.

Estaba empezando a dormirse cuando se abrió la puerta de golpe y alguien encendió la luz.

La silueta de Santo ocupaba el umbral. Sus ojos se clavaron en ella como los de un cazador que hubiera localizado a su presa.

–Para que lo sepas –dijo con tono suave–, el escondite es un juego de niños, no de adultos.

–No estaba jugando al escondite.

–Entonces, ¿qué diablos estás haciendo aquí? Cuando llego a casa del trabajo no quiero tener que buscarte.

La combinación de su tono letal y de aquellos ojos oscuros provocó que se pusiera nerviosa.

–¿Esperabas que te esperara despierta para ponerte las zapatillas de estar por casa?

Santo entró en la habitación y empezó a dar vueltas alrededor de la cama como un animal salvaje que buscara el mejor método de ataque.

–¿De verdad creías que te dejaría dormir aquí?

–Yo elijo dónde duermo –murmuró Fia sosteniendo las sábanas de seda con firmeza.

–Ya elegiste al casarte conmigo. Dormirás en mi cama esta noche y todas las noches.

Acercándose con tanta velocidad que Fia no pudo reaccionar, le quitó las sábanas y la tomó en brazos.

–¡Suéltame! Deja de comportarte como un cavernícola –se retorció entre sus brazos.

Pero Santo se limitó a sujetarla con más fuerza.

–¡Vas a despertar a Luca!

–Entonces deja de gritar.

–¡Nos va a ver!

–Verá a su padre llevando a su madre a la cama –gruñó Santo dirigiéndose hacia la habitación principal–. Es una escena perfectamente aceptable. No tengo problema con que sepa que sus padres duermen juntos

—cerró la puerta de una patada, se acercó a la enorme cama y la depositó en medio.

—Por el amor de Dios, Santo...

—Deja que te dé algunos consejos sobre cómo conseguir que un matrimonio funcione. En primer lugar, retirarme el sexo no va a mejorar mi estado de ánimo —afirmó con frialdad—. En segundo lugar, puedo tenerte relajada en menos de cinco segundos, así que acabemos con esta farsa. Es una las pocas cosas que tenemos en común.

—Te crees irresistible —Fia se incorporó y trató de correr hacia la puerta, pero él la tumbó sobre la cama y le sujetó los brazos por encima de la cabeza con una mano.

Ella se retorció bajo su peso.

—¿Qué estás haciendo?

—Sexo en la cama —ronroneó Santo con los ojos brillantes y la boca a escasos centímetros de la suya—. Todavía no lo hemos experimentado. A mí me gusta descubrir cosas nuevas, ¿y a ti?

—No quiero sexo en la cama —Fia apretó los dientes y apartó la cara ignorando el calor que le subió por la pelvis—. No quiero ningún tipo de sexo.

—Estás montando una escena porque te asusta el modo en que te hago sentir.

—Lo que me haces sentir es deseos de hacerte picadillo con mi cuchillo más afilado.

Santo se rio.

Fia tenía las manos atrapadas en la suya y trató de apartar la cara de la suya, pero él le sujetó la barbilla con la otra y la mantuvo firme mientras le plantaba la boca en la suya.

El experto roce de sus labios le provocó una oleada instantánea de calor. Gimió y se retorció debajo de él.

—No quiero dormir en la misma cama que tú.

–No te preocupes por eso. Todavía falta mucho para que llegue el momento de dormir –le deslizó la mano libre bajo el camisón.

Fia trató de liberar las manos y de defenderse, pero él la mantuvo sujeta. Se sintió invadida por el calor cuando sintió su mano entre las piernas.

–¡Suéltame!

La respuesta de Santo fue deslizar los dedos dentro de ella. El calor hizo explosión. Incapaz de liberar las manos, lo único que pudo hacer Fia fue tratar de mover las caderas, pero aquel movimiento solo sirvió para intensificar la excitación provocada por aquella invasión tan íntima.

–Dios, no he parado de pensar en esto en todo el día –gimió él capturándole la boca con la suya en un beso explícito–. No he sido capaz de concentrarme. No he podido tomar ninguna decisión, y eso no me había ocurrido nunca antes. Está claro que a ti te ha pasado lo mismo.

–A mí no –era la frenética protesta de una persona que se estaba ahogando–. No he pensado en ti en todo el día.

–Mientes fatal.

Fia descubrió que Santo era capaz de sonreír y besar al mismo tiempo, y aquello volvió más sensual todavía la experiencia porque cambió el modo en que sus labios se movían sobre los suyos.

–No estoy mintiendo –se retorció para tratar de librarse de él–. He estado demasiado ocupada para dedicarte un solo pensamiento. ¿Y por qué iba hacerlo? No hemos compartido nada especial.

–¿No? –Santo le soltó las manos y se deslizó hacia abajo en la cama abriéndole los muslos.

Fia gimió y trató de cerrarlos, pero él le sujetó las manos con firmeza y su gemido se transformó en un sollozo de placer mientras la lengua de Santo exploraba aquella parte de su cuerpo con maestría letal.

Con el cuerpo en llamas, trató de mover las caderas para aliviar el deseo, pero él la mantuvo prisionera mientras la sometía con la lengua a una erótica tortura. Sintió cómo el placer se iba formando en su interior.

—Eres tan ardiente que cuando estoy contigo no puedo ni siquiera pensar —murmuró él con voz ronca colocándose encima de ella y entrando en su interior.

Y entonces se quedó muy quieto. Permaneció así, hundido en su interior con las mandíbulas apretadas para controlarse y no moverse.

Fia gimió.

—¿Qué estás haciendo? Por favor... —le arañó la espalda para urgirle a moverse.

Pero Santo se mantuvo quieto, poniendo a prueba su control mientras esperaba a que Fia regresara del límite.

—No quiero que alcances el clímax todavía —afirmó con tirantez deslizándole la boca por la suya—. Quiero que estés desesperada.

Sentía su dureza dentro, su erección era suave y poderosa como todo en él. Fia empezó a jadear. Pero él seguía sin moverse.

—Santo —le pasó las uñas por la gloriosa piel de bronce que le cubría los músculos—. Por favor...

La respuesta de Santo a su súplica fue deslizar la mano bajo su trasero y hundirse con más fuerza en ella.

—¿Has pensado en mí hoy?

Fia apenas fue capaz de hablar.

—Sí. Todo el tiempo.

—¿Y te ha resultado difícil concentrarte? —su voz estaba cargada de deseo.

Ella gimió desesperada.

—Sí. Santo, por favor...

La mantuvo así durante unos instantes, y cuando Fia

pensó que ya no podría seguir soportándolo se movió, despacio al principio. Controlando el ritmo con precisión, sabiendo exactamente cómo proporcionarle el máximo placer. Fia le enredó las piernas alrededor de las caderas, se arqueó contra él y se perdió en aquella locura. Santo también se perdió. En algún momento sintió que él había perdido el control y se estaba dejando llevar por el instinto. Fia alcanzó el clímax, y todo su cuerpo se estremeció como si lo hubiera atravesado una tormenta. Escuchó a Santo soltar un gemido gutural antes de que los espasmos de su cuerpo lo llevaran también a la cima.

Fia nunca había experimentado un placer así. El calor de Santo aceleró su propia excitación y gimió su nombre mientras se agarraba de él para cabalgar aquella tormenta.

Después Santo se tumbó boca arriba y la atrajo hacia sí.

—Me gusta el sexo en la cama —aseguró cerrando los ojos.

Fia se sentía mareada y estúpida.

—Me has obligado a suplicarte.

—¿Te he obligado? —Santo mantuvo los ojos cerrados—. ¿Te he amenazado?

Ella se cubrió los ojos con la mano.

—Ya sabes a lo que me refiero.

—Te refieres a que te he proporcionado un placer inimaginable —Santo le apartó la mano de la cara y sonrió con picardía—. De nada, cariño.

Estaba tan seguro de sí mismo, era tan arrogante en todo lo que hacía que Fia se sintió mil veces peor.

—No quiero que vuelvas a hacerlo —le espetó con el rostro sonrojado—. Una cosa es el sexo, pero no quiero que vuelvas a hacer algo así.

—¿Por qué? ¿Porque te hace sentir vulnerable? Bien —la voz de Santo era un suave ronroneo—. Cuanto estés en mi cama quiero que seas vulnerable. Y está bien que me digas lo que te gusta, aunque, si eso te incomoda, tampoco pasa nada porque no necesito tu ayuda para saber lo que te excita.

–Porque eres todo un experto, claro.

–Me has hecho sangre con las uñas, cariño –afirmó él con ironía–. Eso me da alguna pista. ¿Y qué tiene de malo ser un experto? ¿Preferirías un hombre torpe?

–No me puedo creer que estemos teniendo esta conversación –murmuró ella.

Santo se rio y volvió a colocarse encima.

–Estás llena de contradicciones. Primero eres una osada y un instante después te vuelves tímida. Dos mujeres en un solo cuerpo –murmuró con tono sugerente bajando la mano–. ¿Qué más puede pedir un hombre?

Agotada por las exigencias de Santo y lo salvaje de su propia respuesta, Fia durmió hasta tarde y se despertó sobresaltada por la preocupación por Luca. Se levantó a toda prisa de la cama y se dirigió a toda prisa a su dormitorio, donde Gina le dijo que Santo había vestido a su hijo y le había dado el desayuno antes de irse a trabajar.

–Es el hombre perfecto –suspiró la joven con expresión soñadora–. Tienes mucha suerte.

Fia apretó los dientes. No se sentía en absoluto afortunada. Se sentía una estúpida. Santo solo tenía que tocarla y se derretía.

Regresó al dormitorio y se sentó en la cama cubriéndose el rostro con las manos, humillada por el recuerdo. Entonces sonó el teléfono y contestó.

–¿Sí?

–¿Qué tal estás? –preguntó la voz grave de Santo al otro lado–. Estabas agotada, así que te dejé dormir.

—Estoy bien, gracias.

Fia no fue capaz de colgar. Sostuvo el teléfono con fuerza y aguantó la respiración con la esperanza de que Santo la invitara a comer. Tal vez a hacer un picnic en la playa. Algo que sugiriera que estaba interesado en fomentar una parte de su relación que no fuera el sexo.

—Descansa lo que puedas hoy. Te veré por la noche.

Fia sintió una punzada de desesperación. Santo no sentía nada por ella y sin embargo ella estaba deseando que volviera a casa.

Sintiéndose muy desgraciada, volcó todo su cariño en su hijo. Al menos esa relación iba bien y era un consuelo presenciar la alegría de Luca cuando estaba con su padre.

Y así se inició una nueva rutina. Santo se despertaba temprano y desayunaba con Luca, permitiendo que Fia se quedara una hora más en la cama. Y la necesitaba, porque fueran cuales fueran sus problemas, en la cama no tenían ninguno. Y había aprendido a apagar aquella parte de sí misma que anhelaba calor emocional. Apenas veía a Santo durante el día, estaba trabajando a tiempo completo en la remodelación del hotel. Ella le preparaba temprano la comida a Luca y comía con él antes de empezar con la hora del almuerzo en el restaurante. Luego lo dejaba con Gina mientras ella se concentraba en el momento más intenso del día. El chef que la había ayudado cuando su abuelo estuvo en el hospital seguía con ellos, y encontraba estimulante trabajar con alguien que tenía una preparación formal.

Un lunes por la tarde, dos semanas después de que se hubieran mudado a su nuevo hogar, Fia pudo por fin tomarse una tarde libre. Tras haber terminado el servicio de mediodía y haber experimentado con dos nuevos platos, dejó que su equipo terminara con los preparativos para la noche y se llevó a Luca a la villa. Convencida de que Santo estaría trabajando, como siempre, se puso un biquini y llevó a Luca a la maravillosa piscina que solo utilizaba cuando Santo no estaba.

Luca se agarró a ella al meterse en el agua. Dio patadas en el agua y miró detrás de Fia.

—Papá.

—Papá está trabajando —aseguró Fia contenta sujetándole de la cintura.

—No, ya no —la voz grave de Santo llegó desde el extremo de la piscina.

Fia se giró, horrorizada al encontrarle allí con el teléfono en la mano. Desde los pulidos zapatos hechos a mano al traje bien cortado, todo en él exudaba éxito. Dejó el teléfono en la tumbona más cercana.

—Parece un buen plan para una calurosa tarde de verano. Me uniré a vosotros —se quitó la chaqueta y la corbata.

Fia se preguntó qué estaba haciendo allí.

—¿No tienes que volver al trabajo?

—Soy el jefe —la camisa siguió a la chaqueta—. Yo decido cuándo trabajo. Y siempre paso unas horas con Luca cada tarde antes de su siesta.

—¿Todas las tardes? —aquella era una noticia nueva para ella—. ¿Y de dónde sacas el tiempo?

—Tengo un buen equipo, se las pueden arreglar sin mí mientras yo juego con mi hijo una hora —en calzoncillos, Santo entró en la caseta de la piscina y salió un instante después con un bañador puesto—. Podemos hacerlo —aseguró acercándose al borde del agua—. Podemos ocupar el mismo espacio y no desnudarnos el uno al otro.

Fia abrazó a Luca con más fuerza y se dirigió a la parte donde hacía pie esperando que Santo se lanzara con fuerza al agua. Pero para su sorpresa, se metió sin tirarse. Y se le debió de notar, porque Santo alzó una ceja.

–Dado que los niños detectan la tensión de los adultos, estaría bien que dejaras de mirarme como si fuera un tiburón que hubiera entrado en la piscina.

–Pensé que ibas a tirarte y no quería que Luca se asustara y le tomara miedo al agua.

–¿Eso fue lo que te pasó a ti? Me he dado cuenta de que nunca te metes en el mar.

–Mi hermano solía hacerme aguadillas muy largas.

Fia esperó a que dijera algo negativo de su familia, pero Santo se metió debajo del agua y apareció justo a su lado.

–Nadar es una cuestión de seguridad en uno mismo. Tenemos que trabajar en tu confianza. Y mientras tanto le enseñaré a Luca que el agua es divertida. Mi hermano y yo nos pasábamos horas nadando cuando éramos pequeños –tomó a Luca en brazos y le agitó suavemente en el agua, chapoteando mientras le hablaba suavemente en italiano.

Y el niño disfrutó de cada segundo, incluido el momento en que su padre le metió debajo del agua. Salió boqueando y riéndose feliz. Fia sintió una dolorosa punzada de culpabilidad.

–Lo siento –espetó.

Santo se quedó quieto sosteniendo a su hijo con firmeza.

–¿Qué sientes?

–Fue un error no decírtelo. Creí que estaba haciendo lo correcto. Quería protegerle para que no tuviera una infancia como la mía, pero ahora veo que... –se le quebró la voz–. Eres muy bueno con él. Le encanta estar contigo.

–Y eso debería ser motivo de alegría, ¿no? Entonces, ¿por qué estás tan triste?

–Porque no me lo vas a perdonar nunca –aseguró Fia con tristeza–. Siempre va a estar entre nosotros.

Santo se la quedó mirando durante un largo instante y luego apretó los labios.

–Estás hablando como una Baracchi, no como una Ferrara. Los Baracchi se agarran al pasado y se amargan por él, pero ahora eres una Ferrara y eso significa seguir adelante –se colocó el niño al hombro y la miró fijamente–. Y te advierto que, si tratas de salir de esta piscina, te lo impediré.

–¿Cómo sabes que eso es lo que quiero hacer?

–Porque puedo leer la señales. Siempre tienes un ojo puesto en la ruta de escape.

–Los dos sabemos que este es un momento tuyo y de Luca –Fia se sonrojó, deseando no haber iniciado aquella conversación–. Nunca pasas tiempo conmigo durante el día. Te levantas temprano para estar con él, vas a trabajar, estás otra vez con él y luego vienes a la cama a estar conmigo. Esa es nuestra relación. Yo soy alguien a quien solo ves en la oscuridad.

Se hizo un largo y tenso silencio. Luego Santo dejó escapar un suspiro.

–En primer lugar, me levanto temprano porque Luca también lo hace y así te dejo descansar un poco más. Trabajas muy duro. En segundo lugar, trabajo mucho porque estoy en medio de un proyecto importante, no porque te esté evitando. En tercer lugar, voy a la cama y tengo relaciones sexuales contigo porque es el único momento del día en el que nuestros caminos se cruzan. No te veo como alguien con quien me acuesto en la oscuridad, sino como mi esposa. Y, si lo que necesitas para que te demuestre que me tomo en serio esta relación es tener sexo de día, para mí no supone ningún problema.

Fia no supo qué podría haber sucedido después, porque Luca estiró los brazos hacia ella y estuvo a punto de caerse. Santo le sujetó con decisión. Entonces el niño mantuvo un brazo en el hombro de su padre y con el otro trató de agarrarse a Fia.

Aceptar el abrazo supuso acercarse a Santo. La pierna desnuda le rozó la suya. A Fia se le puso el estómago del revés.

–Necesita juguetes –soltó–. Juguetes para la piscina.

–Por supuesto –Santo clavó la mirada en la suya, consciente de que estaba tratando de cambiar de tema–. Iremos de compras esta tarde.

–Todavía tiene que dormir la siesta.

Como para demostrarlo, Luca, agotado tras una tarde tan activa, dejó caer la cabeza en el hombro de su padre y cerró los ojos.

–Le llevaré a la cama –Santo se las arregló para salir de la piscina sin despertar al niño.

Fia le vio cruzar la terraza y entonces salió del agua y se dio una ducha rápida en la caseta. Acababa de envolverse en la toalla cuando Santo apareció detrás de ella.

–Ni siquiera se ha movido. Admiro su capacidad para dormirse tan rápidamente.

Estaba tan guapo que Fia no pudo evitar quedarse mirándole.

–Bien. Bueno. Entonces yo voy a...

–Tú no vas a ninguna parte –Santo puso la boca sobre la suya y tiró de la toalla, que cayó al suelo–. Voy a demostrarte que nuestra relación no es solo sexo nocturno –murmuró con tono sensual atrayéndola hacia sí–. Vas a experimentar el sexo de día.

–Santo...

–Sexo contra la pared, en el suelo –le besó el cuello–, sexo en la ducha, en la cama... –deslizó la boca más abajo–. ¿Qué te parecería sexo en la piscina?

–Desde luego que no –Fia gimió cuando sus dedos encontraron la parte más sensible de su cuerpo–. No sería capaz de volver a mirar al servicio a la cara nunca más.

Un brillo travieso iluminó los ojos de Santo.

–Date la vuelta –le ordenó capturándole la boca con la suya–. Tengo una idea mejor. Sexo en la tumbona.

Santo la giró y la inclinó hacia delante. Fia soltó un suave gemido cuando se colocó sobre ella. Perdió el equilibrio y colocó las manos sobre la tumbona, dejando al descubierto el desnudo trasero por el movimiento. Sintiéndose tremendamente vulnerable, trató de incorporarse, pero Santo la mantuvo allí.

–No voy a hacerte daño –le dijo con dulzura–. Tú relájate y confía en mí.

–Santo... no podemos... –gimió Fia.

Pero sus dedos ya la estaban acariciando allí, seduciéndola y explorándola sin ningún pudor. Y en cuestión de segundos ella se olvidó del pudor. Cuando creyó que iba a volverse loca, sintió el calor de su virilidad contra ella y sus manos fuertes le sujetaron las caderas mientras se deslizaba profundamente en su interior. Fia gimió.

–Dios, eres deliciosa –jadeó Santo.

Ella no pudo responder. Cada embate la llevaba más y más cerca del clímax, que llegó con una oleada de calor que los atrapó a ambos a la vez. Hubiera colapsado si Santo no la hubiera estado sujetando. Salió de ella, tomó en brazos su tembloroso cuerpo y la llevó a la ducha.

–Ha sido una gran idea –dijo dejándola en el suelo y abriendo el agua–. Sexo de día. Una razón más para salir de mi despacho. A este ritmo no ganaré la apuesta.

–¿Apuesta? –todavía confundida, Fia se apartó el pelo de la cara mientras el agua caía en cascada sobre ellos–. ¿Qué apuesta?

–Que puedo convertir el Ferrara Beach Club en el

mejor hotel del grupo —Santo se puso champú en la palma de la mano y le masajeó suavemente el pelo—. Nunca lo reconoceré delante de él, pero es muy difícil seguir los pasos de mi hermano. Cuando se retiró al asiento de atrás el año pasado todo el mundo dio por hecho que yo me limitaría a sujetar las riendas sin hacer ningún cambio. Admiro y respeto a mi hermano más que a nadie, pero quiero demostrar que yo también puedo aportar algo a la empresa.

Arrullada por la caricia de sus dedos, Fia cerró los ojos.

—Eres muy competitivo.

—Sí, pero no se trata solo de eso —Santo apagó la ducha y agarró una toalla—. Cuando nuestro padre murió fue Cristiano quien se hizo cargo de todo. Yo estaba en el último año de instituto y él estudiaba en Estados Unidos. Lo dejó todo, volvió a casa y se puso al frente de la familia. El negocio de mi padre era pequeño, pero Cristiano lo llevó a una posición global. Gracias a él Dani y yo pudimos terminar nuestra educación. Sacrificó mucho por nosotros. Quiero que se sienta orgulloso de mí.

Fia echó la cabeza hacia atrás y se secó el pelo mientras recordaba a Cristiano en su boda. Alto, moreno e intimidante.

—No le caigo bien —murmuró—. No aprueba que te hayas casado conmigo.

Santo vaciló.

—No aprueba que no me dijeras que estabas embarazada, pero eso forma parte del pasado. Me protege, igual que yo a él. Fui muy duro con Laurel cuando se separaron porque yo no entendía qué estaba pasando. Lo cierto es que un hombre nunca sabe qué pasa en el matrimonio de otro.

Santo le tomó el rostro entre las manos y la besó dulcemente.

–Y hablando de matrimonio, ¿qué te parece hasta ahora el nuestro? –le preguntó en voz baja–. ¿Cómo te sientes?

¿Cómo se sentía? Se sentía algo mareada, como le ocurría siempre que le tenía cerca. Sentía un calor inesperado por dentro. Se alegraba de haberse casado con él. Y no solo por Luca.

–Me siento bien –aseguró apartándose.

–¿Bien? ¿Qué quiere decir eso? Esa palabra no me dice cómo te sientes realmente.

Le amaba. En las últimas semanas se había enamorado de él sin saber cómo.

Aquella repentina certeza fue como una espada que se le clavó en el corazón, y durante un instante no pudo respirar. Qué estupidez. Qué peligro.

Santo apretó los labios.

–El hecho de que no sepas cómo responderme me dice mucho. Eres una persona muy generosa. Te casaste conmigo porque pensaste que era lo mejor para nuestro hijo. Y debes saber que estoy decidido a que este matrimonio funcione. Quiero que seas feliz. A partir de ahora haremos más cosas juntos. No solo con Luca, sino también como pareja. Buscaré huecos durante el día, y tú también.

Santo había malinterpretado su silencio y ella lo agradecía. Lo último que deseaba era que supiera cómo se sentía.

Lo malo era que ahora Santo sentía que tenía que hacer un trabajo extra para complacerla. Había entrado en la lista de sus obligaciones. Pasar tiempo a su lado no era un placer, sino una responsabilidad. Sentía el orgullo herido.

–Estás muy ocupado –se colocó el cabello húmedo sobre un hombro–. Y yo también. Sigamos como hasta ahora. Sinceramente, me viene bien así.

–Bueno, pues a mí no. Para que este matrimonio funcione tenemos que trabajar en él.

Se había casado con ella por el bien de Luca. Quería pasar tiempo con ella por el bien de Luca. Se sentía humillada.

Fia trató de dejar a un lado sus sentimientos y trató de pensar en cómo reaccionaría si no estuviera enamorado de él.

–Claro –graznó–. Si quieres que pasemos tiempo juntos, a mí me parece estupendo.

A LA MAÑANA siguiente se despertó con un potente rayo de luz cuando Santo abrió las persianas.

—*Buongiorno* —Santo le quitó las sábanas y le tendió la bata.

Todavía medio dormida, Fia emitió un gemido de protesta y metió la cabeza debajo de la almohada.

—¿Qué hora es?

—Hora de levantarse —afirmó él—. Dijiste que nunca me veías de día y vamos a cambiar eso, dormilona.

—¡Es culpa tuya que duerma tanto! No deberías...

—¿Qué no debería? ¿Hacerle el amor a mi mujer durante casi toda la noche? —le quitó la almohada y la ayudó a incorporarse—. No puedo creer que estés de tan mal humor por las mañanas.

—¿Por qué estás aquí?

—Hoy vamos a desayunar en familia —aseguró Santo consultando el reloj—. Luego tengo que ir a una reunión inaplazable y después vamos a ir de compras.

Duchado, afeitado y vestido con traje estaba tan guapo que Fia sintió deseos de tirar de él y meterle otra vez en la cama.

—Tengo el servicio de comidas.

—Hoy no. He reorganizado tu horario. Y no te enfades conmigo —se anticipó—. Normalmente no se me ocurriría interferir en tu trabajo, pero hoy se trata de nosotros. Quiero pasar tiempo contigo.

No era cierto. Lo hacía porque creía que debía hacerlo. Solo era un punto más en su agenda. Resignada a colaborar con aquella estrategia, Fia salió de la cama.

–Necesito darme una ducha.

–Yo no puedo dármela contigo –murmuró Santo entre dientes retirándose hacia la puerta–. Me prometí a mí mismo que hoy vamos a estar todo el día fuera del dormitorio. Reúnete abajo con nosotros cuando estés lista –agarró el picaporte–. Te prepararé un café. Lo tomas con leche. Ya sé eso de ti.

–Gracias –seguramente tendría que haberle conmovido que estuviera intentándolo con tanto ahínco, pero le deprimía que para él supusiera tanto esfuerzo. Las relaciones tendrían que ser algo natural.

Cuando se reunió con ellos en la terraza, Santo se había quitado la chaqueta y estaba hablando con su hijo. Fia sintió una oleada de calor como le sucedía siempre que les veía juntos.

–*Mamma!* –a Luca se le iluminó la cara y Santo se levantó y retiró la silla para ella.

–Mamá va a desayunar con nosotros, así que vamos a portarnos lo mejor que podamos.

Fia besó a Luca y luego alzó las cejas al ver al tradicional desayuno siciliano de *brioche* y *granita*.

–¿Lo has hecho tú?

–No exactamente –una sonrisa cruzó el bello rostro de Santo mientras se sentaba–. He pedido el desayuno en el Beach Club. Quiero saber tu opinión. Estamos perdiendo a nuestros clientes por ti, y quiero que me digas la razón. ¿Es por la comida? ¿Por las vistas? Quiero saber qué estamos haciendo mal.

Fia tomó asiento a su vez.

–No sé nada sobre cómo llevar un hotel, así que no puedo ayudarte.

–Pero sabes mucho sobre comida –le pasó un plato–. He bajado la carta para que la veas.

Fia la examinó.

–Es demasiado extensa.

–*Scusi?* –Santo entornó los ojos–. Es bueno que haya muchas opciones. Significa que podemos complacer un amplio abanico de gustos.

–Está bien poder escoger, pero, si ofreces demasiadas cosas, la gente no sabe qué tipo de comida estás sirviendo. Esto es Sicilia. Sirve comida italiana con orgullo. En La Cabaña de la Playa nos apoyamos completamente en los productos de temporada. Compramos el pescado fresco directamente del barco por la mañana y las naranjas son de nuestro huerto.

–Pero nosotros tenemos mayor número de comensales, así que ese grado de flexibilidad no es siempre posible.

–Debería serlo. Lo que no cultivo yo lo consigo de los agricultores locales. Podría hablar con mis proveedores y ver si pueden suministrar más cantidad.

Santo sirvió café.

–Quiero que mires detenidamente la carta y me hagas sugerencias.

–¿No va a molestarse tu cocinero jefe?

–Lo que me preocupa es el éxito del negocio, y a la larga eso es lo que nos beneficiará a todos –le pasó la taza de café–. Enhorabuena. Acabas de ser nombrada directora chef. Supervisarás la Cabaña de la Playa y el Beach Club.

Fia se rio sin dar crédito.

–Y ahora que trabajas para mí tienes que decirme cómo mejorar los restaurantes. Prueba la comida.

Fia cortó un trozo del caliente y cremoso *brioche* y examinó la textura antes de darle un mordisco.

–Está bueno. Un poco grasiento tal vez –sintió una

profunda satisfacción porque sabía que el suyo era in-
finitamente superior–. Como estamos casados y me interesa que tengas éxito, compartiré mi receta secreta
con tu chef.

–¿Cuándo y dónde aprendiste a cocinar? –quiso saber Santo.

–Aprendí yo sola. Cuando mi madre se marchó me
quedé rodeada de hombres que esperaban que cocinara
para ellos. Por suerte me encantaba. Cometí muchos
errores y hubo mucha comida que terminó en la basura,
pero al cabo de tiempo empecé a hacer muchas cosas
bien, y cuando lo conseguía lo apuntaba. ¿Por qué me
miras así?

–¿No recibiste formación?

–Por supuesto que no. ¿Cuándo hubiera podido ir a
clase? –Fia sirvió leche en la taza de Luca–. Me hubiera
encantado ir a la universidad, viajar y pasar tiempo con
otros chefs, pero nunca tuve esa opción.

–Me sorprende que tu abuelo te dejara llevar el restaurante. Una cosa es cocinar para él y otra dirigir un
negocio. Es muy tradicional.

Fia lamentó que Santo llevara puestas las gafas de
sol. Sin mirarle a los ojos no podía saber qué estaba
pensando.

–Mi abuela siempre tenía unas cuantas mesas al lado
de la orilla. Nada elegante, pero la comida siempre era
fresca. Supongo que como ella cocinaba para otros aceptó
mejor que yo también lo hiciera. Pero protesta. Cree que
he convertido el restaurante en un lugar de moda.

–Has tenido una vida muy difícil –afirmó él con voz
pausada–. Perdiste a tus padres y luego a tu hermano, y
sin embargo has conseguido mantenerte a flote. Y no
solo eso, sino que además tienes un negocio floreciente,
un niño feliz y un abuelo más dulce. No has repetido el
patrón con el que creciste, has creado el tuyo propio.

–Escogí imitar a tu familia, no a la mía.

–Y lo has hecho sin ningún apoyo. Quiero que sepas que siento un enorme respeto por lo que has logrado. Y te debo una disculpa por haber sido tan duro contigo cuando me enteré de lo de Luca.

–No tienes por qué disculparte –murmuró ella–. Lo entiendo.

Santo se puso de pie.

–Tengo una reunión que durará al menos una hora. Luego le pediré a Gina que se lleve a Luca para que podamos estar un rato a solas.

A solas le sonaba aterrador a Fia. Significaba concentrarse mucho en no demostrar lo que sentía.

–¿Por qué no nos llevamos a Luca y salimos los tres juntos?

Santo se detuvo un instante mientras se ponía la chaqueta.

–Estaba pensando en algo más romántico.

–¿Romántico? –Fia se rio suavemente–. Te lo agradezco, pero no es necesario, de verdad.

–Sí es necesario. Aparte del traje de novia no te he comprado absolutamente nada desde que estamos juntos. Eres mi mujer. Te mereces lo mejor.

Oh, Dios, se avergonzaba de ella. ¿Cómo no se le había ocurrido antes? Estaba casada con Santo Ferrara y seguía vistiéndose como siempre lo había hecho. Dolida porque hubiera sacado el tema de aquel modo, se apresuró a asentir.

–Sí, por supuesto. Vamos de compras. Lo que quieras.

–Termina de desayunar. Te recogeré dentro de una hora. Es importante que pasemos tiempo juntos. Y en cuanto a ti –se inclinó para darle un beso a Luca–, vas a pasar el día con Gina. Pórtate bien.

Le lanzó una última mirada a Fia y salió de la terraza

en dirección al hotel. Ella se quedó mirándole con desesperación.

–Quiere pasar el día conmigo porque cree que es su obligación. Y va a comprarme ropa para que no le avergüence en público. Tu tía Dani me ha dicho que odia ir de compras, y el hecho de que esté dispuesto a hacerlo significa que le estoy avergonzando mucho.

Fia le dio a Luca otro trozo de *brioche* y dejó caer la cabeza entre las manos con gesto desesperado.

–Ese te queda de maravilla –Santo le dijo aquel cumplido en un esfuerzo más por complacerla.

Pero cuanto más la halagaba más se retiraba ella. Nunca había conocido a una mujer que mostrara tan poco entusiasmo al ir de compras, y se estrujó el cerebro tratando de pensar qué estaba haciendo mal. ¿Se sentiría desilusionada por haber dejado a Luca en casa?

–¿Te gusta este? –Fia observó con indiferencia su reflejo en el espejo.

Lo cierto era que como más le gustaba a Santo era sin nada, pero dudaba mucho que admitirlo mejorara su humor, así que observó detenidamente el vestido de seda azul y asintió.

–El color te queda muy bien. Añádelo a la pila.

Fia desapareció en el cambiador para quitárselo y volvió a salir con él en la mano.

Santo lo tomó y se lo entregó a la dependienta junto con la tarjeta de crédito.

–Ese vestido es perfecto para la fiesta familiar.

–¿Qué fiesta familiar?

–Dentro de un par de semanas es el cumpleaños de Chiara y los Ferrara nos reunimos. Cristiano adora a sus chicas, Laurel incluida. Así que te puedo asegurar que va a ser toda una celebración –Santo agarró las bolsas con una mano y la guio de regreso al Lamborghini–. Creí que te lo había comentado.

–No, no lo habías hecho –Fia se detuvo en seco en la puerta de la tienda.

Santo tuvo que abrazarla para evitar que la arrollara un grupo de compradores ansiosos. En lugar de apartarse, Fia se quedó entre sus brazos y apoyó la cabeza contra su pecho.

Santo frunció el ceño. Había algo tremendamente vulnerable en aquel gesto. Sintió una punzada de preocupación. Se dio cuenta de que era la primera vez que se tocaban así y sintió otra punzada, esta vez de preocupación, por el modo en que la había tratado. La había precipitado hacia el matrimonio sin pensar en sus sentimientos. Solo había pensado en el bienestar de su hijo, no en el de Fia. Prometió centrarse en ella a partir de aquel momento.

–Te lo pasarás bien en la fiesta. Es una oportunidad para juntarnos todos –Santo la apartó suavemente y le apartó el pelo de la cara para poder mirarla–. Chiara cumple seis años, y mi familia siempre celebra los cumpleaños por todo lo alto –sin soltarle la mano, dejó las bolsas en la parte de atrás del coche–. La fiesta será en su casa de Taormina, llegaremos allí en helicóptero.

–¿Vamos a quedarnos en casa de Laurel y Cristiano?

–¿Hay algún problema? –Santo le abrió la puerta y trató de no fijarse en sus piernas cuando se sentó en el asiento del copiloto–. Tu abuelo parece haberse recuperado muy bien y todavía tiene una enfermera de noche. Si te preocupa el resto del día, puedo arreglarlo.

–No me preocupa. Gina estará por ahí.

Pero Santo se dio cuenta de que algo la inquietaba y trató de descubrir la causa.

–¿Te agobia un poco todo el tema de la familia Ferrara?

–No. Creo que sois muy afortunados. Tenéis una familia maravillosa.

Hablaba como si no formara parte de ella. Santo aspiró con fuerza el aire mientras ella se ponía el cinturón de seguridad sin mirarle. Rodeó el coche y tomó asiento tras el volante.

–Mi familia es tu familia, cariño –aseguró arrancando el motor–. Ahora eres una Ferrara.

Fia se quedó mirando hacia delante.

–Sí. Podría hacer la tarta de cumpleaños –sugirió con inseguridad–. Pero si prefieren hacerla ellos...

–No, creo que eso les encantará –Santo condujo unos minutos antes de detenerse frente a un pequeño restaurante que había sido su favorito durante años–. Hoy vas a comer algo cocinado por otros. Este sitio es increíble. Incluso tú te quedarás impresionada.

Santo escogió una mesa tranquila en un rincón del patio bajo la sombra de una parra cargada de uvas maduras. De la cocina salía un tentador aroma a ajo y especias, y el sonido de las conversaciones se mezclaba con las voces de los cocineros.

Pidieron una selección de platos para compartir y Santo la vio probarlos. Hubo un momento en que se levantó y fue a la cocina para preguntarle algo al chef que luego apuntó en una libreta que llevaba en el bolso.

–Esto está muy bueno. Pero yo no le pondría piñones –diseccionó la comida con el tenedor para estudiar la composición–. Y seguramente añadiría menos especias porque enmascaran el sabor del pescado. Servido con una ensalada verde sería perfecto para el Beach Club. He estado pensando en ello.

–¿En la carta del Beach Club?

–Quieres atraer gente deportista. Así que deberías servir comida ligera y sana acompañada de platos de pasta que proporcionen carbohidratos sin las calorías extra de las salsas. Aumentar la oferta de verduras y pescado –Fia tomó algunas notas más.

Santo la observó pensando en que la había subestimado.

–¿Estarías dispuesta a revisar las cartas de todos los restaurantes del grupo Ferrara?

Fia se sonrojó.

–¿De verdad quieres que lo haga?

–Sin duda. Cuando construimos un hotel nuevo, Laurel supervisa el gimnasio. Nos aconseja sobre equipamiento y nos ayuda a contratar el personal adecuado.

Fia guardó la libreta y agarró el tenedor.

–¿Así es como Cristiano conoció a Laurel? ¿Trabajaba para ti?

–Era la mejor amiga de Dani en la universidad, y yo la contraté como entrenadora personal. Cristiano estaba tan impresionado que le pidió que nos ayudara en todos nuestros gimnasios. Nunca pensé que vería a Cristiano enamorarse como un loco, pero ocurrió. Cuando Laurel y él cortaron durante un tiempo se volvió una persona distinta. Fue un gran alivio para todos que volvieran. Nunca habían dejado de amarse, y fue ese amor lo que les mantuvo unidos.

Fia dejó de comer. Bajó lentamente el tenedor y lo dejó sobre el plato como si ya no pudiera seguir. La alegría parecía habérsele borrado del rostro. Santo retomó la conversación en un intento de arreglar lo que pudiera haber dicho. Tal vez había malinterpretado la historia.

–En definitiva, Cristiano no estaba dispuesto a considerar la idea de divorciarse porque la amaba demasiado.

–Eso es muy romántico –Fia estaba completamente pálida. Se reclinó hacia atrás y abandonó la pretensión de seguir comiendo–. Esto está delicioso, pero no tengo mucha hambre. Lo siento.

–No hace falta que te disculpes. Pero hace un instante estabas charlando animadamente y ahora parece que te hubiera dado una mala noticia.

Había estado bien hasta que mencionó a Cristiano. Santo sabía que había estado fría con ella en la boda y se dijo que debía comentarle a su hermano que tratara de ser más amable.

–Si ocurre algo, me gustaría que me lo dijeras.

–No pasa nada, solo estoy un poco cansada.

Si estaba cansada, era culpa suya, pensó Santo cuando salieron del restaurante. Pasaban una buena parte de la noche haciendo el amor. Pensaba que Fia disfrutaba tanto como él de la parte física de su relación, pero ahora se preguntó si para ella no sería una obligación más.

Durante las siguientes semanas Santo continuó cumpliendo con el papel de marido perfecto. La colmaba de regalos caros, la sacaba por la noche a cenar e incluso la llevó a París para que probara la comida de un restaurante que ella había mencionado. Pero cuanto más lo intentaba, peor se sentía Fia. Santo empezó a irse a la cama cada vez más tarde, y cuando finalmente se acostaba a su lado, no la tocaba.

Para ella fue la gota que colmó el vaso. Lo único bueno que tenía su matrimonio era el sexo, y al parecer Santo ya no estaba interesado siquiera en eso. Fia era consciente de que antes de casarse con ella tenía una largo historial de relaciones. Se aburría fácilmente de las mujeres y estaba claro que ya se había aburrido de acostarse con la misma.

Y si aquella parte se acababa, ¿qué les quedaba? Ningún Ferrara podría aguantar un matrimonio sin sexo. Tomaría una amante, y eso sería más difícil de so-

portar para ella que nada. La falta de sexo y las impli-
caciones que eso encerraba le quitaba más el sueño que
el exceso de sexo, y Fia estaba cada vez más cansada.

Durante el día se dedicaba a trabajar. Pasó un tiempo
en el Beach Club haciendo algunas sugerencias para aumentar la popularidad del restaurante. Puso más mesas
fuera y cambió la carta. Cuando Santo le dijo que las
reservas habían aumentado el doble se sintió feliz, porque lo que más deseaba era complacerle.

Solo se relajaba con Luca, y aun así solo si Santo estaba demasiado ocupado para unirse a ellos. Pero el
cumpleaños de Chiara se cernía sobre ella y no había
manera de evitar la reunión de la familia Ferrara. Fia
sabía que ver a Cristiano y a Laurel juntos pondría de
manifiesto las fisuras de su propio matrimonio. Cristiano y Laurel estaban unidos por el amor. Santo y ella
estaban unidos por Luca.

El plan era que después de la fiesta los adultos salie-
ran a cenar. Fia trató de calmarse diciéndose que aquella sería una buena oportunidad para conocer a su familia. Y una excusa para añadir algo de glamour a su
existencia. Consciente de que se pasaba la vida vestida
con el delantal del chef, decidió que aquella sería la oportunidad perfecta para ponerse alguno de los vestidos que
Santo se había empeñado en comprarle. Trató de recordar cuál era el que más entusiasmo había despertado en
él y al final se decidió por el vestido de seda azul.

Cuando se lo puso le pareció que le quedaba tan bien
que se le subió el ánimo. Tal vez las cosas no fueran tan
mal como ella pensaba. No existía ningún matrimonio
perfecto, ¿verdad?

Para emoción de Luca, fueron volando en helicóptero y aterrizaron en el jardín del lujoso *palazzo* de Cris-

tiano situado en las colinas de la hermosa ciudad de Taormina. Desde allí se divisaba el monte Etna, y a sus pies el cristalino Mediterráneo.

–Este es el lugar favorito de Laurel –Santo la urgió hacia la terraza llevando con cuidado la caja que contenía la tarta que había hecho Fia–. Tuvo una infancia difícil, fue entregada en adopción y nunca tuvo un hogar propio. Cristiano le regaló esta casa de sorpresa.

Fia se preguntó qué se sentiría al ser amada de ese modo. Cuando doblaron la esquina se sintió amenazada por la cantidad de gente que había.

–¿Quién son todas estas personas?

Santo escudriñó los rostros.

–El hombre que está al lado del árbol es mi tío, y la de al lado es su esposa. Las dos chicas que están en la piscina son mis primas, trabajan en la sección de marketing de la empresa.

La lista era interminable, incluidos los hijos de los primos y los amigos. Fia volvió a pensar en lo diferentes que eran sus vidas.

–¡Fia! –tan delgada y en forma como siempre, Laurel se acercó y le dio un beso en las mejillas–. Bienvenida. ¿Verdad que hace mucho calor? Chiara está un poco abrumada. Estoy empezando a pensar que tendría que haber hecho algo más íntimo.

–¿Conocen los Ferrara ese concepto?

Laurel se rio.

–Bien dicho. ¿A ti también te resulta abrumadora esta familia? A mí desde luego me lo parecía. Pero te acabas acostumbrando.

La diferencia estaba en que Laurel tenía un marido que la adoraba.

–He traído la tarta. Espero que te guste –sintiéndose ridículamente nerviosa, Fia levantó la tapa de la caja.

Laurel contuvo el aliento al ver la tarta.

—¡Dios mío, es perfecta! Un castillo de hadas —exclamó maravillada—. ¿Cómo lo has hecho?

—He utilizado la foto que me mandaste de su juguete favorito.

—Las hadas tienen incluso alas y varitas mágicas —Laurel estaba asombrada—. Es increíble.

—Voy a dejarla sobre la mesa, no quiero ser el causante de que se rompa —aseguró Santo colocándola en el centro.

Chiara vio la tarta a lo lejos y se le abrieron los ojos de par en par. Fue su hermana Elena la que la arrastró por la terraza hacia ellos.

—Este es su segundo cumpleaños con nosotros —murmuró Laurel—. Antes no sabía siquiera lo que era un cumpleaños, así que, si no dice o hace lo correcto, por favor, discúlpala.

A Fia se le llenaron los ojos de lágrimas y las contuvo, pero no antes de que Laurel se diera cuenta.

—Lo siento —dijo avergonzada—. No sé que me pasa últimamente. Creo que no duermo lo suficiente.

—No te disculpes. Yo lloro con frecuencia cuando pienso en lo solitaria que era su vida antes de la adopción.

Chiara le dio las gracias tímidamente por la tarta, pero el verdadero premio para Fia fue la expresión de su rostro mientras examinaba cada detalle.

Cristiano se acercó a ellos y subió a sus hijas en alto, una en cada brazo.

—¿Cuál de las dos celebra su cumpleaños?

Abrazándose con fuerza al hombre que ahora era su padre, Chiara se sonrojó.

—Yo.

—Entonces ve a saludar a tus invitados, señorita. Y luego cortaremos esta fantástica tarta —sonrió a Fia con afecto sincero—. Bienvenida. Y gracias por esta espec-

tacular tarta. Es todo un detalle por tu parte haberle hecho algo tan especial.

Fue una tarde bulliciosa y feliz, y cuando llegó la
hora de acostarse Luca decidió dormir en la misma habitación que Chiara, Elena y Rosa.

Laurel puso los ojos en blanco sin dar crédito.

–Lo siento mucho. ¿Te parece bien a ti? Tenemos
diez habitaciones. No me preguntes por qué prefieren
estar todos apretados en una.

–Creo que es fantástico –Fia pensó en lo sola que estaba ella de niña. Habría dado cualquier cosa por dormir
en una habitación bonita con tres primas bulliciosas.

–¿De verdad? Yo también lo creo. Y no tienes de
qué preocuparte, porque la tía de Cristiano se va a quedar a dormir y ha prometido vigilarles –Laurel miró a
los niños con seriedad–. Tenéis que dormiros rápido,
nada de tonterías.

Tras pronunciar aquella orden, salieron de la estancia y Fia la miró de reojo.

–Se van a pasar la noche despiertos.

–Tienes razón. Pero lo bueno es que entonces se le-
vantarán tarde. Y ahora tenemos que arreglarnos. El
restaurante que ha escogido Cristiano es muy elegante.
Todos estamos deseando escuchar tu opinión sobre la
comida, aunque no creo que pueda comer nada después
de tanta tarta. Es la mejor que he probado en mi vida.

Fia se sonrojó. Y pensó que ya era una de ellos. Era
una Ferrara.

Tal vez su matrimonio no fuera perfecto, pero todavía estaban empezando y Santo estaba esforzándose
mucho. En lugar de desear tener algo más debía aprovechar al máximo lo que tenía. Debía intentarlo. Y lo
primero era recuperar su vida sexual. Al principio la encontraba irresistible. Dependía de ella reavivar aquella
parte de su relación.

Santo estaba en la terraza tomando una copa con Cristiano y con Raimondo, el marido de Dani, así que Fia podía tomarse su tiempo para arreglarse.

El vestido de seda azul se le ajustaba a las curvas y dejaba al descubierto sus largas piernas. Tal vez no estuviera tan tonificada como Laurel, pensó mirándose al espejo, pero no tenía mala figura.

Se puso los tacones, agarró el bolso y aspiró con fuerza el aire. Nunca en toda su relación había intentado seducir a Santo. Esta iba a ser la primera vez.

Llamaron a la puerta con los nudillos, abrieron y aparecieron Laurel y Dani.

—Oh, mi pobre hermano —dijo Dani ladeando la cabeza y observándola—. No tiene ninguna posibilidad.

Con aquel piropo resonándole en los oídos, Fia se unió a ellas y las tres mujeres se dirigieron a la terraza.

Santo le estaba dando la espalda. Ella sintió un nudo en el estómago mientras se le quedaba mirando los anchos hombros.

Cristiano las vio primero y al instante interrumpió la conversación para saludarlas. Aunque fue muy amable con las tres, solo tenía ojos para su mujer y Fia sintió una punzada de envidia. Dani se plantó delante de Raimondo y esperó a que le dijera algo mientras Santo se giraba hacia Fia. Estaba tan guapo que contuvo la respiración. Y se dio cuenta de que aquellos ojos oscuros suyos tan sensuales parecían cansados. Él tampoco estaba durmiendo bien.

—¿Verdad que está impresionante? —Dani le dio un codazo a su hermano—. Deberías decirle algo. Por ejemplo: «Vamos a olvidarnos de la cena y subamos directamente a la habitación».

Santo se giró para mirarla.

—Hablas demasiado —le espetó.

Su hermana dio un paso atrás, visiblemente dolida por el inesperado ataque.

Cristiano observó la escena con ojos entornados. Primero miró a su hermano y luego a Fia, que solo quería que se la tragase la tierra.

Pues sí que empezaba bien la seducción. Estaba claro que él no tenía ningún interés.

—Tenemos que irnos —se apresuró a decir Laurel—. La limusina nos está esperando. Y Fia, me tienes que enseñar a cocinar *arancine*. A Cristiano le encanta y cada vez que intento prepararlo me sale fatal. Seguro que su madre todavía no entiende por qué se casó conmigo.

Porque la quería, pensó Fia. Y el amor llenaba todas las grietas como el agua de lluvia al caer sobre la tierra seca. Ella no tenía algo parecido y las grietas de su propio matrimonio se hacían más grandes.

Dani la tomó del brazo mientras caminaban.

—No sé qué le pasa a Santo —gruñó—. ¡Hombres! Por eso las mujeres tienen que tener amigas. Hablemos de cosas importantes. Tengo una fiesta la semana que viene y no sé qué barniz de uñas ponerme...

Siguió charlando, y Fia agradeció el cambio de tema y el monólogo incesante que no requería de su intervención.

La velada fue un éxito gracias a los esfuerzos de los demás, pero en cierto modo aquellos esfuerzos provocaron que Fia fuera todavía más consciente de las grietas.

A pesar del tiempo que había invertido en arreglarse, Santo apenas la miró. Decidió hablar de negocios con su hermano y su cuñado mientras Fia se sentía invisible. Si no conseguía ya atraer su atención, entonces todo había terminado.

Aunque Santo hubiera dicho que el matrimonio era

para siempre, no había forma de que un hombre como él estuviera con una mujer que ya no le atraía.

Iba a ser el primer Ferrara de la historia en divorciarse.

Capítulo 9

SIENTO que el fin de semana haya sido tan agotador –Santo se mostró educado y formal cuando llegaron a casa al día siguiente.

–No hay nada que sentir. Tu familia es maravillosa y para Luca ha sido un regalo pasar tiempo con sus primas –mantuvo la voz alegre por el bien del niño.

Cuando sonó el teléfono de Santo estuvo a punto de gemir de alivio, una sensación que se intensificó cuando le dijo que tenía que irse directamente a la oficina del hotel y trabajar unas horas. Notó cierto recelo en su actitud, pero se dijo que no importaba. Aunque estuviera mintiendo sobre lo del trabajo y fuera a ver a una mujer, resultaba irrelevante.

Al ver que Fia no contestaba, Santo suspiró.

–Puede que llegue tarde. No me esperes despierta.

Por supuesto que no lo haría. Ya le había dejado claro que no la deseaba.

–No hay problema –se apresuró a decir–. Luca y yo nos daremos un baño en la piscina y nos acostaremos pronto.

Santo apretó los labios y se dispuso a marcharse, pero de pronto pareció cambiar de opinión. Se dio la vuelta y la miró con incertidumbre.

–Fia...

Iba a decirle que lo suyo no funcionaba, que quería el divorcio. Pero ella no estaba preparada para escucharlo.

–No hagas eso, Luca –utilizando a su hijo como excusa, cruzó la terraza y le quitó al niño un juguete que no ofrecía ningún peligro.

–Papá se ha ido –dijo el niño unos segundos después mirando detrás de ella.

–Lo sé –susurró ella abrazándole–. Y lo siento.

Consiguió sobrevivir al resto del día. Luca y ella pasaron un rato con su abuelo y luego Gina se lo llevó otra vez a la villa mientras ella trabajaba hasta tarde en La Cabaña de la Playa. Consciente de que lo único que la esperaba en casa era una cama grande y vacía, no tenía prisa en volver a la villa. Así que decidió hacer algo que no había hecho desde hacía años, desde la noche en que concibieron a Lucas.

Fue a la cabaña de pescadores.

Se dirigió a ella por la franja de playa privada que pertenecía a los Ferrara. Cuando era niña se hubiera sentido culpable, pero ahora se dio cuenta de que estaba caminando por su propia tierra.

La puerta principal se abría directamente al mar, y había un acceso lateral desde tierra. Fia siempre se había colado por la ventana, pero esta vez se detuvo con la mano en la puerta, preguntándose si no sería peor visitar aquel lugar que albergaba tantos recuerdos.

La luna iluminaba tenuemente el calmado mar, proporcionando suficiente luz para que Fia supiera lo que estaba haciendo.

Se le ocurrió que podría haber llevado una linterna, pero pensó que no la necesitaría para ver una pila de tablones arrumbados.

La cabaña de pescadores llevaba tanto tiempo en estado de abandono que siempre había peligro de lesión, pero cuando abrió la puerta notó que se abría suavemente. Sin crujidos. Entró en silencio. En el pasado, su rutina consistía sencillamente en sentarse sobre las cajas que había apiladas en la puerta y quedarse mirando al mar.

Tocó algo suave con el pie y frunció el ceño. ¿Aceite? ¿Algún tipo de tela? Estaba a punto de agacharse para investigar cuando el lugar se iluminó de pronto. Sorprendida al comprobar que ahora había electricidad en la cabaña, alzó la vista y vio cientos de pequeñas lucecitas en las paredes. Maravillada, se preguntó qué significaba todo aquello cuando escuchó un sonido a su espalda. Se giró rápidamente y vio a Santo allí de pie.

—Se suponía que no tenías que haber llegado todavía —metió los pulgares en las trabillas de los vaqueros. Estaba más guapo que nunca—. Aún no he terminado.

¿Terminado? Fia miró a su alrededor confundida y vio los cambios por primera vez.

El lugar se había transformado. Los listones de madera estaban lijados y pulidos. En una esquina había una estufa de aceite lista para proporcionar calor para las noches de frío invierno, y en otra esquina había un sofá cubierto de cojines y una alfombra a sus pies.

Era el lugar más acogedor que había visto en su vida. Las lucecitas de las paredes hacían que pareciera una cueva mágica.

Dio un paso hacia delante y volvió a sentir la suavidad bajo los pies. Bajó la vista y vio los pétalos de rosa. Pétalos de rosa que formaban una alfombra roja que se dirigía no hacia la cama, sino hacia una mesita. En la mesa había una caja pequeña y bonita. Fia la miró y luego dirigió la vista hacia Santo. El corazón le latía con fuerza.

—Ábrela —él no se había movido del umbral. Tenía una expresión cauta en los ojos, como si no estuviera muy seguro de cómo iba a tomárselo.

—¿Tú has hecho todo esto? —preguntó Fia girando sobre sí misma.

–Sé que no eres feliz, y también sé que cuando estás triste necesitas ir a algún sitio a estar sola. Preferiría que no tuvieras que escapar de mí, pero, si lo haces, entonces quiero que estés cómoda.

A Fia se le llenaron los ojos de lágrimas.

–Nuestro matrimonio no funciona.

–Lo sé. Y supongo que no es extraño dadas las circunstancias –aseguró con voz indecisa–. Tengo tantas cosas por las que disculparme que no sé por dónde empezar.

No era la respuesta que ella esperaba.

–Podrías empezar diciéndome por qué hay pétalos de rosa por todas partes.

Santo se pasó la mano por la nuca.

–Todavía me avergüenza recordar nuestra noche de boda. Nunca podré olvidar la imagen de verte de rodillas recogiendo los pétalos que yo había encargado de forma tan inconsciente. Herí tus sentimientos.

–Pensé que era una burla de nuestra relación. No era algo romántico. Nunca ha sido algo romántico –se le formó un nudo en la garganta–. Esos pétalos de rosa...

–Fueron una manipulación por mi parte, lo admito. Pero estaba manipulando a la gente de nuestro alrededor, no burlándome de ti. Estos los he colocado yo mismo.

–¿Y por qué lo has hecho? –Fia seguía sin entenderlo.

–Estaba intentando hacerte feliz. Quería verte sonreír –afirmó él alzando las manos en gesto de desesperación–. ¿Qué tengo que hacer?

Fia sintió que las lágrimas le escocían los ojos, pero esta vez no pudo contenerlas y le resbalaron por las mejillas.

Santo maldijo entre dientes y la estrechó entre sus brazos con tanta fuerza que se quedó sin respiración.

–Dios mío, nunca te había visto llorar. Si los pétalos te van a entristecer tanto, los quitaré. Por favor, no llores. Estoy intentando con todas mis fuerzas complacerte, pero sigo sin conseguirlo. Dime qué tengo que hacer y lo haré.

Fia sintió cómo le aumentaba la tensión en el pecho.

–Te lo agradezco, de verdad, pero no tienes que esforzarte tanto. Es muy humillante cuando sé que nos dirigimos de cabeza al divorcio.

Santo palideció.

–¿Un divorcio? ¡No! No accederé a divorciarme, pero haré cualquier otra cosa que me pidas. Sé que no me quieres, pero eso no significa que no podamos ser felices.

–¡No soy yo la que quiere divorciarse, eres tú! Y sí te quiero, ese es el problema –las palabras salieron de su boca como olas rompiendo contra las rocas, erosionando las barreras que había construido entre ellos–. Creo que siempre te he querido. Una parte de mí se enamoró al verte enseñar a nadar a tu hermana. Eras muy paciente con ella. Yo soñaba con que Roberto hiciera lo mismo por mí, pero él solo me hacía aguadillas. Te amé cuando me dejaste utilizar la cabaña de pescadores sin decírselo a nadie. Y te seguía amando cuando hicimos el amor –los sollozos la hacían sonar casi incoherente–. Y te amaba cuando me casé contigo. Siempre te he amado.

Durante un instante no se escuchó nada más que la agitada respiración de Santo y el suave chocar de las olas contra la madera de la cabaña.

–¿Me amas? Pero... te obligué a casarte conmigo –murmuró con tono dubitativo–. ¿No estás diciendo esto por el bien de Luca?

–Ojalá fuera así, porque entonces no resultaría tan duro.

–¿Por qué es duro?

–Porque es duro amar a alguien que no te ama.

Santo maldijo entre dientes y le sostuvo el rostro entre las manos.

–¿Crees que no te amo? ¿No has visto cómo me he volcado estas últimas semanas en complacerte?

–Sí. Te has esforzado mucho, y eso ha sido lo más doloroso.

–Eso no tiene ningún sentido –gruñó Santo con impaciencia.

–No te salía de forma natural. Lo has hecho por Luca.

Santo dejó caer los brazos a los costados y se la quedó mirando fijamente.

–Está claro que no nos hemos entendido. No tenía ni idea de que me amaras. Y está claro que tú no sabes cuánto te amo yo.

Fia se le quedó mirando y el corazón se le puso al galope. La esperanza renació cuando Santo le pasó las manos por el pelo y le tomó la boca en un beso lento y erótico.

–¿Cómo has podido pensar que quería divorciarme? –murmuró él apartando la boca de la suya a regañadientes.

–Dejamos de tener relaciones sexuales.

–Me di cuenta de que te obligué a casarte conmigo. Y luego hiciste aquellos comentarios sobre que era insaciable...

–Me gusta que seas insaciable –murmuró Fia–. Cuando dejaste de serlo di por hecho que te habías aburrido de mí, así que escogí un vestido especialmente sexy anoche. Pero tú ni siquiera me miraste.

–¿Y por qué crees que no lo hice? Soy un hombre muy disciplinado en muchos aspectos, pero he descubierto que en lo que a ti se refiere no me puedo controlar –afirmó con tono descarnado–. Me prometí a mí mismo que no haría el primer movimiento. Que iba a dejar que tú vinieras a mí. Pero no lo hiciste.

—Creí que no me deseabas.

Santo gimió y la atrajo hacia sí.

—Los dos hemos sido unos estúpidos. Vamos a empezar de nuevo ahora mismo.

Fia cerró los ojos durante un instante. Se sentía tan aliviada que no podía hablar.

—¿De verdad me amas? ¿Esto no tiene nada que ver con Luca?

—No —murmuró Santo contra su boca—. Tiene que ver contigo y conmigo, pero lo he hecho todo mal y ahora no consigo que me creas. Te amo, Fia. Y aunque no estuviera Luca te seguiría amando.

—Si no estuviera Luca, no nos habríamos vuelto a encontrar.

—Claro que sí —Santo levantó la mano y le acarició la barbilla con un dedo—. Ni siquiera sabía que existía Luca cuando volví. La química entre nosotros es tan poderosa que habríamos terminado juntos tarde o temprano y tú lo sabes —pasó por delante de ella y agarró la caja que estaba en el centro de la mesa.

—¿Qué es eso? —jadeó Fia.

Santo la abrió.

Fia se mareó al ver el tamaño del diamante.

—Ya te has declarado, Santo. Nos hemos casado. Tengo el anillo.

—Lo que tienes es una alianza de boda. Y, si no recuerdo mal, te obligué a casarte conmigo. Ahora te estoy pidiendo que sigas casada conmigo. Siempre. Pase lo que pase en la vida, quiero tenerte a mi lado —aspiró con fuerza el aire—. Dime la verdad, ¿quieres que te deje ir?

Fia sintió una oleada de calor que disipó todas sus dudas.

–Nunca. Saber lo comprometido que estás con la familia me hace sentir segura –admitió–. Sé que pase lo que pase lo superaremos.

–Te amo con toda mi alma –jadeó él–. Y siento haber metido tanto la pata –le puso el anillo en el dedo, por encima de la banda de oro que le había dado el día de la boda.

Fia se quedó mirando maravillada el gigantesco diamante.

–Tendré que llevar seguridad las veinticuatro horas del día.

–Teniendo en cuenta que no pienso apartarme de tu lado, eso no supondrá ningún problema. Yo seré tu guardia de seguridad personal.

Abrumada, Fia le rodeó con sus brazos.

–No puedo creer que me ames.

–¿Por qué? Eres la mujer más fuerte y generosa que he conocido en mi vida. No puedo ni imaginar lo que debió de ser para ti descubrir que estabas embarazada en un momento en el que todo tu mundo se estaba viniendo abajo. Si pudiera volver atrás en el tiempo, lo haría y nunca te dejaría sola.

–Hiciste lo correcto –dijo suavemente mirando otra vez el anillo–. Si hubieras regresado aquella noche, solo habría servido para angustiar más a mi abuelo. Fuiste muy sensato.

–Pero significó que estuvieras sola. No te culpo por no haberme contado lo de Luca. Tu infancia fue muy distinta a la mía y sin embargo no repetiste el mismo patrón –le deslizó los dedos por el pelo–. Cuando me dijiste que le habías prohibido a tu abuelo hablar mal de los Ferrara no me lo podía creer.

–Aunque para él fue un shock enterarse de que estaba embarazada, creo que le dio una razón para vivir.

–Te casaste conmigo creyendo que no te amaba. Eso debió de ser muy duro para ti –la apartó de sí.

Fia se sonrojó.

–Puede que un poco. ¿Sabes lo más extraño de todo? Siempre había querido ser una Ferrara. Toda mi vida he deseado formar parte de tu familia.

–Ya eres uno de los nuestros –le sostuvo la cara con las manos y le brillaron los ojos–. Y una vez que estás en la familia, lo estás para siempre.

Fia sonrió y le rodeó el cuello con los brazos.

–Cuando te casas con un Ferrara...

–... te casas para siempre –Santo inclinó la cabeza y la besó.

BIANCA™

SARAH MORGAN

SIEMPRE EL AMOR

Laurel Ferrara no tenía suerte en el amor; su matrimonio había sido un desastre. Y no había bastado con irse sin más. Desde el momento en que habían reclamado su vuelta a Sicilia, los escalofríos de aprensión la asolaban…

La orden procedía del famoso millonario Cristiano Ferrara, el esposo al que no podía olvidar, pero habría dado igual que proviniera del mismo diablo…

UNA NOCHE CON EL ENEMIGO

Para su frustración, Santo Ferrara nunca olvidó la noche que tuvo entre sus brazos a la ardiente Fia Baracchi. Cuando un acuerdo millonario les volvió a unir, mantener las distancias dejó de ser una opción.

Pero Fia estaba viviendo una mentira. Si se llegara a descubrir que su precioso hijo era el heredero de Santo sería

N.º 487

repudiada. El conflicto entre sus familias era legendario, pero su verdadero miedo era no poder olvidar los ardientes recuerdos de la única noche que pasó con su enemigo.

¡YA EN TU PUNTO DE VENTA!

CAROLE MORTIMER

La dama dijo sí

Lady Diana Copeland fue a Londres para decirle a lord Faulkner, el tutor que le habían asignado, lo que pensaba exactamente sobre sus intolerables pretensiones matrimoniales. Sin embargo, el encuentro no resultó como creía: ese hombre impresionante con aquel brillo altivo en los ojos no podía ser el tutor viejo, necio y presuntuoso que estaba esperando... Diana tomó una bocanada de aire para intentar no caer en las redes de la mirada embriagadora de lord Faulkner... ¡o para no claudicar completamente y convertirse en su esposa!

Nobleza oculta

Lady Elizabeth se había escapado de su casa para evitar un matrimonio que no deseaba y no tuvo problemas en desem-

peñar el papel de simple señorita de compañía de la dama que la acogió. El problema surgió cuando tuvo que cuidar a Nathaniel, el sobrino de su benefactora, que además de ser el hombre más increíblemente apuesto que había visto en su vida estaba siempre tentándola con su cuerpo de Adonis y sus batallas dialécticas.

No. 83

¡YA EN TU PUNTO DE VENTA!

JAZMÍN

COLLEEN FAULKNER
MARIDO PERFECTO

Tenía todo lo que una chica podía desear... excepto un marido. De modo que Elise Montgomery recurrió a la guía Cómo buscar marido para encontrar uno. Pero, según el manual, su hombre elegido, un sexy granjero llamado Zane Keaton, era, definitivamente, el hombre equivocado. Sin embargo, después de compartir con él unos cuantos besos estremecedores, Elise se preguntó si, después de todo, sería un buen candidato.

JESSICA HART
LOS MEJORES AMIGOS

Josh y Bella llevaban años siendo amigos, pero de pronto Bella había empezado a ver a "su Josh" de un modo muy diferente. ¡Se estaba enamorando de él! Ya estaba bastante confundida cuando Josh complicó aún más la situación pidiéndole que fingiera ser su prometida para cerrar un importante negocio. Pero la tensión empezó a ser inaguantable. Sobre todo desde que Josh comenzó a preguntarse si su amiga estaba fingiendo realmente.

N.º 579

PATRICIA THAYER
LA MEJOR OFERTA

Jared Trager siempre había sido la oveja negra, y ahora había ido a Texas a investigar... no a que le echaran el guante. Pero la guapísima Dana Shayne y su valiente hijo Evan necesitaban que los ayudara a salvar su rancho... y él los necesitaba a ellos más de lo que estaba dispuesto a admitir.

ALLISON LEIGH
BODA INESPERADA

Tara Browning no se lo podía creer. Con la misma rapidez con la que se había descubierto disfrutando de un inesperado y delicioso fin de semana con Axel Clay, éste había desaparecido de su lado sin despedirse siquiera. ¿Habría sido un sueño? Pero el bebé que estaba esperando parecía bastante real.

Varios meses después, Alex se presentó en la puerta de su casa diciéndole que iba a ser su guardaespaldas mientras su hermano testificaba en un juicio contra un peligroso criminal. Estando tan cerca de él, ¿sería capaz

N.º 474

de mantener Tara su secreto? Y más aún, ¿sería capaz de mantener las manos alejadas de aquel hombre autoritario que había vuelto a ponerse a su alcance?

MARIE FERRARELLA
DESEOS IRRESISTIBLES

Kelsey Marlowe estaba intentando con todas sus fuerzas resistirse a los encantos del agente Morgan Donnelly, aunque el atractivo policía había acudido galantemente a ayudar a su madre. Pero cuando su familia insistió en conocer al hombre que había salvado a su querida matriarca, ella se sintió invadida por unas irresistibles ganas de besarlo…

Involucrarse con el clan Marlowe no era lo que Morgan tenía en mente. No le gustaba relacionarse con nadie, aunque no podía evitar desear relacionarse con Kelsey de una manera muy íntima…

¡YA EN TU PUNTO DE VENTA!

Novias del desierto
Teresa Southwick

Atrapar a un jeque

Cuando Penelope Doyle aceptó un empleo en El Zafir y conoció a su nuevo jefe, Rafiq Hassan, un verdadero príncipe con enorme magnetismo, quiso volver a creer en el amor. Obviamente, todo un jeque no se molestaría siquiera en mirar a una chica como ella, por muy inteligente que fuera. Pero entonces la besó...

Besar a un jeque

Crystal Rawlins estaba desesperada por conseguir un trabajo, por eso habría hecho cualquier cosa con tal de convertirse en la niñera de los hijos del jeque Fariq Hassan. Y no pensó que una mentirijilla sobre su apariencia tuviera la menor importancia... Pero entonces conoció a su jefe, un hombre alto, moreno e impresionante.

Casarse con un jeque

En cuanto Kamal Hassan la tuvo entre sus brazos, Ali Matlock le entregó su corazón. Aunque el jeque era el soltero más codiciado del mundo, Ali quería algo más que la apasionada aventura que le ofrecía.

Kamal debía casarse y dar un heredero a su país. Y desde aquel mágico beso, supo que Ali era todo lo que deseaba en una mujer... y en una esposa.

BIANCA.

Lo prohibido tiene
un sabor más dulce...

EL DULCE SABOR
DE LO PROHIBIDO

MAYA BLAKE

N.° 3127

Sakis Pantelides, magnate del petróleo, siempre conseguía lo que quería. Al fin y al cabo, era atractivo, poderoso y muy rico. Sin embargo, no podía tener a Brianna Moneypenny, su secretaria, porque era la única mujer en la que podía confiar. Cuando una crisis internacional hizo que trabajaran juntos las veinticuatro horas, la intrigante y recatada Brianna resultó tener una voracidad sensual que solo podía compararse con la de él mismo y se dio cuenta de lo que había estado negándose demasiado tiempo. Sin embargo, ¿pagaría el precio por tomar lo que quería cuando se desvelara el secreto de su secretaria perfecta?

¡YA EN TU PUNTO DE VENTA!